中国新锐派
作家作品文库

折叠的时光

【方华散文作品集】

方华◎著

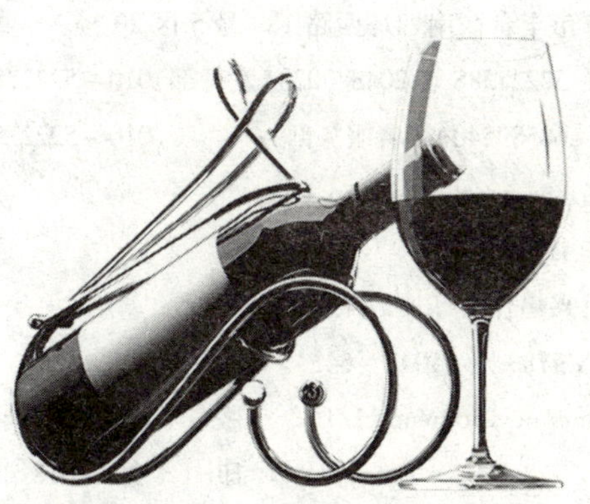

中国财富出版社

图书在版编目(CIP)数据

折叠的时光/ 方华著. —北京:中国财富出版社,2017.4
(中国新锐派作家作品文库)
ISBN 978-7-5047-6434-8

Ⅰ.①折… Ⅱ.①方… Ⅲ.①中国文学—当代文学—作品综合集 Ⅳ.①I217.2

中国版本图书馆 CIP 数据核字(2017)第 063607 号

策划编辑 张彩霞 **责任编辑** 刘瑞彩
责任印制 梁 凡 **责任校对** 孙会香 张营营 **责任发行** 张红燕

出版发行	中国财富出版社		
社　　址	北京市丰台区南四环西路 188 号 5 区 20 楼	**邮政编码**	100070
电　　话	010-52227588 转 2048/2028(发行部) 010-52227588 转 307(总编室) 010-68589540(读者服务部) 010-52227588 转 305(质检部)		
网　　址	http://www.cfpress.com.cn		
经　　销	新华书店		
印　　刷	北京兴星伟业印刷有限公司		
书　　号	ISBN 978-7-5047-6434-8/I·0256		
开　　本	710mm × 1000mm 1/16	**版　　次**	2018 年 2 月第 1 版
印　　张	14	**印　　次**	2018 年 2 月第 1 次印刷
字　　数	215 千字	**定　　价**	35.00 元

简 介

本书精选作家方华近几年在国内外报刊上发表的文章130余篇，其中一些被《读者》《青年文摘》《意林》《格言》《文史博览》《中外博览》《农民文摘》等转载。其文章以优美的笔触，诗意地抒写生活和心灵的感悟，在文字的流淌间，给人以美的享受和情怀的洗礼。作者的文字重意境，情意浓，如滴落在宣纸上的一点徽墨，渲染，浸透，极具古韵；如一条流淌在山间的小溪，蜿蜒跳跃，清纯清新。

目　录

第一辑　行吟

第二辑　啖香

第三辑 品味

第四辑　时光

第五辑　闲情

第六辑　尘事

第一辑　行吟

山野之地，往往是心灵的放逐地，也常常是人世的避难所。

山风入怀，苍翠满目，心旷神怡，这难得的闲散之旅宛如一叶轻灵之筏，在自然的山水中漂流。

这种感觉，是一个久居钢筋水泥城堡的人散入乡野的一种放松，是一次心灵的洗礼，灵魂的回家。

枫桥情境

一

夜深了，深不过一场失意；夜睡了，而惆怅未眠。

月落西天，寒冷的清辉如霜，更衬愁意之凉；一声鸟啼，黯淡了月色，更黯淡了心境。

江枫如火，但月光里的霜花不见它的红艳；渔火点点，那是郁闷中瞌睡人的眼。一江秋水，也好似载不动一位落第书生的愁怀。

情绪到了深处，需要一个盛放的载体；情感到了极致，需要一个宣泄的出口。

钟声响了。

钟声响在临界点上，钟声响得恰到好处。这寒山寺的夜半钟声，今夜不再是惊世的佛音，不再是平安的祝福，不再是一曲睡梦中的音乐。这钟声如月，让一份愁情突然明亮；这钟声如风，拂去了烦乱的惆怅；这钟声如水，托起一千二百多年前的一艘客船，让它上升到一个文学和历史的高度。

钟声里，书生挥毫而就：

月落乌啼霜满天，
江枫渔火对愁眠。
姑苏城外寒山寺，
夜半钟声到客船。

于是，一千多年来，我们记住了一首诗叫《枫桥夜泊》，记住了一位诗人叫张继。相信，我们还会记得更久。

这是情景交融的结晶，是诗才在一场特定情境中的迸发。人生低潮，往往砺出人生的华章，这是一个文人失意中的得意。

二

一千二百多年后，又一位自称书生的家伙来到枫桥。

江水滔滔，千古风流已浪花淘尽；桨声唉乃，问一张旧船票能否登上今日的客船。

人流如水，车行似舟。

已不是秋天，是江南的三月；已不是月落乌啼，是春日鸟鸣；更不是落第或中榜的心态，是一次文化之旅。

碑刻的文字间，难寻一千二百多年前的身影；浮躁的心怀，难觅夜泊的情境。凌乱的脚步，踏平了唐诗的意境；闪光灯下的留影，不会比一句诗词流传更久远。

一个穿红格子衬衣、牛仔裤，想以一头长发接近或标榜文化的人，只能花五元，在寒山寺里撞一撞钟声。

谁听到钟声里的哀叹，谁看见现代钟声里的古代情境？

乡关何处

一

车子在婺源的崇山峻岭间蜿蜒。

窗外，霏霏细雨下着，青山绿水、黛瓦白墙不时摄入眼帘。突然想起唐代诗人崔颢的诗句："日暮乡关何处是，烟波江上使人愁。"心中涌起一股乡愁，这种乡愁应是一个多年客居他乡的游子，终于走在回家路上的感觉，虽是深秋，却如此的温暖，如此的情意绵绵。

而我既不是婺源人，也不是徽州人。但随着车轮的转动，这种回家的感觉竟是如此的强烈。眺望窗外那似在梦中见过的山山水水，忽发奇想，这片突然给我带来家的感觉的地方，是否曾留下过祖辈们的足迹与身影。

连续几日，穿行在婺源的山水村落间，回家的感觉也一次次涌上心头，它就像血液中的殷红与热度，一次次地让我温暖，让我激动。

我在阳光下的皱纹里寻找似曾相识的岁月，我在溪边浣洗的身影里找寻熟悉的温情，我在青亮的石径上追寻童年的歌谣，我在幽深安谧的村巷间凝听邈邈的徽音……

我心中明白，我虽是安徽人，但与徽州的联系微乎其微。与婺源的接触，也不过是一个游客留下的风过无迹的履痕。

但我更明白，这种回家的感觉，是一个久居钢筋水泥城堡的人散入乡野的一种放松，是一次心灵的洗礼，灵魂的回家。

二

当一个人想要回家时，他只需要迈开脚步，朝着家的方向。但当一个族群被人为离散，他们"回家"的脚步又何其艰难。

婺源，唐至五代隶属歙州，宋属徽州新安郡，元属徽州路，明清皆隶属徽州府。在婺源，吃的是徽菜，演的是傩戏，飞檐翘壁的徽派民居散落在青山绿水间，清韵悠长的徽音缭绕在粉墙黛瓦上，朱子理学，余韵不泯，村村祠堂，宗火兴旺。

然而，1934 年，蒋介石为了"剿共"方便，将婺源从安徽划入江西，当地民众难以抛开历史认同与徽州情结，对当时江西省政府的一些治理措施又日复失望，更无法接受"江西人"这个新身份，于是触发了一场声势浩大的"回皖运动"。

据唐德刚译注的《胡适口述自传》："婺源与安徽的徽州有长久的历史渊源，居民引以为荣，不愿脱离母省，所以群起反对；并发起了一个运动。"

由于民意强烈，特别是抗战胜利后，婺源各界更是积极发起回皖诉求，并组织"回皖运动委员会"。一波波的请愿运动及在胡适等徽州名流的推波助澜下，1947 年 8 月，婺源终于划回安徽。

不过，在 1949 年，江西所属的解放军"二野"赶在安徽所属的"三野"之先占领婺源，致使婺源再次被划给江西，并延续至今。新中国成立后，在这个温暖的大家庭里，由于生活的改善、地位的平等，婺源人安居乐业，不再有所谓的"思乡"之心。只是，我在婺源几日里，依然感受到婺源人浓浓的徽州情结，他们从不称"老表"，在得知我是安徽人后，总是热乎乎地叫着老乡。

三

家，在一定意义上是一种生活状态，更是一种亲情与情感的汇聚地。

在婺源，我猝遇一位青衫纱帽、儒雅典范的长者。这位长者在婺源的青山绿水间站立了几个朝代，他让时光猝然倒流八百多年，让我在大宋王朝的某年某月某日里，与他一起走在回家的路上。

拜乡邻，观乡景，祭祖先，认宗祠，禅四书，传理学……在先人的墓前植下隐喻二十四孝的二十四棵樟树后，他摆歙砚，展宣纸，研徽墨，挥紫毫，写下千古名篇：

半亩方塘一鉴开，
天光云影共徘徊。
问渠那得清如许，
为有源头活水来。

朱熹，这位继孔子之后，中国又一位伟大的哲学家、教育家，以其博大精深的理学体系，为徽州文化注入了"源头活水"。

黑格尔曾说，古希腊是整个欧洲人的精神家园。由此，我们不妨把徽州看作徽州人灵魂的乡关。

沉沉新秋夜，凉月满荆扉。

露泫凝余彩，川明澄素晖。

中林竹树映，疏星河汉稀。

此夕情无限，故园何日归。

在婺源的日子，正是秋天，我想，我似乎触摸到了朱熹写下上首诗的心境，也似乎触摸到了婺源人乃至整个徽州人的心境。

徽州，不是地域上的，不是情感上的。徽州，是一种文化，像滴落在宣纸上的一团徽墨，渲染，浸透……

西湖寻梅

到杭州，已是早春时节。落脚旅馆，电视上正播报，孤山上的梅花已经含苞欲放。欲放？不是“梅花欢喜漫天雪，冻死苍蝇未足奇”吗？

求教得知，梅花的绽放就是在早春，而非岁寒。傲雪斗霜的应是腊梅，而梅花与腊梅是两种完全不同的植物。

于是揣测，“隆冬十二月，寒风西北吹。独有梅花落，飘荡不依枝”，怕是骚客及士大夫们的一种凭枝吊怀与抒情吧？而“村前深雪里，昨夜一枝开”，描述的也应是春天里一场暖雪下的盛开了？难怪王安石诗云：春半花才发，多应不奈寒。北人初未识，浑作杏花看。

可电视上那些虽不凌寒，却傲过风雪只把春来报的红艳花骨朵儿，仍勾起我寻梅问春的兴致。

那天办完事，正处西湖边，想那湖畔堤上，该有一两枝红梅为我守候着春天吧，于是过断桥，沿白堤一路彳亍而去。

树吐芽，草泛青，亭台楼阁，湖光山色，真是暖风熏得游人醉。可一路行来，只见柳含烟，不见梅疏影。心中感叹，梅毕竟不同于山野漫布的桃杏，千百年来，恐怕每一叶梅瓣上都被文人墨客们涂写了笔墨丹青，身价也自然高于那些平常的花朵，难得一见了。

行之将久，见一牌坊，立于西湖岸边，上书“复旦光华”四字，语应出《尚书大传·虞夏传》“日月光华，旦复旦兮”之句。据说复旦大学的名称也出于此，意指自强不息，寄托了当时中国知识分子教育强国的希望。回转身，见一庭院幽深，信步走入。行百米，迎面一石壁，上刻两朱红大字：孤山。

喜出望外。真是“踏破铁鞋无觅处，得来全不费工夫”，原来，电视上播报的赏梅佳境就在此处。

拾级而上，缘径迈步，不由得触目惊叹、提足惊心：文澜阁，西泠印社，六一泉，俞楼，秋瑾墓，欧阳修、苏东坡、苏小小、俞曲园、吴昌硕、蔡元培、林风眠……那一座座亭台、一处处院落、一方方雕塑、一块块碑刻、一个个人物，让我在厚重的历史与文化面前陡生敬畏而自感渺小。自我感叹，这每一迈足，恐都踩在名人的足迹、文化的卷页之上。

行走在文化与传说之间，一直有暗香扑鼻，却遍寻不见梅影。想必，中国的历史与文化就是在梅香中穿行，那些傲立在历史与文化之中的身影，就如隐在林深之处的梅枝吧。

沿水边曲径折转东行，忽见一亭翼然山麓，近观，上书“放鹤亭”三字。看过碑铭才知，原来此处是宋代诗人林和靖的隐居之地。不免暗惭自己的孤陋寡闻、学疏识浅。

林和靖，名逋，北宋人，通晓经史百家，擅书画，工诗词。他曾言：人生贵适志耳，志之所适，方为吾贵。然吾志之所适，非室家也，非功名富贵也。只觉青山绿水，与我情相宜。其长期隐居孤山，终生不娶也不出仕，尤喜种梅养鹤，以梅为“妻”，以鹤为“子”，人诩“梅妻鹤子”。据传，孤山多梅，即始于林和靖也。

林和靖爱梅，也是赏梅高手，每当梅开之季，便经月不出，以诗酒盘桓花下，咏梅佳句迭出，其中《山园小梅》成传世绝唱：

众芳摇落独暄妍，占尽风情向小园。

疏影横斜水清浅，暗香浮动月黄昏。

霜禽欲下先偷眼，粉蝶如知合断魂。

幸有微吟可相狎，不须檀板共金樽。

凭吊完林和靖之墓，转过放鹤亭，眼前豁然一亮，满山坡的梅花，似一场热烈的爱情猝然扑入胸怀，浓烈得似乎要将孤山和这个春天点燃。

入梅林，徜徉花下，看洒金梅红白相间，观宫粉梅俏丽袭人，赏黄香梅色重香浓，窥绿萼梅洁白素雅，喜玉蝶梅翩翩若仙，赞朱砂梅紫艳热烈，真是一片妖娆，各具情趣。果然是“人间蓬莱是孤山，有梅花处好凭栏”。

梅林临水处，是一尊鲁迅的巨大坐姿铜像，先生面前是秀丽的湖光山影、大好河山，先生背后是傲过严寒、怒放报春的梅花。其境堪合，其意深远。

“桃李莫相妒，夭姿元不同。犹余雪霜态，未肯十分红。”近观水湄的几棵桃李，枝头刚露出几星小芽儿。由衷感叹，梅花，这个花中的君子，真个是傲骨敢为天下先，香散乾坤万里春。

出孤山，前面就是岳王庙。入得千百年来万民景仰的庙堂，竟与梅花再次不期而遇。在精忠报国、还我河山的余音里，一条红梅掩映的石径，把我的敬仰送到武穆的灵前。

“待到山花烂漫时，她在丛中笑。”心中默诵着咏梅的诗句，登向高处。回首葛岭之下，丛丛红梅如火，处处江山锦绣。

浮槎山记

一

西方传说中有一个诺亚方舟，它承载着诺亚和他的家人，以及世界上的各种陆上生物，躲避了一场上帝因故而造的大洪灾。在东方神话里，也有一艘类似的船，称“浮槎”。晋代的《博物志》里这样记述，旧说云：天河与海通，近世有人居海渚者，年年八月，有浮槎去来，不失期。浮槎者，即传说中来往于海上和天河之间的木筏也。

晋朝隆安年间，朝鲜半岛上的新罗国有一王子叫金乔觉，传说他是玉皇大帝的表弟。某日，王子向其表兄玉帝讨官，遭拒，一时恼怒，不慎从凌霄宫跌落凡间。他纵身爬起，想乘浮槎再上九霄。当时，守护浮槎的九条龙正在饮水，尾巴交错在筏中，金乔觉只好坐在龙尾之上。谁知，九龙竟难支王子之躯，纷纷逃往南天门。玉皇大帝闻讯，降旨以雷击之。霎时，木筏飞落江淮，变为山峦，九龙亦成九座山峰。

浮槎之筏毁失，金乔觉便只好在此山打坐，修身养性，礼佛开道。

金乔觉到底何许人也？原来，历史上确有其人，且很有名头。公元696年，金乔觉降生在新罗国（今韩国）的一个王族中。他自幼聪慧异常，好道乐善。至青壮年时，相貌出落不凡，顶耸奇骨，身材魁梧，臂力过人，有“唯第一义与方寸合”的弘法宏愿。他不迷恋奢靡的贵族生活，厌恶宫廷的尔虞我诈，深信佛学教理。二十四岁，他携带爱犬善听，乘上帆船，不怕险风恶浪，历经半年多的海上漂泊，来到了大唐王朝。金乔觉入唐后，又历尽险阻磨难，遍访名山大川。唐开元末年，他辗转来到江南池州。当他一入雄奇壮丽的九华山，心中欣喜异常，自此，九华山成了他修行传法的道场。

原来，金乔觉就是地藏王菩萨，与观音、文殊、普贤齐名的四大菩萨之一啊。

于是，与九华山隔江相望，坐落在江北的这个在传说中与地藏菩萨有因缘的浮槎山，便被佛门信徒称为“北九华”。

二

浮槎山实为大别山余脉，位于安徽合肥市境内，是其下辖巢湖市和肥东县北部的东西分界山。山势层峦叠翠，逶迤相连20余里。主峰四周罗布九座山峰，似九龙腾跃，形态各异，与神话契合。

浮槎山海拔不高，自不可与一些名山大川相比。但行走在山中，放眼四野，依然是峰峦叠嶂，怪石峥嵘。据说，当初与浮槎一起飞来的有龙、鹫、牛等，皆变石形，让古今游人依状搜寻，成为山中一大景趣。

缘山径而上，在山中的齐都峰顶，可见清、乳二泉。与其他地方的泉水不同的是，山顶上一眼泉里竟能流出一清一白两股泉。清泉从东北角石缝中流出，经过一尺多宽的石堤，变成白色进入圆池。浮槎山的泉奇还在于清白二泉并悬于山上，却水位稳定，久旱不涸，绵雨不涨，取之不尽，用之不竭。

泉奇，自然衍生佳话。

北宋嘉祐三年，庐州镇东军留后李侯登临浮槎，见了山上的奇泉，便自取来饮。因李侯是品泉论水的行家，细品之下，觉甘洌无比，自以为水中上品。如此上好之水，自然要与懂水之人分享。他立即想到了当朝大文豪也是品水大家的欧阳修。于是用陶罐装上一些浮槎之水，急急从庐州送给远在京师的欧阳修。

欧阳修品尝以后，对浮槎之泉赞不绝口，挥笔写下《浮槎山水记》，作为给李侯赠水的答谢。《浮槎山水记》全文700多字，乾隆年间被载入《四库全书》。欧阳修曾将浮槎之泉和无锡的惠山泉相比，认为两者之间伯仲难分，并以路远难致，不得多饮为一大憾事也。

欧阳修对浮槎山水的钟爱，对后来中原地区以及庐州（今合肥）茶文化的推动、发展产生了积极影响。到了晚清时，合肥的李鸿章府更是长年累月派家人前往浮槎山担运泉水烹茶享用。至新中国成立前后，有“六安茶叶浮槎水”之说，该是当时合肥人一个比较上规格的享受吧。

泉为文润色，文为泉增辉。登浮槎，品清、乳二泉（今称合泉、巢泉），笑谈人世佳话，茫茫漫漫之浮槎由此更具风情风味。

三

山野之地，往往是心灵的放逐地，也常常是人世的避难所。浮槎也不例外。

南有九华，北有浮槎。传说从金乔觉坐山开道，至浮槎山鼎盛时期，山中有寺庙十余处，佛舍九十九间半。民间有“三百尼姑八百僧，骑马关山门”之说。关个山门都需要骑马去，可见曾经的气势。随着岁月的流逝，曾经名震江北的甘露寺、龙王殿、宝珠寺等都已经再也无法找寻其踪痕了。

辉煌也罢，青灯黄卷也罢，那些曾经在心中打坐的身影，早已被雨打风吹去。只是，盘亘的山峦深处，却容纳了人世间的苦难，让尘世的烟火升腾而绵延不绝。

浮槎山内的村落，方姓众多。在耄耋老者的叙述中，我们不得不翻开中国历史上最惨烈的一桩灭门案。

时光穿越，让我们回到六百多年前的大明王朝。

明太祖朱元璋驾崩，朱元璋的孙子建文帝朱允炆即位，重用一代大儒方孝孺，“国家大事，辄以咨之”。建文帝害怕他的叔叔们权力过大，拥兵为患，就采用齐秦、黄子澄的削藩建议，但遭到以燕王朱棣为首的诸王反对，于是起兵谋反。

朱棣在攻下南京后，有意借用方孝孺的威望来收揽人心，迫令他起草即位诏书。但方孝孺坚辞不从，朱棣于是派人强行押解方孝孺上殿。方孝孺披麻戴孝而入，悲恸至极，哭声响彻大殿。朱棣忍怒反复劝说方孝孺不要自找苦吃，假惺惺地说：“我欲效法周公辅佐成王。”并叫左右拿笔墨来，坚决地说：“诏告天下，非先生来写不可！”

“好，我写！”方孝孺接过笔，大书四字：燕贼篡位。随即掷笔于地，且哭且骂：“死即死耳，诏书不草！”朱棣勃然变色：“诏不草，灭汝九族！”方孝孺毫不退让：“莫说九族，十族何妨！”

“好！”朱棣恶狠狠地说，“我就灭你的十族。”

古之九族为：高祖、曾祖、祖父、父亲、己身、子、孙、曾孙、玄孙。朱棣一边命人将方孝孺关押狱中，一边搜捕其亲戚家属等人，加上他的学生，算作十族，押解至京。

据说，朱棣登上皇帝宝座的第八天，在南京的聚宝门，当着方孝孺的面，将其“十族”一个一个地杀戮。每杀一个追问一声方孝孺，是否回心转意。方孝孺亲眼目睹自己的至亲一个个被砍头，深感痛心，泪流满面。但他依然谩骂不止。朱棣先是命人将方孝孺的嘴割裂至两耳，后又割下舌头，最后处以凌迟之刑。

死前，年仅四十六岁的方孝孺器宇轩昂，作《绝命词》一首：“天降乱离兮孰知其由，奸臣得计兮谋国用犹；忠臣发愤兮血泪交流，以此殉君兮抑又何求？呜呼哀哉兮庶不我尤！”

诛方孝孺十族，死者达八百七十三人，行刑七日方止。清初史家谷应泰这样叹道：“嗟乎！暴秦之法，罪止三族；强汉之律，不过五宗……世谓天道好还，而人命至重，遂可灭绝至此乎！”

然忠烈之后终不得灭绝。诛灭十族之时，方孝孺后人有逃脱者，潜往他乡。其中的一支叫方祖谦的家族一直逃至浮槎山里。浮槎这艘神话中的诺亚方舟，开始承载这份灾难，且以漫漫时光消融抹平这人世的苦难。

四

欧阳修在《浮槎山水记》中写道：“夫穷天下之物无不得其欲者，富贵者之乐也。至于荫长松，藉丰草，听山溜之潺湲，饮石泉之滴沥，此山林者之乐也。而山林之士视天下之乐，不一动其心。或有欲于心，顾力不可得而止者，乃能退而获乐于斯。彼富贵者之能致物矣，而其不可兼者，惟山林之乐尔。”

沧海桑田，岁月悠悠。曾经的功名利禄、爱恨情仇，皆已成浮槎山上的一片浮云。天地之间唯留下这浮槎之地，让我们“荫长松，藉丰草，听山溜之潺湲，饮石泉之滴沥”，享受大自然的山林之乐。

然天地造化间，又有多少浮槎绵延横亘在苍茫的大地上，抒写着历史传奇？

在浮槎山的东麓，有一对老人退休后即深入浮槎山中，结庐种树。十多年来，荒凉的山坡上已是桃树满园，茶林翠绿。老人在山坳傍水库的入口处树碑“桃花源”，这方良田美池桑竹之地，当是人间真正的桃花源。这对老人名吴好生、方胜英，我的一位友人书一嵌名联以赠，联曰："方氏有胜英之美，吴某存好生之德。"

我想，若浮槎再续传奇，必有这对"草根夫妇"的故事。其实，真正抒写浮槎传奇的，也正是千万年来的芸芸众生。

李清照在一首词中写道："云阶月地，关锁千重。纵浮槎来，浮槎去，不相逢。"其实人生何处不相逢，相逢又何必曾相识。浮槎山正以它万千的新气象，静坐在时空，等待与你我的相逢相识。

烟花三月下扬州

"故人西辞黄鹤楼，烟花三月下扬州。"李白的诗句里写的虽是离别之情，而我却更愿把它当作阳春三月里扬州的召唤。去扬州，正是"烟花三月"。

首先要去走走的，一定是瘦西湖。苏轼有诗云："天下西湖三十六，就中最好是杭州。"等我迈入瘦西湖，深觉东坡老先生言过其实了。在我看来，杭州西湖的美，在于雍容华丽，犹如一位丰腴的女子；而瘦西湖的美，在于清雅秀气，恰似修长清丽的窈窕淑女。两者各有所长，而后者更令我喜爱。

瘦西湖以"瘦"为名，真是恰如其分。水不是宽阔浩渺，而是曲折蜿蜒的，转折之间，给人"山重水复疑无路，柳暗花明又一村"的新鲜感，勾人新奇之心。曲折的水面把一个个名园胜景串联起来，形成"两堤花柳全依水，一路楼台直到山"的绝美风光。

既把瘦西湖比作窈窕淑女，那么女子的美当然在腰。瘦西湖的"纤腰"，当是小金山、五亭桥和白塔景区。其中小金山的钓鱼台，导游形容她是瘦西湖的"肚脐"。小金山是座小岛，钓鱼台处于岛的顶端，从钓鱼台一个特定角度望去，可观三景赏二月。三景就是白塔、五亭桥和钓鱼台，二月则指的是钓鱼台的圆形门洞和天上的明月相映成趣。

唐人徐凝写过："天下三分明月夜，二分无赖是扬州。"因此扬州也被称为“月亮城”，想明月当空的夜晚，不知瘦西湖该是多么的迷人。遗憾的是我们游览时正是春光明媚，二月相辉的情致是无法欣赏了。

再往前行，便见到那座千古有名的二十四桥。

青山隐隐水迢迢，
秋尽江南草未凋。
二十四桥明月夜，
玉人何处教吹箫。

杜牧的这首诗在扬州可谓妇孺皆知。诗因桥而咏出，桥因诗而闻名。二十四桥为单孔拱桥，汉白玉栏杆，如玉带飘逸，似霓虹卧波。桥长24米，宽24米，栏柱24根，台级24层，处处都与二十四对应。

与瘦西湖的“一见钟情”，让我在离开她的一瞬，竟生出依依不舍之情。

走出瘦西湖的后门，要去探访大明寺，因为，那儿曾是鉴真大师六渡东洋前传经授律的法场。大明寺位于蜀冈中峰，蜀冈如卧龙般蜿蜒绵亘在扬州城北，集庙宇、文物古迹和园林风光于一体。

沿着数百级石阶登上大明寺。拜大雄宝殿，观藏经阁，在平山堂凭吊欧阳修石刻画像。在畅饮了“天下第五泉”清冽的泉水之后，以明净崇敬之心去拜谒鉴真法师。

在鉴真纪念堂里，面对《唐鉴真和尚东渡行迹图》，为其“为是法事也，何惜身命”的传播文化与文明的献身精神而感慨万千，心生无上敬意。

入扬州城，走街道，穿古巷，搜寻历史的痕迹，寻觅文化的踪影。那“月映竹成千个字”的个园，古雅别致，巧夺天工；那布局规整、装雕精湛的汪氏小苑，玲珑精巧，清幽典雅；那规模宏大、结构精巧的吴道台宅第，展现了中国古典文化与旧时官府文化的精髓；那构筑考究、豪华气派的卢氏大宅，不但显示着当年盐商的富庶，更是扬州盐文化的重要遗迹。

从名园古宅到遗址遗迹，从街巷风貌到建筑肌理，从生活方式到文化遗产，我似乎触摸到梦中扬州的肌肤，感觉到扬州历史的韵味。“十年一觉扬州梦，赢得青楼薄幸名。”在扬州城春天的气息里，我陷入深深的陶醉中。

三月柳如烟，但扬州城里的琼花还未开。据说，隋炀帝走几十天的水路下扬州，为的就是一睹琼花盛开的模样。我虽也未见琼花开，但美丽的扬州就宛如一朵硕大的琼花，开在了我的三月里。

“腰缠十万贯，骑鹤上扬州。”也许我们没有腰缠十万贯的富有，也没有骑鹤下扬州的洒脱，但我们有扬州，有春天，有诗意的心境。

大理三月好风光

大理三月好风光，蝴蝶泉边好梳妆。蝴蝶飞来采花蜜，阿妹梳头为哪桩？这首电影《五朵金花》中的插曲，让人对大理美丽的三月风光产生无限的向往。

阳春三月，点苍山雪峰掩翠，洱海湖碧波荡漾，山涧里溪流欢畅，山坡上茶花竞放……这一幅幅令人心旷神怡的画卷，书绘成大理最美好的时节。然而，白族人民钟情“大理三月”，还有一层更重要的原因：一年一度的“三月街”盛会。

“三月街”又称“观音街”，是白族最盛大的节日和街期，每年农历三月十五至二十在点苍山麓举行。相传南诏细奴罗时，观音于三月十五日到大理传经。因此每年此时，善男信女们便搭棚礼拜诵经并祭之。“三月街”成了讲经说佛的庙会场所。由于大理地处交通要道，古代云南信佛者甚众，随着社会经济的发展，庙会逐渐演变成滇西地方的集市贸易。

“三月街”还有一个“月亮会”的传说：洱海边有一个打鱼的小伙子，娶了龙王的三公主为妻。有一年农历三月十五的夜晚，月亮特别皎洁。三公主抬头望月，知道嫦娥又在月宫举办一年一度的“月街”了。她知道月亮上的街市虽货物繁多，琳琅满目，可所有物品只能看不能买。于是她忽发奇想：在苍山脚下也办一个月街，而且要让大家想买什么就能买什么。于是，夫妇俩就来到苍山中和峰的东麓，栽下一棵大青树，每年三月十五起，在树下做买卖七天。从此就有了这样一个热闹的集市。

清代大理学者师荔扉的《三月词》中写道：“乌绫帕子凤头鞋，结对相携赶月街。观音石畔烧香去，元祖碑前买货来。”至今，大理人仍习惯称三月街为“月街”。每到会期，货棚栉比，游人如潮，争相选购自己所需的物品。

三月街也是白族丰富多彩的文化艺术的大舞台。会街期间，歌舞不绝，戏曲连台，传统的赛马，赛龙船，敲金钱鼓，耍霸王鞭……其浓厚的民族风味吸引着周边回、汉、藏、彝、纳西、傣等民族前来赴会，并吸引大批的国内外游客前来游历观光，规模和影响一年更胜一年。

三月街还是白族青年男女结识相会、谈情说爱的佳期。在大理，情人相恋的美好去处，莫过于蝴蝶泉。

相传古代仓山脚下有一潭泉水，一棵弯弯的合欢树，羊角村里住着一对男女青年，男的叫阿龙，勤劳勇敢；女的叫阿花，心灵手巧；三月三是白族“朝山会”，阿花送给阿龙一条绣着百只蝴蝶的“百蝶巾”，蝴蝶栩栩如生，只只传情。财主罗奎得知消息，垂涎阿花的美貌，抢走“百蝶巾”，逼阿花成亲。阿龙打猎回来发现阿花被抢，夜闯罗寨，救出阿花。但是，在穷凶极恶的罗奎及家丁的追逼下，他们最后双双跳下潭中化为蝴蝶，第二天潭中飞出一对大蝴蝶，蝴蝶泉的美名由此而来。电影《五朵金花》也是以此为题材拍摄的。

一对青年男女坚贞不渝跳潭化蝶的传说，使蝴蝶泉成为大理地区最富浪漫色彩的胜景。三月街会期间，蝴蝶泉边，合欢树旁，百花吐艳，蝴蝶起舞。人群中多的是青年男女的身影，来此体味爱情的坚贞。而游人身临其境，更是赏心悦目，流连忘返。

三月大理，田园风光旖旎秀美，白族村庄错落有致。下关风、上关花、苍山雪、洱海月——此“大理四景”在三月里皆可一睹。“风花雪月”几乎成了大理在“三月街”之外用来招徕游客的又一个招牌。据说“风花雪月”还可以在白族姑娘身上穿戴的配饰上找到对照，这就需要发现的眼光了。在大理、在三月，你发现的或许会更多。

梦想草原

草原就像一个巨大的梦想，当它展现在我的面前时，我竟有点怀疑它的真实。我用力踩了踩脚下的土地，青草和沙土通过脚底传递上来的感觉，松松软软的，真的像一场梦。但我知道，此刻，我就真实地被托在这个巨大的梦想之上。

从千里之外的南方平原，沿着梦的方向，终于来到北方高原。绿色的草原就在我的眼前绵延起伏，一望无际，在天的尽头与蓝天相接。而蓝天在广袤草原的衬托之下，是那么的纯净，那么的高远。突然间，就感觉人是那么的渺小，而心胸是那么的开阔，如同久居一间昏暗幽闭的小屋，訇然洞开了一扇阳光明媚的窗口。

从这扇窗口望过去，远方那一脉山峦扑入眼帘。怀疑那山梁之上忽地就会涌出一列骠骑来，铁蹄铮铮，锦旗烈烈。而金戈相击、号角之声就从心头响起，让人热血沸腾。

这就是春秋战国时期匈奴的领地？这就是魏晋时代鲜卑的居所？这就是大唐盛世突厥的辖区？这就是两宋时期契丹的属地？这就是一代天骄成吉思汗跃马扬鞭弯弓射雕的大草原？

文字的记载，历史的传说，一一展现在眼前。真的像触手可及的梦，好似草原上空飘浮的白云，看似很近，却是非常的遥远。而那些遥远的战事，早已硝烟散尽，呈现在我面前的，只有和平的阳光、蔚蓝的天空、安谧的草原、悠然的时光。

天苍苍，野茫茫，风吹草低见牛羊。这首脍炙人口的古乐府诗，不知多少回勾起我对大草原的遐想。今天，所有对草原的构思设想都被眼前的景物观照，变为现实。

站在我脚下的，是白音察干草原——蒙古大草原的一部分。七八月的季节，正是草原最美丽的日子。虽经多年干旱，草木仍是旺盛。开阔而起伏的绿色草原上，点缀着白色的蒙古包，或是小小的村落。遥远的天边，羊群蠕动，有时让你怀疑是天上的白云飘浮在草地之上。在阳光的照射下，头顶上絮状的云彩在草原上投下阴影，它像一双巨大的手掌轻柔地抚过美丽的大草原。

近处的山岗上，有大大小小石块垒起的圆形石堆，石堆上，五彩的神幡和洁白的哈达迎风飘扬。友人告诉，这就是敖包。这才知道，敖包原是人们在辽阔的草原上用石头堆成的道路和界域的标志，后来逐步演变成祭拜神灵和祈祷丰收、平安、幸福的象征。

于是想起那首传唱华夏的《敖包相会》，心中在想，这梦想的大草原啊，不就是我等待着的美丽的姑娘吗？我仿佛觉得，我已在敖包旁守望了她几十年，而她，用猎猎刮过的高原风向我诉说，她已为我等候了亿万万年。

泾县漂流

炎炎夏日到泾县，可以不去桃花潭感受李白汪伦深千尺的情感，也可以不去茂林凭吊皖南事变那惨烈的硝烟。但一定要在那青山绿水间做一次漂流。

位于江南的泾县多连绵的山峦，山峦间多蜿蜒的溪流。这些溪流是古人进出山区的便捷通道。近些年来，眼光独到的山里人将它们开发成一项享誉全国乃至世界的旅游项目——竹筏漂流。

据知，泾县的漂流景点有几处。最著名的当是号称“江南第一漂”的乌溪漂流和拍过《月亮湾的笑声》等电影的汀溪漂流。

慕“江南第一”的美誉，在榔桥镇进入山区。车子在曲折盘绕的山路上行驶十几分钟，便到了乌溪姚村小河口码头。一行人登上精心制作的竹筏，在筏上的小椅落座，筏工便将手中的竹篙往溪边一撑，离岸的竹筏便顺流而下。

溪流平缓，像一首乐曲舒缓的开篇。行不多远，水流渐急，筏头的艄公提醒注意，竹筏跌宕而下，卷上竹筏的水浪立即湿了鞋袜。索性光了脚，感受夏日溪水的清凉。

有山迎面而来，虽已是日上三竿，仍感觉雾气弥漫。艄公告知，此是早雾山，因雾生得早及雾多而得名。

穿过早雾山，是一段九曲回肠，一岸青山，一岸相对开阔的地势。迎面吹来带着山野气息的风中，有缕缕音律入耳。四望探寻，见岸边有一老者头戴草帽，正悠然自得地吹着一管葫芦丝。葫芦丝清亮的音符在身后渐绝之时，岸边的绿树丛中又现出一白衣老者，手中一把二胡正拉出悠扬的旋律。

心中就浮想起俞伯牙和钟子期的故事来。筏上聆听的，虽只是这青山绿水中一匆匆过客，但似有了一份高山流水的心境了。美哉此景，美哉人生。

在一份美好的心情里，竹筏也进入一片开阔的水面。山上翠竹万竿，水中绿影婆娑，两只白鹭在青山绿水间追逐飞舞。筏工轻点竹篙，竹筏便轻捷地行驶在一片清新、轻松而充满柔美的意境里。“两岸猿声啼不住，轻舟已过万重山。”这样的诗意，真是身临其境地体验了。

正沉浸在诗情画意中，艄公忽然手指左方层峦叠嶂的大山说：“那里有明朝的古墓群，喜欢访古的可去看看。”古人身葬深山处，怕就是逃避世人搅扰，我等何必去惊醒那些千百年的睡梦？心中正发着青山常在绿水长流，而时光瞬间已成历史的感慨，筏在一片惊呼中冲浪而下，进入凶险的刁潭。

抬头，见潭边的巨石上有一方红艳的刁潭古印，古印下的文字看不清晰，据说是记录了昔日放筏工的艰难。艄公介绍，这里过去不知有多少放筏工从崖上误落水中，而落水者却浮而不沉，因而留下了“刁潭不刁”的神奇传说。

当然，漂流途中的谜团，何止一个刁潭，比如下游突兀出现的一座断桥，断桥两边的水温终年相差 20℃左右，夏日里轻轻地触摸一下下游的水，立即就有寒冰刺骨的感受。有人说桥下有一个很大的冰泉，但至今无人去证实。

大自然总是给人类留下诸多的传奇，令人感叹世界之幽秘，引发探求真理之心。

冥思中，有清凉的水滴溅上脸颊，原来，筏上及筏与筏之间的游客打起了水仗。据说，这是泾县夏日漂流渐成传统的一项游乐项目。一时间溪水飞舞，浪花四溅，衣衫尽湿。有人甚至跳入清澈的水中，互相泼水嬉戏。沉寂的山涧响起一片欢快的惊叫与笑语，惊飞了几只一直绕筏飞舞的蜻蜓。

“佳境千万曲，客行无歇时。”这是李白在《泾川送族弟》中的诗句。千曲万转中，看尽青山绿水，便选取一处依山傍水的村落停筏而下。小扣柴扉，有农家热情招呼，一壶茶水迎宾，是地道的溪水绿茶，清嗓润肺，解渴消暑。

沿溪畔曲折山路回走，俯视山涧随波漂流的竹筏，忽然想起电影《闪闪的红星》中的插曲：“小小竹排向东流，巍巍青山两岸走……”于是放声高歌。山风入怀，苍翠满目，就感觉胸如溪沐，心灵充盈，这难得的闲散夏日宛如一叶轻灵之筏，在自然的山水中漂流。

亲近秋天

星期天，朋友将一辆面包车开到楼下，约我和几位朋友去银屏山踏秋。

车子出巢城南不久，便转入一条稍显狭窄的柏油路，进入乡村大地。路面虽平，但整条路起伏蜿蜒，像一条舞者随手抛出去的彩带，在原野中飘荡。

路两边，摆放着各式各样的山石，估计是附近村庄的农民从周围连绵不绝的大山里挖掘来，沿路摆放供人采购的。山石大的几米高，小的盈尺，或人形，或兽状，或厚重凝实，或玲珑剔透，把整个秋野衬托得大气而富有诗意，充满野趣。

车子提挡，开始爬坡，进入山区。

面包车此时宛如一只甲壳虫，在一张秋天的叶片上爬行。在这张叶片与枝茎的交合处，“甲壳虫”停止了它的“爬行”。

下车，已在半山坡上，几间白墙青瓦的农家就在眼前。

朋友领我们进一户农家客堂，见八仙桌油光铮亮，四条山木做的长条凳黑红结实。中堂下的香案上摆放着待客的茶筒、水杯、水壶等。听朋友与主人搭话，知是一处亦居亦店的人家。品饮野茶间，朋友已订下午餐。随即一行人向山上登去，以观难得一见的山野秋色，释放久居城市的紧张与压迫。

虽是深秋，山里的景色仍是以绿色为主调，墨绿的茶树、青绿的松柏、浅绿的灌木，点缀褐黄的梧桐、火红的枫栌、灰白的芦荻，像一幅印象派的作品。

山坳处，有一口水塘，在秋日的阳光下似一面镜子，反映着黛山白云蓝天，悠悠然然荡涤心境。

忽见一座不小的院落，静静地坐在秋风里，周围野树蔓缠、杂草丛生。沿斑驳的石阶而上，透过门隙朝里窥望，一片颓败荒凉。有鸟被惊起，扑啦啦飞向大山的深处。同行朋友感叹："好安静的地方，要是在这儿能买两间房，到老来休养多好!"我说："久居钢筋水泥的城堡，你就向往这样的安静与清新；而这里的山民一定羡慕城里的繁华呢。"想到钱钟书《围城》里的名言城外的人想冲进去，城里的人想逃出来。

再往上走，是一块稍平的坡地，有一阵阵馨香扑鼻。目及处，丛丛野菊怒放，黄了一片山坡。又闻嗡嗡的声音，是蜜蜂的翅膀弹动阳光的琴弦。问一排排蜂箱后的养蜂人，脚下那座荒废的院落是何处所。答：曾是老的乡政府，现乡政府搬到离城近的平地去了，那儿荒废已有十多年了。不免叹息。

把玩秋色良久，山下传来农家主人的呼喊。在野性十足的秋风挟裹下下山。

八仙桌上已摆好菜肴。清一色的土菜，与在城里吃的圈养、大棚生长的味道大不一样。众人大快朵颐，谈笑风生。

赏了秋色，又品了秋味，便打道回府。问掌握着方向盘的朋友："怎么有此兴致请大伙儿赏秋?"朋友"哈哈"大笑："看诸位整天忙着工作、生活，一个个像秋天霜打的茄子，带你们出来亲近亲近秋天、释放释放心情哦。”

一行人心里热热的，比车窗外的秋阳还暖。

处处有风光

一

到婺源大障山卧龙谷时正是深秋，山里面已是游人稀少。一进卧龙谷，就有一种强烈的震撼感。湍急的溪流在岩石间奔腾、穿越、冲撞、激荡，在沉寂的山谷里发出巨大的轰鸣，令人心惊。

溪流随山势跌宕，怪石嶙峋突兀，两岸青山绰绰，林木葱茏，间有红叶点染。同行的几位“驴友”赶忙打开相机，或蹲或站，或仰或俯，将美景摄入镜头。

沿溪边小径，蜿蜒而上，一路听泉观瀑，捡拾秋色。气喘吁吁时，腰酸腿疼，已是步履艰难。回头，不见同行身影；前瞻，林黯山深。此时，倍觉泉声聩耳，忽感胆战。

再向上，偶遇一两结伴下山的游人后，再无人烟。于是坐在溪流中间一块巨大的鹰状石背上等“驴友”。等几个弯腰曲背的身影走近，一个个也是气喘如牛，平时顺滑的语言也如断了线的珍珠，不能连贯。

稍事休息，互相翻看相机里的图片，美色难描，啧啧感叹不虚此行。互相留影后，有人用长焦瞭望一遍远山，说山上恐无多大景致，提议跨过泉流转头下山。而我与另一“驴友”坚持风光就在险远处，继续向高处攀登。

一路确再无新颖之处，山重水复，似观一位无名画者反复临摹的一幅水墨画，单调而乏味。

就在叹悔时，拂面而来的风带来一股潮湿的气息，并传来恢弘的声响。突感振奋，拔腿向上。

眼前豁然开朗——一条宽几十米、高四五百米的巨大瀑布从山顶直挂而下，在阳光的照射下，如一匹柔滑的巨幅彩缎，在天地间猎猎飘扬。

飞流直下的瀑，在与山体、岩石的碰撞及山风的吹拂下，水汽弥散，在阳光里现出一道彩虹。而挟山势而下的急流跌落在山涧和深潭中，发出激昂之声，在观者的胸中激起一股诗意与豪情。正是“无限风光在险峰”。

二

冬去春来，与“驴友”相约，再登巢湖东岸的太湖山。

山虽不比大障山的险要，却也风光宜人；溪虽没有卧龙谷的巨瀑激流，却也细流涓涓。一路竹翠林青，鸟语花香。沿途读小溪之潺潺，听小虫之呢喃，观蜂蝶之翩翩，觅花朵之摇曳。言欢语快间，也不甚经意如此大好春光，款款迤迤地入得山中。

鸟鸣不闻婉转，桥头不落身影，林间不留步履，过庙不入禅房。一路难听快门“咔嚓”，心存美好愿景，所谓“世之奇伟、瑰怪、非常之观，常在于险远，而人之所罕至焉”。

入得半山腰，已是气喘吁吁，汗湿衣襟。见担石上山修寺的挑夫，一步一个台阶，感叹人生之负重、跋涉之艰辛。

再往上，山势渐陡，而口干舌燥，举步维艰。

坐在道边的山石上喘息，问从上面下来的游客，离山顶还有多远？答曰：半个小时的路程。再问上面可有好看之处？回：没什么看头。于是，同行“驴友”皆打退堂鼓，寻近旁的一间小庙歇息去了。心有不甘，一个人向山顶攀登。

一路曲折回转，在腿肚打战中上得山顶，环顾间未见非常之观。俯瞰山下，一片苍茫，怅然若失。

此时长风入怀，心有感触：原来有时风光不在高远处，一些美好的事物往往就在我们经过的路边，却被我们在不经意间放过。登山者还有回头路可走，也可让手中的镜头重拾美景。可人生呢，哪里寻回头之径？

徽州古村

行走徽州，简直就是在一幅水墨画卷中行走。而那一处处依山傍水、粉墙黛瓦的古村落，就是这幅山水画卷中最亮丽的景致。

随随便便地踏入一个村落，你都可能与一些历风浸雨，留下历史沧桑的老屋相遇。流连在这些安谧的充满家的温馨和人文气息的村舍巷陌间，古风徽韵就如一团徽墨在心头点染开来。

洁白的粉墙、黝黑的屋瓦、飞挑的檐角、鳞次栉比的兽脊斗拱以及高低错落、层层昂起的马头墙，绵亘着一幅幅宗族生息繁衍的历史长卷。穿行其间，思绪随着幽深蜿蜒的村巷步移景异，遥远的历史在记忆中如雨后青山般渐渐清晰，扑入眼帘。

公元904年，拥兵自重的朱温逼迫唐昭宗李晔迁都洛阳。途中，皇后生下一子。接驾的陕州官吏胡三见此情形，悄悄抱走孩子，辞官弃职，回到家乡婺源。他给孩子起名胡昌翼。不久，朱温篡位，自立梁朝，李晔一家灭门，唯胡昌翼幸免。

很多年后，长大成人的胡昌翼知道了自己的身世，但他选择的是继续耕读传家的平淡生活。及至胡昌翼的第五代，有人从婺源出去，经过西递，被眼前的秀山丽水深深吸引。于是胡门一族又从婺源迁到了西递，并在西递生根发芽，然后叶茂枝繁。

其实，徽州的很多村落，有不少像胡氏宗族一样避乱逃生，从远处走来。更多的是像胡氏后人一样，被这里秀丽的山水打动，从此在这里扎根繁衍，建设心中那个理想的家园。

徽乡的兴盛，最终要得益于徽商的兴起。

明清时期，徽州商人称雄九州。他们纷纷沿新安江等水系走出大山，在完成资本积累后，又带着丰厚的财富，回到大山中的家乡，建宅修祠，兴村立镇，逐渐形成了徽州特色的建筑风格。于是，到明晚期，“入歙、休之境而遥望高墙白屋”就已成徽州村落的独特景观。

“胸中小五岳，足底大九州”的徽州人荣归故里，也将域外更高层次的文化引入境内，融入构筑起的一幢幢精巧别致的建筑里，他们在建宅居的同时，还建起大量的文化建筑，书院、楼阁、祠堂、牌坊、古塔、园林等杂陈其间，使得整个徽乡深蕴了文化气息和人文情怀，最终形成了独树一帜的徽派风格。

登高俯视或远眺，徽州古村落散落在山麓或丛林间，苍绿与黑白相映，跌宕起伏，错落有致，悦人眼目。行走在青石铺就的街巷，仰视层层叠叠高出屋脊的马头墙，那鳞次栉比的飞檐翘角，在蔚蓝的天际间勾勒出空间的层次和韵律，让观瞻者体悟到一种天人之间的和谐。

徽州村落大多遵循中国传统风水建造，山水环抱，清新隽秀，追求理想的人居环境和山水意境，被誉为“画里乡村”。

呈坎村即严格按照八卦布局，被称为“中国第一八卦村”。在村庄游览，如没有指引，乍到此地的人往往在逼仄的街巷间迷失，走不出小小的村落。

宏村是仿生的牛形村落。“山为牛头树为角，桥为牛腿屋为身，凿湖作牛肚，引泉为牛肠。”这个古老的村落筑堤截流，让山涧之水顺坡而下，然后沿每家房屋修建水渠，清澈见底的山水从每家的门口经过，不仅方便了居民的生活，且有利于民宅的防火。这样的建筑意识，在蕴含了对农耕社会图腾之一“牛”的崇敬之外，借鉴了牛的生理结构巧妙布置，浑然天成，精妙叫绝。

这样重视风水和景致的村落遍布徽州山水间：比如依船形而建严谨有致的西递村、按照唐朝风格建筑富有浪漫色彩的唐模村、沿狭窄而曲折的山谷修建的精巧典雅的洪村……至于那些像石潭、塔川一般散落在崇山峻岭间，保持着原始自然风貌的小村落，真如汤显祖所称，乃“人生痴绝处”。

据说，陶渊明的《桃花源记》就是以徽州更远古的村落为蓝本，在黟县，就发现了陶氏的宗谱，并居住着陶氏后人。重峦叠翠云遮雾绕间，小桥流水阡陌交通，屋舍俨然鸡犬相闻，漫步在这样的画卷里，简直就是行游在世外桃源。

楚歌岭散记

一

驱车前往巢湖南岸的楚歌岭。我深信，我正迎着两千多年前西楚霸王项羽兵溃的路线。耳风呼啸，我仿佛看见奔腾的战马、猎猎的大旗正从我的车旁闪电般掠过。

《史记·项羽本纪》记述："项王军壁垓下，兵少食尽，汉军及诸侯兵围之数重。夜闻汉军四面皆楚歌，项王乃大惊，曰：'汉皆已得楚乎？是何楚人之多也。'"于是，垓下之地被历史学家认定为四面楚歌的发生地，似已毋庸置疑。

然而，在巢湖南岸为什么还有一座楚歌岭，为什么山下还有一个乡镇叫散兵，而骁勇善战的项羽又怎么可能在一个一马平川的垓下小城让刘邦的汉军重重围困，实是让人费解。难道就是因了一部史传千古的《史记》片言记载，让人不再怀疑历史的真伪？

我不是历史学家，无意去考证《史记》是非曲直。只是站在高高的楚歌岭上，环视周围连绵的群山，俯视苍茫浩渺的巢湖，心中臆认，这才是四面楚歌的发生地。也只有这样据山临水的险要之地，才可以让身经百战的项羽在兵败途中安营扎寨，修整以待汉军及诸侯兵马。

二

且让我们根据巢湖南岸民间的流传，来回放一下两千两百多年前的那场战事。

空旷的垓下平野是一个适合两军决战的战场。然而，摆开阵势的楚军却中了汉军的十面埋伏。

项羽率溃军一路南下，来到巢湖岸边的龙王山下，见其地势险要，进可攻退可守，便扎下营盘，整军以待追军。

不久，韩信即带领汉军人马赶到此地。由于楚军营寨面临巢湖，背依大山，汉军一时无法攻取。足智多谋的韩信，见武攻难胜，便决定改用心理战术，以此来挫伤虽败犹勇的西楚霸王的锐气，动摇誓死效忠项羽的“八千子弟兵”。

是夜，韩信派人用糖稀在楚军驻地外的空旷地写下“霸王无道，项羽必败”八个大字。由于糖香四溢，引来无数蚂蚁争食，遂粘聚在一起。韩信在命令围困楚营的汉军唱起楚歌的同时，又亲领一小支人马，带着箫管潜上楚军驻地后面的山岭，吹奏楚地歌谣。楚歌从四面传入楚营，楚兵听了个个怀乡，人人思亲，泣不成声，军心开始动摇。

至天明，被四面楚歌勾起思乡之情的楚兵，又见了万千蚂蚁在旷野排成的八个大字，认为是天意灭楚，顿时军心大乱，纷纷丢盔弃戈离营而去。项羽也不明其由，惊呼“此天之亡我，非战之罪也”。他在混乱中收拢起残兵游勇，攻上营后山岭，据险而战。但因众叛亲离，终不敌众，英勇豪杰的西楚霸王最后仅带着二十八骑亲信，突围而出。

至和县乌江，项羽因“无颜见江东父老”，自刎抛颅而亡。留下“生当作人杰，死亦为鬼雄。至今思项羽，不肯过江东”的千古悲叹。

此后，当地人将项羽兵散之地的小渔村称为“散兵”（今为散兵镇），汉军吹箫的山岭被称为“楚歌岭”。如今，楚歌岭上可寻韩信吹箫处、霸王城等景观遗址。

三

翻过楚歌岭，在其东南的山间有个千余人的大村，称项山村，村内项姓居多，连同周边村庄在内，姓项的村民达2000余众。

项山村的居民自称是项羽的后代，实是元初（1228年）时其祖辈项昌世从东北辽西迁居至此的。据项氏宗谱记述，项昌世是项羽的第70代世孙。按辈分算，现今项山村的项氏已是90多代了。当年项昌世迁居这里，其缘由就是当年楚歌岭下的那场战事。

为了纪念项羽，项羽的后裔们还在项山村的山岗上立起一座5米高的项羽铜像，建起了一座全国唯一的以项羽为背景的项羽文化园。彳亍于此，不免让我回味起那段“大风起兮云飞扬”的楚汉风云。

无独有偶，在楚歌岭的北边，有上韩、下韩、韩岗等村庄，多为姓韩，其村民也坚称是韩信的后代，据说是当年韩信留下的部属在此繁衍生息的结果。

祖辈们当年在楚歌岭下互为对头，誓死鏖战，后代们如今却比邻而居，围岭而作，也是一段佳话。时光是铸剑为锄的最好熔炉。

四

站在楚歌岭的顶峰，大风扑面，山林索索，仿佛听得见那场厮杀中的呐喊。环顾这方当年楚汉相斗的战场，一种悲怆自胸涌起。

山下，现代人的劈山开矿，已将大好的山河剥蚀得体无完肤。开石场和建材厂的灰尘弥漫，笼罩四野，让不远处的浩浩巢湖也尘蔽在一片苍茫中，真个是“天高水涸兮寒雁悲伤”。

现代人的这曲四面楚歌，要打败的是什么？青山绿水？乡愁？曾经的历史，还是我们的未来？

楚歌岭上，我听见一支箫管如泣如诉的哀怨。

旗山探秋

决定去探秋。

在范增的故地——亚父乡下车，左边是鼓山，右边是旗山，却很不“旗鼓相当”。鼓山，庙宇林立，游人如织；旗山，晨雾轻笼，肃穆沉寂。于是，背零乱之步履，独向旗山迈步。

寻一两农人问路，穿一两安静的村庄，就到了旗山脚下。一泊秋水，一丛荻花，似皓首隐者水边垂钓。野花丛丛，金黄淡紫，点缀仍然充满生机的山坡，是秋天洒落的诗句。

过坡上山，迎面遇一手扶拖拉机从坎坷陡峭的山路下来，驾驶者竟是一位僧者。正感惊奇，僧者先打招呼：“去庙里吗？在山上。”还未回答，车子已隐入一片松林，突突的机声随雾岚渐渐消失。

半山腰上，一黑狗从身后跑出，嗅嗅我沾满露水和花香的裤脚，又一路欢跳地朝山上跑去。它是要告诉庙里的隐者，还是要告诉满山的秋色，有客来访？

越往上，就有点气喘吁吁，秋以它的崎岖磨炼一颗城市的心脏。越往上，景色渐显苍凉，秋的躯干逐渐少去，秋的低微渐入眼底，最后，以褐黄的色彩连成一片，铺成满坡的壮观与气势。

登上山顶，回首瞭望，城市在我的脚下，那么的渺小。站上一块岩石，以蓝天作背景，感受一种“我为峰”的豪情。

但庙宇仍在更高的山峰。一座塔、一落寺院静静地坐在秋辉里，像一位入定的禅者。几次动参禅之心，终在半途收回脚步。一个凡夫俗子，心中充塞了太多的欲望，与佛何缘？于是转身朝另一座山峰登去，走没有人走过的路，看秋天丛生的欲望，摄下秋天的野趣。

秋风掀起衣襟，吹乱头发，忽发怀古之情。不知被项羽尊为亚父的范增生在山下的哪一个村落，想当年是否也登此山峰，抒天地豪情。

下山，迎面一只蝴蝶绕襟翩翩。竟发奇想，这或是亚父之灵，旗山之灵，秋之灵。

行于在一篇游记中

沿着一篇游记而来。

还是王安石的那座山，还是王安石的那方洞，但时间已随满山的树叶飘落了近千年。

坎坷逼仄的官道，变成蜿蜒平坦的大路，“世之奇伟、瑰怪、非常之观”已不在险远，现代化的交通工具将褒禅瞬间拉到我的面前，看款式新颖之履踏平了山径的崎岖。

慧空禅院正大兴土木，佛塔高过山峰，一缕唐宋的香火飘过21世纪的天空。

临川先生的像下，我胸中泛起的诗情是如此的渺小。重温那一篇游记，听导游在碑刻的字句间诠释人生。

华阳洞前，碑不仆道，其文红艳。侧出之泉流了千年，也洗不净人类的俗愿。一棵长在现代的榆树，粗可盈握，因为冠名“摇钱”，被一双双手去摇抚。

涉溪入前洞，逆“临川王某”之游，一迈步，就是其“不得极夫游之乐”之险远。非志也，非力也，乃“物以相之”也。然灯明路坦又少了多少“游之乐”与“思之深”，导游三分形似、七分想象的解说，使“有得”显得那么牵强与浮浅。

然洞终得天地之造化、鬼斧之神工，自然不以时间的流转和人类的印记，来改变它的美丽与雄奇。自然更因底蕴深厚的人文相得益彰，启迪人类的思想与文化，流芳万古。

听溪水之潺潺，得天籁之音律；抚亿年之石乳，叹岁月之厚重；探幽深之岔洞，思人世之神秘……沿时空之隧道，一路向上。

豁然开朗处，已是当年先生四人“拥火以入”之后洞。不见前人身影，但闻叶落声声，清风拂面，瞬间已过千年。

下山，仍在一篇游记中彳亍。

塔川之秋

沿宏村东的山路行不多远，就到了塔川。塔川是一个村庄，穿过一片古木掩映的下坡小路，山坳处的塔川村就映入眼帘。

秋深霜重，是塔川最美的时节。满山坡金黄、深褐、火红和墨绿的树木互相间杂，五彩斑斓，极富层次。白墙灰瓦的小小村庄被缤纷的色彩包围，在山野间显出几分清冷，清清淡淡的，宛如世外仙境。

收割后的梯田袒露着，遍布坡旁埂边的雏菊在暖阳里恣意绽放，让旅行者陶醉在一片花香里。

村庄背倚的山峦为高耸云端的黄山西南余脉，二三十幢古民居依山而建，层层叠叠，错落有致。问寻村民，知小村之所以叫塔川，是因为这里的房屋、田地分布错落有致、层次分明，像塔一样，且村落里有河流蜿蜒穿过。

漫步于村中，赏溪流绕屋，观红叶掩隐，听竹林莺啼，闻鸡犬鸣吠，领略山间村民宁静悠闲的生活乐趣，真是心神俱怡。

最美的时光是清晨，鸡鸣声中，天渐渐透亮。站在高处瞭望塔川，薄雾笼罩，树影朦胧，徽派建筑农家小屋在影绰的树影和雾气里，若有若无若隐若现，让人立生“不知有汉，无论魏晋”之感。

塔川山林里分布最多的红叶树是乌桕。乌桕叶红的时间最长，而且同一地点相邻的树，有的已红叶落尽，有的却依旧绿色满枝，让人叹奇。落了叶的乌桕树也另有一番美态，乌黑的枝干恣意伸展，仿佛在天空中遒劲地书写。

夕阳将下时的塔川是另一种美景。一束束金黄色的阳光透过云雾的缝隙，斜射到这片村落和树林，给它们蒙上一层既显堂皇富丽，又显梦幻的色彩。站在这种蔚为壮观的景致里，耳边仿佛听到阳光的交响曲，让人心潮起伏。

秋深以后，塔川总要迎来一批批的摄影和美术爱好者。有人说，塔川之秋就像一块调色板，每位身临其境的人都会绘出自己心中的那幅浓墨重彩的画卷。

千古悲歌霸王祠

自古以来，成者王侯败者寇。在这样一种中国文化环境里，从史家到文人，乃至普通百姓，竟给予了一个“败寇”少有的推崇和尊敬。史家以王侯的规格为其立传，文人墨客以英雄的笔墨感叹抒怀，老百姓则给他立祠供奉。

这个人，就是秦末楚汉相争时期的西楚霸王——项羽。

公元前202年，西楚霸王项羽兵败，于现马鞍山市和县乌江边的凤凰山上自刎，后人在此立祠祭之。立在乌江边的这座祠，名霸王祠。又称项王祠、项羽庙。

凤凰山在我看来实在不能称之为山，顶多算是一个山包。只是它立起在江边的这片平原上，显出了高度，又因为一座霸王祠，显出些气势来。很难想象，就是在这样一个不起眼的山岗上，一代枭雄坚持不过江东卷土重来，而是拔剑自刎，用热血写下一曲千古绝唱。

即便是溃败到乌江边，“汉骑追者数千人”，却依然奈何不得仅剩二十八骑的项羽。司马迁《史记·项羽本纪》载，项羽“谓其骑曰：‘吾起兵至今八岁矣，身七十余战，所当者破，所击者服，未尝败北，遂霸有天下。然今卒困于此，此天之亡我，非战之罪也。’”为了表示自己的失败确“非战之罪”，他一骑驰入围之数重的汉军丛中，斩将、刈旗，如入无人之境，“汉军皆披靡”。

史料记载，霸王祠建于唐初，书法家李阳冰篆额曰：“西楚霸王灵祠”。后经历代修葺与扩建，有正殿、青龙宫、行宫、水灵宫等共99间半。古代只有皇帝方可建祠百间，霸王祠少建半间，可见其声望威名。

旧祠前有清朝贡生范琴波的对联，云：“司马迁乃汉臣，本纪一篇，不信史官无曲笔；杜师雄真豪士，灵祠大哭，至今草木有余悲。”历史的描述里，项羽刚愎自用，每每在关键时刻不能接受谋臣之计，导致最后霸王别姬、乌江自刎的悲歌。其实，不善计谋、随性率真，也正说明了项羽的刚正率直、敞亮胸襟。即便是溃至乌江，项羽也满可过江东，“众数十万人”卷土重来，然而，正是他“且籍与江东子弟八千人渡江而西，今无一人还，纵江东父兄怜而王我，我何面目见之”的率性，让他选择了拔剑自刎。“生当作人杰，死亦为鬼雄。至今思项羽，不肯过江东。”我想，后人奉项羽为人杰鬼雄，正是因了他的真性情吧。

古霸王祠殿内，原有项羽、虞姬、范增等人塑像，并有石狮、旱船、钟、鼎碑等文物。后屡遭兵燹，大部分建筑物被毁。清同治年间，霸王像重塑，悬“拔山盖世”匾额，并有楹联“山襟水带，虎啸龙吟”。

新中国成立后，祠内塑像仍存。至“文化大革命”，塑像、墓地皆毁，仅存正殿三间与两侧厢房，成为乌江农业中学校址。

20世纪80年代初，胡耀邦视察安徽途经巢湖（当时和县隶属巢湖地区），在接见地方领导时兴致勃勃吟诵起杜牧的《题乌江亭》和王安石的《题乌江项王庙》，当得知霸王庙被毁占之况，当即指示要尽快恢复重建。

至此，霸王祠得以重建享殿五间，殿中塑立仿青铜霸王像一尊，高达2.66米。上悬书法家田原手迹“叱咤风云”横匾。殿门木柱上有著名书法家林散之书写的对联：“犹听叱咤之声，外黄未坑能存孺念，壮哉心鄙秦皇帝；忍见风云变色，虞姬自刎专为报恩，败已头抛吕马童。”

在老祠之西，今又新建一廊坊式祠庙，门前立片石垒起的毛泽东手书杜牧《题乌江亭》石碑，门匾“霸王祠”三字乃是国防部原部长张爱萍所题。祠内塑霸王半身青石像一座，风格粗犷，上题草书“风骚千古”。塑像边，刻有享殿林散之柱联之石碑，并列的还有原政协副主席赵朴初书写的对联：“彼可取而代也，白眼视秦皇，一时气盖人间世；汉皆已得楚乎，乌骓嗟不逝，千古风悲垓下歌。”

廊殿内东西山墙镶嵌有毛泽东、黄镇、贺敬之、李准、刘绍棠等诗文题书，孟郊、李贺、杜牧、苏舜钦、王安石、李清照、陆游等众多名家的赋咏。其中有杜牧的《题乌江亭》和王安石的《乌江亭》两块诗碑。杜诗曰：“胜败兵家事不期，包羞忍耻是男儿，江东子弟多才俊，卷土重来未可知。”王诗曰：“百战疲劳壮士哀，中原一败势难回，江东子弟今虽在，肯为君王卷土来。”

霸王墓在老祠享殿的后面。通往墓台的石板神道为古松掩映，旁立4对石人石兽，粗犷简约，典型的明代雕塑风格。墓台隆起，砌以青石，呈椭圆形。墓四周有仿白玉栏杆，中立“西楚霸王衣冠冢”碑石一方。宋乌江令龚相的《项王亭赋》云：“墓四周古松数百章，怒涛汹汹常如大风雨至。”今景一如当年。

在正殿的右侧有地下墓道，直通霸王墓边。厚重的墓石，幽冥的墓道，死寂的空间，再加上墓道底处发掘出的一具汉棺，让探秘凭吊者心生敬畏和战栗。

一段不过百米的墓道，仿佛让人穿越了一段沉重的历史。出墓道，见天日，睹墓冢，不免想起清人卢润九的《读史偶评·项王墓》：“帝业方看垂手成，何来四面楚歌声；兴亡瞬息同儿戏，从此英雄不愿生。”

出祠，临乌江亭，感叹于唐宰相李德裕《项王亭赋（并序）》里的文字：“自汤武以干戈创业，后之英雄，莫高项氏，感其伏剑此地，因作，赋以吊之。”回望身后的霸王祠，又想起清乾隆皇帝的《读项羽纪》：“天下不闻歌楚些，帐中唯见叹虞兮。故乡三户终何在？千载乌江不洗悲。”

极目远眺，天地苍茫，江水浩浩，正是大好河山。心中吟诵：“数风流人物，还看今朝。”

烟雨黄屯

一

一场萧萧的冬雨笼罩着黄屯的山水。朦胧的烟雨中，黄屯就仿佛是一件稀罕的老物件，只舍得让来访者隔帘观看。

黄屯向我们展示的第一件老物件，是它的老街。

初冬的雨把老街润出一点戴望舒《雨巷》的味道，只是不见那撑着油纸伞丁香一样哀怨的女子。老街据说有一千多年的历史，在历经一场场的天灾人祸后，现存的一些老宅大都是清末民初的建筑。斜雨冷风，让老街显得更加颓败，像坐在老篾器店门前那位妇人满鬓的灰白，萧寒而寂寥。

老式剃头铺里的镜子照出时光的皱纹，也容易让人想起童年。铁匠铺炉火仍旺，叮叮当当地敲打出岁月的回音。小吃店的油烟在巷子里弥散，渲染出浓浓的人间烟火味。

驻足老街，是一定要尝一尝这里的米饺和大饼的。

在一家早点铺落座，现炸现烤的米饺和大饼便摆上了八仙桌。米饺的外形像一弯金黄的新月，入口外焦内软，酥脆的饺皮和香热的饺心被齿舌拨弄，风味独特。大饼是用柴火大锅炕蒸的，清爽而不油腻，入口松软香浓。

据传，黄屯的大饼，慈禧太后也曾尝过。那是庚子年七月，八国联军攻陷北京，慈禧太后和光绪帝被一班大臣簇拥，从北京向西逃亡。行至怀来县附近，已是饥疲难耐。此时，有宣化镇总兵何乘鳌接驾，见太后饥饿，于是磨米成粉，包裹菜心，做成自己家乡的黄屯大饼奉上。慈禧及光绪等尝后，赞不绝口。

遗憾的是，黄屯大饼虽然美味，但至今也名不见经传。令人叹息，若是何乘鳌当时趁慈禧大悦，讨得一份谕旨，黄屯大饼怕不是今天的无闻。

二

黄屯地处安徽庐江西南僻壤，像一块掩埋在沙砾里的美玉，默默无闻且天然去雕饰。它的无闻与纯朴，又恰如它的美味大饼。

在黄屯镇东翠竹掩映的山坡上聆听了光明寺的梵音，我们驱车去看黄屯展示出的第二件老物件——汪氏宗祠。

车子在山野中穿行，雨雾中的黄屯大地像一篇韵文展开在我们面前。雨洗过的山峦是苍翠的，枫叶、乌桕正红，银杏、梧桐正黄，它们点缀在路边、村头、山坡、溪边，看似随意自然，却像是一篇美妙文字中优雅的平仄韵律。

车子在山坳处一个名叫汪家冲的村落停下。首先扑入眼帘的是三棵参天的古槐柳，古树的对面就是汪氏宗祠。

已有几百年历史的汪氏宗祠依山而建，经过修缮的祠堂为三进式徽派建筑。一进门厅，上建开放式楼台，可舞狮唱戏。二进为议事厅，家族里的重大事件都在这里研究决定。三进为祭祀厅，供奉着黄屯汪氏的先祖牌位。

从悬挂在祠堂内壁的家族谱溯源，可推至轩辕。由此不得不感慨，泱泱华夏，谁不是炎黄的血脉？

黄屯汪氏，据考为湖北吴姓于六百多年前为避战乱迁来，改为汪姓。汪氏落地生根，子孙繁衍，香火旺盛，遂成黄屯大姓。

在黄屯的山水间，还有何氏、朱氏、陈氏、叶氏等祠堂，只是没有像汪氏宗祠一般保护得好，有的只剩偏房几间，有的在疾风劲雨中成残垣断壁。

站在汪氏祠堂的门前，眺望远方烟雨中的苍山茫天，心中在想，雕梁画栋的祠堂可以在风雨中凋败，但每个炎黄子弟心中的那束香火是永不会泯灭的。

三

站在因缘传承的祠堂里，你不得不想到历史。因此，黄屯要给我们看的第三个老物件，是它的历史。

《后汉书》里有“江夏蛮”“庐江贼”之记述。“庐江贼”即指由黄穰在黄屯地域领导的农民起义。黄屯之名也由此得来。

翻开地形图，我们可以清晰地看到，黄屯的西北是绵延的大别山脉，东南隔长江是奇峻的皖南山区，在这两条山脉的中间便是黄屯丘陵。黄屯丘陵又被巢湖、白湖、黄陂湖、竹丝湖、嬉子湖和长江等众多水域包围，由此，汉时曾在此设县，名临湖县。

独特的地理位置，决定了它成为古代兵家必争之地，也成为山贼水匪的藏身之所。历史上大的兵乱时期，比如汉末，黄屯几成荒屯，几乎是十室九空，一片哀鸿。

但是，在动荡之后，这块玉佩般的土地总有外来移民迁入，插草为界，生存繁衍。除了少数像汪氏宗族那样从遥远的地方跋山涉水而来，更多的黄屯人是从邻近的皖南地区迁徙而来。因此，在黄屯有太多的徽风徽韵和皖南风俗。

现在，我们已经无法考证汉时的临湖县是不是就在黄屯老街处。但越来越兴旺的人丁，让一条街道在唐宋时逐渐兴盛起来，成为人流的集居地，也成为黄屯人与外界通商交流的口岸。

山环水绕的黄屯，决定了它闲适松散的生活状态。在老街，你可以看到一位满脸沧桑的老者就着两只米饺，慢慢啜吟杯中早晨的时光。在田头，你可以看见一位红脸膛的汉子，悠悠地赶着一头水牛，犁开脚下的土地。在村舍，你可以看见一位女子，闲闲地穿插着篾条，编织着手里的时光。这样一种田园化的生活状态，是当今社会多少人在匆匆的行旅间所向往企盼的。

历史变迁，时光斗转，而黄屯竟好似被遗忘了的世外桃源，在现代文明中保持着原始的民风、自然的山水。在某个一瞬间，站在黄屯面前的来访者，会有时光倒流的感觉。

历史就像这场冬雨中那些老屋檐下垂挂的雨帘，叮咚淅沥地响着悦耳的音律，又让我们看不清烟雨后面的容颜。但又何必看清，烟雨黄屯本身就是一种美的展示。

老街行吟

到位于巢湖北岸的古镇柘皋，不能不去看看老街。

过玉兰桥，就到了老街。桥东的新街，人声鼎沸，商潮涌动；桥西的老街，冷冷清清，落魄而寂寞。两边的建筑相差百年，时空也好似相隔了百年。老街就如一位沧桑的老人，静静地坐在油漆斑驳的木门边，看着桥东的喧嚣与蹦跳。

自从历史遗迹、文化遗产的保护越来越受到重视，民间对柘皋老街保护与修缮的呼声也越来越高。这也诱使我到柘皋后，迫切地要到老街走走。

寒冷的天气，天空飘着细雨，莫名的，让步入老街的心情有一种萧瑟感。一入老街，就听到叮叮当当的敲击声，似在敲打着老街的寂寞与空旷。原来，身边店面内，一位中年汉子正在铁錾上打制银器。见我端起手里的相机，他友好地将手中的小锤举在空中，等我按下快门，才又开始叮叮当当地敲打。有打好的银器就挂在门前的一只木柜里，行人可观看试戴，汉子只偶尔抬头一瞥，并不在意。不免感触，老街虽历经百年，却仍保持着一种淳朴的民风。

沿街往里走，两边一般是两层的木楼，白墙灰瓦，飞檐翘壁，典型的徽派建筑。只是，大多已是破败颓废。有儿童蹲在门前磨得发亮的石阶上朝我窥望，他身边的一只黄狗也探究地向我抬抬头，一转身，溜入了街旁的一个门洞。

探头朝里一望，门洞幽深而空寂，可见几重门相叠，心想，这以前一定是一个大户人家。迈步进门，两边是脱落如犬牙般的高墙，斑驳的墙面，分明诉说着岁月的沧桑。迎面一木楼，正对门洞的墙壁已不见，大张着口，似向每一位踏入者发出无声的呐喊。

进二重门，有倾倒坍塌的木楼一座。正是烟雨朦胧，雨水顺着腐朽的梁椽往下缓缓滴落，像一位妇人脸上滑动的泪水。不知怎地，忽然想起琼瑶剧《情深深雨蒙蒙》中的歌："情深深，雨蒙蒙，多少楼台烟雨中？记得当初，你侬我侬，车如流水马如龙，尽管狂风平地起，美人如玉剑如虹……"遥想当年，此处是否也有缱绻相偎，情深意浓，是否也曾高楼望断，天涯归鸿？

连着进了几扇门，都是庭院深深，都是墙倒屋斜，一片风雨飘摇，触目伤心。百十年来，因无人保护，经久失修，这些富有特色的老建筑基本已颓废腐败，几近废墟。据说，这其中还有李鸿章当铺一栋，其曾经的富足与辉煌也都是雨打风吹去了。

在一小院深处，见一妇女，正从石栏上绳沟密布的井中提水，问："这房子里还住人吗?"答："稍好点的还住人呢，漏风漏雨的，也没人修，怕哪一天砸着孩子呢。"我打量着井周围倾倒的房屋，问："为什么不好好保护维修，让它倒成今天这个样子呢?"答："房子都属房管会的，要是私人的，哪能到今天这个样子。"想起江南行走，看到的那些保存完好特色鲜明的民居民宅古巷老街，心中不免一声叹息。

老街不过一两百米长，走走看看寻寻问问，也不过个把小时的时光。狭窄的街道已不见当年留下深深车辙的青石，水泥路面上是一汪汪的斑驳。相对保护完好一点的老房子，也只有一两处，在我的眼里，实在是难觅所谓历史的厚重与文化的沉淀。

不免怀疑一些奔走呼叫，就这样几成废墟的老街，它又给我们记载下了什么，还有什么值得保护与修缮？不过是时光的流逝、风雨的印痕。历史的废墟之上，我们只有重建未来。

行走在柘皋老街，我心风雨飘摇。

消失的街市

一次去黄山，在步入屯溪老街时，我吃了一惊，这闻名遐迩的老街，太似我年少时生活的巢城十字街。屯溪老街保护得如此之好，如此之繁荣，而巢城的十字街，却早已淹没在现代商业的开发浪潮里。

儿时的十字街，隔东风路与北大街相通，“十”字的一横，东为东河街，西为西河街。真正的十字街为一横上面的一截，一横下面的一截因至古南门城口，旧称南门口。

据资料记载，东风路是20世纪60年代建成的，古时广义上的十字街，包括十字街、东河街、西河街和南门口。范围东至天后宫（现安德利商厦西侧），西至儒学场（现新华书店南端），北至北闸（现南巢商业街中心处），南至南门城口（现天湖商城至金码头步行桥右侧），方圆虽只几平方千米，却是巢城最繁华之地。

十字街的底处为天河，与东河街、西河街平行，形成一“土”字。站在城中的卧牛山上南眺，可见鳞次栉比的屋脊中有白帆移走，为旧时巢城十大美景之一——“屋中行舟”。

十字街街面宽约四五米，皆由青石板并排竖铺，两边商铺也皆有青石或麻石砌成台阶。在我少时，路面上的青石已被踩磨得光亮圆滑，遇雨雪的日子，行走若不小心，就有滑倒的可能。儿时在街中玩耍，见一些青石板上留有深长的印槽，有上了岁数的老人告知，那是手推独轮车留下的辙印，可见岁月的沧桑和旧日的繁华。

街两侧，房舍多为两层徽式建筑，底为铺面，作经商用，上建阁楼，供居住。铺铺相连，以粉白的马头墙相隔，别有韵味。店铺后，一般人家两至三进，富贵之家有四五进者，可谓庭院深深。后进基本是库房或作坊，也有供佣人或员工居住。成筒状相连的前后进，显狭窄、阴暗，故前后“进”之间多以天井相隔，以取光通风，且有“四水归堂，财不外泄”之寓。

我少时居住的为门牌“十字街 16 号”的处所，即是三进式的建筑，中有封闭式的天井，顶有透明的玻璃瓦，四面是以中轴翻转的玻璃窗，透亮透气，且抵挡风雨。据说，之前曾是一家很大的布庄。沿天井四周，上层为居所，下层三进之间无隔墙，全凭一根根粗大的廊柱支撑，可见当时布庄的气势，也可感知那曾经满壁绫罗绸缎、光华照人的昌盛之气。

据可查史志记，早在宋元时期，十字街即成街市。全城商家多汇集于此，凝聚一城灵气。千百年间，这里聚集着产供销、服务休闲等各类商铺店面数百家。其中最具名声的，有糕点作坊、南北杂货、绸缎布庄、酱园糟坊、茶馆酒楼、缫丝染坊、陶瓷土产、木器篾匠、文房四宝、澡堂理发、中药店、炒货店、茶水炉等。我有时想象，其繁华之景，该如同一幅“清明上河图”吧！

十字街的繁华当止于东风路新建之时，但街貌仍存，只是大部分店铺改为民居。就像上面写到的十字街 16 号，底层廊柱间被砌上砖墙，隔成了一个个房间，单位分了上下几间给我家，才搬了进去。

即便是“文化大革命”时期，十字街还存有少量特色的店铺，比如南门口沿河边的酱坊、澡堂，十字街与东风路交叉口周围的聚兴酒楼、“王澜记”药店、刻字社、茶水炉、理发店、照相馆，以及分布在几条街上虽经改造但仍古旧的旅馆。街道虽不再喧嚣，但还不算冷清，疯疯癫癫地跑动着我的童年，安放着我少年的梦想……

20 世纪 80 年代，全国各地开始了第一轮城市建设与改造的高潮，十字街在人们住上高楼大厦的热切希望中从此消失了身影。而一个城市就在这样没有保护、缺少选择的消失中，逐渐失去了自己的特色，变得雷同、单调，而整齐划一。

在九华山过年

动身前往九华山，已是腊月二十九，挨近春天的阳光照在人身上暖洋洋的。进入安徽青阳县不久，见原野上有山峦巍峨，知是九华到了。

车子沿盘山公路蜿蜒向上，一路经佛学圣地甘露寺等几处寺庵未停。心中早已做好打算，要落宿在半山腰处的九华天街。

车向上，空气越来越清朗，但也越来越寒冷。路两边，白雪堆积。放眼高处的山峰和低处的山豁，白皑苍茫一片。原来，十几天前下的一场雪，山下早已消遁了身影，而九华山上却仍是一片银装素裹。

进山中腹地，入群山环抱的九华天街，沿一条麻石路斜上，车停进一巨大山门前的广场。紧闭的山门上有“行愿无尽”四字，后知是赵朴初所题。而题额“山门”二字，乃钱其琛的墨迹。此时虽下午四时多，太阳却已落下神光岭，余晖透过岭上的林丛，给峭壁飞檐的庙宇披上一层庄严与神秘。回首对面的山峦，峭崖上一庙宇城堡般壁立，在阳光的照射下辉煌宏伟。同行告知，那是百岁宫，供奉着明代寿及110岁海玉大师的肉身，不禁肃然起敬。

街上游人稀少，心想怕是临近春节的缘故。零星的行人中，时有一两粗布褐衣的僧者走过。正目送僧袍拂动的身影，猛见几位脸膛黝黑、一身红袍、肩负行囊的出家人，看相貌及穿着，知是喇嘛。原来，这些喇嘛僧人也在春节的日子来九华拜谒。

下榻在广场对面的一家名叫“山中晓雅”的旅店。傍晚，就在店主人刘女士位处另一条街的家中就餐，有幸吃到当地山溪中生长的“石鱼”等野味。品尝佳肴时，听刘女士介绍，停车广场那个巨大的山门内，就是地藏菩萨的肉身宝殿。九华山之所以成为中国佛教四大名山之一，就是因为它是地藏菩萨的道场，真是佛在身边凡眼不识。

热心好客的刘女士根据我们的行程，给我们推介了两条最简捷的观光及朝拜的路线，并告知，年三十的晚上，肉身宝殿的山门会打开，可以去上香祈福。

第二天的早晨，准备拍几张太阳从插霄峰百岁宫上升起的照片，由于九华街地处半山坳，日出较迟，几次在旅馆房间与平台上往返，竟生生错过了。

没拍到插霄峰上的日出，那就直接去百岁宫吧。在庙宇民居林立交杂的九华街东南登山，沿冰雪覆盖的石阶攀登。途经捐奉九华九十九峰与地藏的闵公墓，焚香三炷，品味“闵公施地”的千年传说（闵公将九华九十九座山施于地藏菩萨做道场），不免唏嘘感叹。及至登上东崖云舫，鸟瞰九华天街，佛国山城尽收眼底。正是年三十，庙宇香火缭绕，民居炊烟升腾，阳光在白雪覆盖的屋面上闪耀着金光，有鞭炮声断续传入耳鼓，好一派祥和安福的节日气象。

沿山脊向东北，追随一干僧人的背影和留在雪上的足迹，行不多远，即到百岁宫。焚香已毕，拜完海玉肉身，已是时过正午。几位僧人在大殿前的空地上燃放鞭炮，探问得知，是僧众香客早早开始吃年饭了。出山门，有大和尚挽留，笑言不是留宿的居士，遂下山去也。

雪堆冰砌的九华，上山难，下山更难，同行时有人滑跌在山道石阶，好在笑言一片，有碎雪随笑声从枝头阵阵洒落。

因为惦记着晚上朝拜地藏菩萨的肉身宝殿，下午不敢跑远，一行人驱车到不远处的小天台，或礼佛烧香祈福抽签，或远眺山色近观田园，自得其乐。

晚上，在刘女士家吃了年饭，即去拜谒地藏菩萨的肉身。在此起彼伏的鞭炮和礼花声中步入山门，沿一层层陡峭的石阶登上肉身宝殿。殿前人群涌动，烛火通明。人们挨肩接踵地在上香祷告，而肉身宝殿的大门紧闭，不得一睹地藏尊严。有虔诚的香客双膝跪地绕殿祈祷，其敬佛之诚令人动容。回旅馆，刘女士告知，肉身宝殿至新年到来的零时打开。候至新年的钟声敲响，未再前往，因心中默记，佛家是讲究随缘的，何必刻意为之。

大年初一一早去天台。走出旅馆门，猛然发现，街头路边已停满车辆，原来深夜里，竟有如此多的人入山进香朝拜，两天前九华天街的冷清已不复存在。

天色朦胧即到天台峰下，心存或许能看到佛光的希冀，直接乘索道登顶。遗憾的是，等候索道车时，因僧多粥少，水墨的山影如一张曝光的照片，在眼前逐渐清晰。等我在冰雪冻结的石阶上一步一滑地登上天台，还是未能赶上一睹日出的壮观，一轮新年的太阳，已在云海之上光芒万丈。

佛家讲一个“缘”字，缘法自然，何憾之有？

好在天台远眺，云蔚蒸腾，天地苍茫，心襟豁然开朗。新春的阳光灿烂入怀，若佛光开泯。环视群峰，翠叠雪涌，恰如一朵硕大的莲花以天台为蕊，次第打开它圣洁的花瓣，绽放在神州大地。

有鞭炮声猝然入耳，原来，同行亲友在万佛殿抽到了大吉上上签，燃炮庆贺。同行各怀揣所得，喜气盈盈踏上下山之路。

至山脚，迎面遇几千米长等候上山的车队，同行说与其说人心向佛，不如说人心向善啊。我答：佛之盛也，乃世之盛。

城市问路

俗话说：一生不出门是个贵人。在你涉足一个个陌生的城市，向人打听你所要行走的方向，感叹行路难时，你才深刻理解这句话的精辟。但现代社会，所谓“贵人”应是山南海北、飞来飞去的人了。我不是一个“现代贵人”，我所涉足的城市少得可怜。但就在这极少的陌生行走中，更能深刻地留下一个城市的印象。

或许是年轻人对自己所处的城市了解得太少，在一个城市，向年轻人寻路，得到不知道的回答，高于老年人十几倍。因而，积累自己少得可怜的旅行经历，每到一个生疏的地方，我基本寻找当地稍上年龄的人问路。

一次我去北京，向一位老妇人问路，老人告诉我，一直向前走，见路口右转，就到了我要去的地方。走了约三四百米，老人竟从后面气喘吁吁地追上我，说忘了前面还有一个小巷口，应是前面的大路口右转。此事一直让我感动难忘。在北京，就个人经历而言，还没有问路被拒的。一件小事，也折射了一个首都城市的包容与大气。

而在上海就不同了。当你向人问路时，拒绝率不但很高，还往往得到怀疑斜视的目光，他们经常或皱眉或麻木地瞭你一眼后，反而加快脚步匆匆离去，把你撂在一旁，让你独自怀疑自己的脸上是否有什么污垢。一次在上海街头，眼观一位大包小包的农村女子，拖着一个几岁的孩子问路，连续几人都是一言不发地离去了。事后想想，也难怪，一是上海这个城市有历史性地瞧不起“乡下人”的自命清高感，二是现代的上海是一个大融合的都会，人口大都是外来的，难免对这个飞速发展的城市不熟悉。

个人认为，在对待问路的态度上，也折射了一个城市的性格或性情。南宋在杭州建都，这个苟且偷安的朝代，其政治上的萎缩或猥琐，或多或少会无形地约束并影响其都城居民及后代的言行甚至性格。在杭州问路，告诉你的一般是很简略的几个字：前边，后边，那边……至于具体什么位置、怎么走，那你就得自己琢磨，或再寻求几个“前边、后边、那边”之类的回答吧。

南京虽也处江南，却少有绵柔内敛之性。毕竟几朝建都，都是戎马打下来的，骨子里多了一份爽放。走哪条路穿哪道巷大致有多远，几句话给你交代得很清楚。有时你正向街角的一个人寻路，边上竟会有其他人主动上来告诉你行走的方向。

一个民风淳朴、生活节奏相对缓慢的城市，对你的问路可能不厌其烦，比如合肥等一些曾经发展滞后的城市。在一个开发开放较早、脚步匆匆的城市，你对问路可能会产生一种胆怯感，比如广州，一下站台，就不断有巨幅标语警示谨防受骗，让你立生“不要同陌生人说话”的紧张。在一个相对闭塞的自然景区，憨厚的当地居民可能亲自把你送到要去的地方。在沿海的一些发达城市，你最好是备一张当地的地图，或是向车上的定位导航系统寻找目的地。

现代开放的社会，立体的交通，便捷的往来，不说眼眨瞬至，朝发夕至是可达世界任何一个角落的。一生不出门的“贵人”，在当今时代是很难找到了。涉足一个个陌生的城市，问路自然是必不可少的。在一次次的问路中，我们感受着人世的冷暖，也感觉着一个城市的历史沉淀与修养。街道边的一句问答，就将一个城市摆在我们面前。

第二辑 啖香

美食家有言，吃无定法，才是美食的本意。

生活的乐趣在于寻找，舌尖上的感觉在于创意。

美味的发掘，可能在一次不经意的烹制，但更多的，在于我们自觉的创新，并在创新中引爆激情。生活和人生的滋味，也大抵如此。

春韭

南北朝时，有一名士叫周颙，喜素食。一日，太子文惠问他：“菜食何味最胜？”颙答：“春初早韭，秋末晚菘。”这位古代的美食家告诉我们，初春的韭菜和秋后的大白菜为蔬菜中的最美。

春韭之美在于鲜嫩。经过雪润雨洗，煦日春风下在松软的泥土里探出头的韭苗，吸纳了岁月之灵气，饱含了天地之润泽，自然清新而美味。春韭又岂止美味，你看，她洁白如玉的根茎，青翠细长的叶片，真是身姿绰约，苗条婀娜。我觉得，用清纯的女子来比喻娇嫩的春韭真是非常贴切。

韭菜有“春食则香，夏食则臭”之说。因为到了春末夏初以后，韭菜茎叶渐老，气味辛辣，口感粗糙，失了鲜嫩。一如二八少女已作糟糠妇，虽风韵犹存，已不清纯可人了。

蒲松龄说：“二寸三寸，与我无份；四寸五寸，偶然一顿；九寸十寸，上顿下顿。”看来，柳泉居士在柳下泉边也没有自己种韭，像当今城里人一般，大都只能“九寸十寸，上顿下顿”。其实，“二寸三寸”的韭芽儿味道清淡，非为最美。只有到了春分之后，已经过一段日子春光雨露的韭菜才为上品。这时的韭叶儿肥厚丰满挺拔，宛如出落初成的婷婷少女，清纯动人，滋味悠长。

韭菜炒鸡蛋，是韭菜食谱中最大众的食法，这种烹饪方法可追溯几千年。《礼记》中就有记述：庶人春荐韭，配以卵。原来，韭菜配鸡蛋还是古人祭祖之礼，这就有了文化的味道了。

因为韭菜是“割复生”，可以一茬一茬地剪割，割后又会自动生长。故“韭”字“久”音。《说文解字》中对韭字就是这样解释的：“韭，菜名，一种而久者，故谓之韭。”“韭”字，象形、会意二者兼有，下面的“一”字可理解为韭菜植根的大地，大地是一，所谓“道生一，一生二，二生三，三生万物”。“韭”字中的“非”，又表示可以收割三次，三和九在中国传统文化中代表无数。你看，一个简单的“韭”，就具有这样丰富的内涵，很有哲学的意味。

割韭菜在农人手里是简单的农活，可在文人墨客的眼里，却是具有浪漫意象的。

“夜雨剪春韭，新炊间黄粱。主称会面难，一举累十觞。十觞亦不醉，感子故意长。明日隔山岳，世事两茫茫。”这是杜甫《赠卫八处士》中的诗句。我们可以援诗想象，在一个春雨绵绵的晚上，历经安史之乱四处漂泊的杜甫，来到好友卫八寓居的乡村。两人二十年后相遇，惊喜万分。忆当年分别，都还没有结婚，如今儿女成行，鬓发苍苍，许多旧友也已离世。未及感慨，主人就急急地嘱咐儿女罗酒浆，剪春韭，炊黄粱。于是两位久别重逢的老友，开怀畅饮，细说别后沧桑。

从此，夜雨剪春韭在文人笔下便有了离别重逢之意，有了乡愁的成分，有了世事茫茫的感慨。如李商隐《题李上谟壁》中的“江庭犹近别，山舍得幽期。嫩割周颙韭，肥烹鲍照葵”。辛弃疾《昭君怨》中的“夜雨剪残春韭。明日重斟别酒。君去问曹瞒。好公安。度看如今白发。却为中年离别。风雨正崔嵬。早归来”。明朝诗人高启的《韭》：“芽抽冒余湿，掩冉烟中缕。几夜故人来，寻畦剪春雨。”

中国文化中还善于把雅名叫俗，把俗名叫雅。比如称水仙为“雅蒜”，再雅也不过是棵会开花的蒜。而韭菜在五辛当中被称为“兰葱”，形象立时就优雅了。中国道佛两教都将韭菜列入“五辛”，五辛为五种有辛味的蔬菜，出家人称为五荤，是教徒禁食的。因为在中国古代，韭菜被认为是壮阳之物，又名起阳草，多吃会刺激欲望，影响出家人清净平和的修行。曾在一次席间啖韭时，听过这样一个笑谈，说是一家和尚庙，一段日子里小和尚一个接着一个地还俗。老和尚纳闷不解，就留了一个心眼儿。后来才明白，原来是庙后面种的一大片韭菜惹来的祸。这当然只是谈资，韭菜是否有壮阳之功，有待考证。

清明前后，风和水暖，乡人开始下水捕摸螺蛳。在我的家乡，螺蛳肉炒韭菜是一道特色佳肴。做法是将锅烧热，加少许油，油烧热后放入蒜末，煸炒出香味后，放入螺蛳肉；炒至螺蛳肉变色，加入红椒、酸菜末、辣椒酱；炒匀后放入切段的韭菜，翻炒片刻即可。螺肉入韭香而有嚼头，春韭染螺鲜也更具风味。这时节，也是河虾初嫩。小虾炒春韭，也是一道时新而又简单的美味。青瓷白盘，虾红韭绿，不说吃，光看一眼就有春风扑面的感觉了。

入夏以后的韭菜适宜腌渍装坛，而春韭最适宜“暴腌”。即腌即食的春韭，脆嫩而最具自然的味道，是佐餐或喝稀饭的上品小菜。

近年来，还流行一种吃韭菜的新法——烤着吃。烧烤摊主用一根细长的竹签，把整根的韭菜串成一串，放到炭火上烤，并不时涂刷调料。烤好后的韭菜变得焦黄蔫耷，调料和辣椒末又干结在上面，让我乍看之下，难起食欲。好比是落难的小姐下了灶台，满头满脸的草灰炭迹，哪见曾经的清秀。不过，人各所爱，有人就好那一口味道，说是激出了韭菜的本味。我想，这烟熏火燎的，怕也只适合老韭，春韭这样鲜嫩的角色，还是免了，让其保持一份清纯，一份诗意于人间吧。

卷起春天

春天到了，南方地区有吃春卷的习俗，如同北方人吃饺子一样普遍。

做春卷，首先要制作春卷皮。小时候见过母亲制作春卷皮的过程。见她将面粉加些许盐，和水搅拌，揉成筋道极好的面团。再手抓这块面团，在加热的平底锅中一按一揉，一张薄如蝉翼的春卷皮就贴在锅底，稍加热，揭起，一张成熟的春卷皮就算制成了。

现在，会做春卷皮的人家越来越少。但有专门制作的，在街头巷尾现做现卖。那天在菜市场的入口处，看见一妇女正手抓面团制作春卷皮，一按一揉一揭的间隙，筋道十足的面团在她的手中上下翻飞抖动，让人眼花缭乱，煞是好看。

春卷皮可以在外面买，但馅还是自己做的才地道。春天，草木萌发，山野多的是各种野菜和新鲜的蔬菜，是做春卷馅的最佳食材。春笋、萝卜、豆腐干等切成丝，荠菜、马兰头、韭菜等剁成末，和在一起加上调料搅拌均匀，一份满含春天味道的馅就制成了。当然，馅料随各人的口味喜好可随意“革新”，好满足永远想尝新的嘴。只是千古不变的，是那卷起来的春天的气息。

包春卷时，将春卷皮摊放在桌面，放上一小份做好的馅，卷成扁筒状，两头包折，用稀面糊封口，一个个玲珑可爱的春卷就完工了。将春卷投入翻滚的油锅里，炸成金黄色，那皮薄酥脆，馅软香热的春卷就可让人大饱口福了。

据说，春卷的历史很悠久。晋时称“五辛盘”，因内有五种辛荤的蔬菜。唐时名“春盘”。元时谓“春饼”，并开始油炸。至清代，才有“春卷”之称。可见春日食春卷的民俗风情由来已久。

还有一个传说，说是宋时有一书生，为了科举应试考取功名，整日埋首苦读，常常废寝忘食。他的娘子就想了个办法，烙出一张张薄饼，将菜肴置在饼中，卷成筒状，既当饭又当菜，方便书生食用。由此，才有了后来的春卷。

在一些地方，把吃春卷称为“咬春”，这真是个富有诗意的说法。春天到了，不妨去返青的山野采几把野菜，和家人一起包一包春卷，它卷起的不仅是美味，还有浓浓的亲情。一只春卷在口，满腹春天的气息。

春薹

春回大地，万物生发。那在雪被下隐忍了一冬的菜秧儿，在煦日暖风细雨里迅速地抽出嫩薹来。阳光明媚的大好春天，是食薹的最佳时节。

今人经常将“薹”写作“苔”，比如莫言获诺贝尔奖后，许多媒体即把他的《天堂蒜薹之歌》误为《天堂蒜苔之歌》。薹是蔬菜生长到一定阶段时在中央部分长出的细长的嫩茎叶，苔是指一类苔藓植物。“苔”也根本不是“薹”的简化字，两者无丝毫瓜葛。

“江乡正月尾，菜薹味胜肉。茎同牛奶腴，叶映翠纹绿。每辱邻家赠，颇慰老夫腹。囊中留百钱，一日买一束。”这是元朝诗人吕诚写的一首诗。读此色香味俱全的诗作，仿佛嗅到盘中菜薹之美味，让人恨不得立即掏出囊中小钱，去那菜市场购回一两束，以解馋欲。

菜薹有多种，最常见的当是白菜薹、油菜薹、韭菜薹、蒜薹和野生的蕨菜薹。吕诚诗中写的正月尾的菜薹当是白菜薹。油菜薹在种植技术落后的古代，农人一般是不舍得折的，基本是留待花开结籽，好榨一二两油。

菜薹最简单的做法是清炒。将菜薹洗净切段，待锅烧热，下菜油，入锅旺火煸炒一两分钟，酌加精盐，即可起锅装盘。清炒的菜薹色泽鲜青，入口脆嫩，特别清爽。在清炒菜薹时，根据食者的嗜好，加入蘑菇、虾仁、腊肉丝之类来调节口味。这些，都是大众人家的食法。

有菜就有薹，菜薹本就普通。菜薹儿也宛如散落在乡野大地的芸芸女子，田间地头山坡河畔，常见她们青青的身影。这些淳朴的、天然去雕饰的乡村女子，你要是给她们稍作一番打扮，自是那些灯红酒绿下的脂粉味儿不可比的。

现代美食讲究混搭创新，于是，今人也将菜薹儿烹制出百般花样来。比如我就在装潢比较考究的酒店里吃过焖蒸猪肉油薹、菜薹玉菇酱汁、汤鱼香油菜薹等。但任你怎样荤腻腥辣，也难去菜薹的天然清爽。

鲜嫩的菜薹儿就像是偶落风尘的清纯女子，想一时改其本色，怕也是难事。也正是其清纯，才在一锅混沌中透出其卓越，清爽肺腑。

人能在乱世尘嚣中保持本色的，自然令人赞许景仰。菜品亦然。菜薹的食法中，凉拌油菜当是最保持菜薹本色的做法。将油菜梗、叶分开后洗净，均匀切段，入滚水中汆熟，捞出沥水装盘，以麻油、精盐相拌即可食用。味重者，可拌入葱丝姜末、淋上经过加热的辣椒油。凉拌菜薹的特点是鲜腴爽口，保持了菜蔬的本味。

韭菜薹、蒜薹和野生的蕨菜薹，按自然的生长，要到仲春或暮春时节才能食到。这几种菜薹也分别含有辛辣和酸涩味。而正如一首歌所唱："特别的爱给特别的你"，特殊的味道自受特殊的人喜爱。但既是薹，自然都脆嫩清新，品味无穷。

据古代众多药典记述，菜薹还有很高的药疗价值，特别是在散血、消肿方面有特别的疗效。唐代名医孙思邈曾记叙，贞观七年三月，曾因多饮，至夜觉身体骨肉疼痛，至晓头痛，额角有丹如弹丸，肿痛，目不能开，痛苦几毙。此时，他忽然想起本草有菜薹治风游丹肿的记载，遂取捣敷，随手即消，其验如神。

清代的《本草从新》上说："炼形家以小蒜、大蒜、韭、芸薹、胡荽为五荤，道家以韭、薤、大蒜、芸薹、胡荽为荤。"芸薹者，菜薹也。难怪吕诚诗称"江乡正月尾，菜薹味胜肉"呢。能把菜薹烹、吃出肉味，你能吗？

清欢有味是茼蒿

"渐觉东风料峭寒，青蒿黄韭试春盘。"茼蒿是春天里最先走进我们餐桌的美味菜蔬之一，故苏东坡在诗中称，用其"试春盘"。

茼蒿本不是华夏土生土长，在欧洲，也原本是庭园中的美化观赏植物。也就是在苏东坡生活的宋朝初期，才引进中国，并迅速成为餐桌上的美味之蔬。

茼蒿又名蓬蒿，陆游在其《初归杂咏》中咏道"小园五亩翦蓬蒿，便觉人迹间可逃。”可见他也对茼蒿喜爱有加，对田园生活充满欢喜。

茼蒿的叶类似菊叶，至四五月，花朵盛开，又很像单瓣的野菊绽放，所以又名菊花菜。黄、白色的花朵簇拥成片，也十分美丽。

我起先是不喜欢茼蒿的，因为它有股强烈的中药味。时间久了，才渐觉其味别具一格，它既有蒿之清气，也具菊之甘香，且鲜嫩爽口，实是美味。

茼蒿的吃法，可热炒，可凉拌，可入汤，其特别的清香味都不会走失。或是因了它的特殊气味，茼蒿是不生虫子的，可以说是真正的绿色佳肴。

苏东坡在一首《浣溪沙》中还写道：“雪沫乳花浮午盏，蓼茸蒿笋试春盘。人间有味是清欢。”青青茼蒿，如此受青睐，想必就是因了那一份清欢之味吧。

茼蒿因为饱含汁水，故一经炒煮，缩头很大。满满登登的一大盆，下锅几经翻炒，最后只剩下绿油油的一碟。在台湾，之所以称茼蒿为“打某菜”，传说就是一位不明事理的先生，发现一大篮的茼蒿经妻子炒煮后，竟只剩下少少的一盘，于是认为妻子偷藏偷吃，拳脚相向。“打某菜”之名由此传开。

由于香嫩美味，加上种植的不普及，在中国古代，茼蒿还是宫廷佳肴呢，所以茼蒿又被称作“皇帝菜”。古时，为了在春天以外的季节也能吃到美味茼蒿，人们采取暴晒的做法，晒干留存。食时，再用水浸泡，口感依然清爽。

茼蒿还有一个很文化味的名字，叫“杜甫菜”。因为杜甫一生颠沛流离，体弱多病。其在四川夔州时，肺病严重，且生活无着，于是抱病离开川地，到了湖北公安。当地人得知后，经常用茼蒿和菠菜、腊肉、糯米粉等搭配做菜，给心力交瘁的杜甫食用。杜甫食后对其美味赞不绝口，肺病也渐减轻。为纪念这位伟大诗人，后人便称此食为“杜甫菜”。

杜甫菜有食疗效果，是因为其中含有茼蒿。中医认为，茼蒿性温，味甘、涩，入肝、肾经，能够平补肝肾，宽中理气。主治痰多咳嗽、心悸、失眠多梦、心烦不安等症。现代医学也研究表明，茼蒿有润肺化痰、降血压等多种功效。可见传说不虚。

茼蒿的名字也让人喜欢，因为其谐音“同好”，喻永结同心，百年好合之意。在湖南即有一首《洗茼蒿》的民歌，歌中唱道：“情姐下河洗茼蒿，洗起茼蒿满河漂。下河莫吃茼蒿水，上河莫吃水茼蒿。茼蒿水，水茼蒿，不成相思也成痨。”让人在歌声中想象河边那茼蒿般清秀的少女身姿，想起爱情的美好。

旅居美国的华人作家刘墉在一篇文章里写道：“茼蒿既可蔬，又可赏，又有乡情浓郁之味，田园的依稀印记，一举而数得。”诚如是。

异香徽州

到徽州游玩，不能不尝尝徽州菜。以徽州菜为主的徽菜，可是中国八大菜系之一呢。徽州多山，徽菜自然以烹调山珍野味著称，在国内外享有盛誉。但在各具特色的徽州美食中，给我留下至深记忆的，却是那几份异香。

在徽州的老街古巷间漫步，空气中常常会飘来一缕特殊的香味。缘香而去，你就会找到摆在路边的油煎毛豆腐摊。

毛豆腐是徽州传统小吃，特别是一部电视专题片《舌尖上的中国》播出后，毛豆腐更是声名大噪。

毛豆腐是将豆腐进行人工发酵，让其表面生出一层白色茸毛菌丝，故称“毛豆腐”。毛豆腐的茸毛根据长短和颜色，可分为虎皮毛、鼠毛、兔毛和棉花毛 4 种。毛豆腐的传统做法是，先将菜籽油淋入平底锅内，将生的毛豆腐排放平底锅中煎烤，等翻至两面呈黄色，表皮起皱如虎皮时，即可品食。食用时要蘸辣椒酱、葱末调味，入口有淡淡的臭味，却鲜醇爽口，气味特别，味蕾上别有一番感觉。

在一家专门做毛豆腐的小店边吃现煎的毛豆腐，边听店主讲述毛豆腐的由来。传说，朱元璋一次兵败徽州，逃至休宁一带，几日未食，饥饿难熬，遂命手下寻找食物。一随从在草堆中搜出百姓逃离时藏在里面的几块豆腐，但已发霉长毛。因别无他物，随从只得将此豆腐放在炭火上烤熟给朱元璋吃。不料烧烤后的毛豆腐竟味道鲜美，朱元璋吃了十分高兴。在转败为胜后，他下令随军厨师制作毛豆腐犒赏三军，毛豆腐由此在徽州流传下来。

比毛豆腐更“臭名远播”的，是臭鳜鱼。在徽州，随便踏进一家酒店，只要询问有什么特色菜，店家总要向我们这些外地的游客推荐臭鳜鱼。

臭鳜鱼的来历，普遍的说法是：徽州商人外出做生意回家，总想带几条鳜鱼回家给隅居深山的妻儿老小尝鲜，因离家较远，虽抹上点盐，但到家时鱼已有点发臭。难得路途遥远地带回几条鱼，又舍不得丢弃，于是家人便入锅加重料慢慢烧煮。结果，发现这烧熟了的臭鳜鱼吃起来却更具风味。

徽州菜重火、重油、重色。臭鳜鱼经过这“三重”的烹烧，醇厚入味，已是香而不臭，别有一番滋味，成为当地流传下来的头牌特色佳肴。

在一家古色古香的客栈点了一份臭鳜鱼。等店小二端上桌，有淡淡的臭味扑鼻。用筷子拨开鱼肉，发现臭鳜鱼肉如同蒜瓣一般，可以一层层剥开，色润如玉。夹一块入口，轻轻咀嚼，感觉鱼肉紧密，富有弹性，一种特别的芳香顿时充盈口腔。

徽州还有一臭，是俗名“大呆臭”的臭豆腐。“大呆臭”相传是徽人王致和于清康熙八年（1669 年）创制。

康熙年间，王致和在京城开设“致和祥”豆腐店，经营“大呆臭”。康熙皇帝尝了致和祥的“大呆臭”之后，赞不绝口，亲书“青方”二字御赐。徽州“大呆臭”从此名声大振，徽州各地的臭豆腐也从此如雨后春笋，至今长盛不衰。现在，徽州臭豆腐已与安徽淮南的臭干、浙江绍兴的臭千张呈鼎足之势，享誉四方。

徽州“大呆臭”，表面为深蓝灰色，内里洁白如玉，闻着臭，吃则异香。这道奇特的美食，在徽州地区许多城镇的街边小摊上均可吃到。

持一串热气腾腾的臭豆腐在手，边品味异香，边赏游路边徽州特色的古宅民居，极具闲情逸致。

江淮臭干子

酸甜苦辣咸，人之味蕾各有所好。而在五味之外的异香——臭味，也好之者甚众。其中，臭味豆制品是异香佳肴中的一朵奇葩。

臭味豆制品中，最“臭名远扬”的当是绍兴的臭豆腐，徽州的毛豆腐，长沙的臭干子。说到臭干子，其实最具“味道”的当在江淮之间。江淮大地，是豆制品的发源地，臭干子在这里属再普通不过的家常食品，因此不足为奇。这恐怕也是其“臭名”未能远播的一大原因吧。

黄豆经过研磨成浆，过滤掉豆渣，在锅中烧煮，加石膏点卤，即成豆腐花（江淮之地俗称豆腐脑）。将豆腐花舀进木托盆里，用布包好，盖上木板，在板上压上石头等重物，挤出一定比例的水分，即成豆腐。若继续将水分压干，即成豆腐干。将切成方块的豆腐干放入特制的臭味卤水中浸泡一段时间，乳白色的豆腐干即成了青黑色的臭干子。

卤臭干子的卤液是非常讲究的，这决定了臭干子“臭”味的纯正与否。讲究的，卤液要用苋菜、芫荽及多种香料腌制，等其发酵腐烂成水即成，用隔年留下的烂咸菜汁简单地加料做成。这样做成的卤液纯绿色、纯天然，没有添加任何色素，散发出来的是很自然的臭味。卤液的时间越久越好，几年以上的卤液才称老卤或好卤，现制的只能称清卤。在江淮之间的一些老作坊里，一坛好的卤液会被存放使用十几年。

油炸臭干子在江淮之地也略有讲究。一般选取薄而松软的，用菜籽油经文火煎炸。等臭干子炸至两面起泡即好。炸好的臭干子中空，外酥里嫩，其特别的异香，让人口中生津，胃口大开。

油炸臭干子并非江淮人家的美食特色。臭干子在这片土地上最普遍的食法是凉拌。

将臭干子切成丝，拌上姜丝、芫荽、蒜末等，淋上醋、酱油、芝麻油，是早餐喝茶，或是席间佐酒的上品。市井人家图个省事，有直接将臭干切成丁或是手撕成块，拌上调料来食的。更慵懒的，干脆用整块的臭干子蘸上辣椒酱，大快朵颐，不亦乐乎。

臭干子本就是方便食品，取之即可食，因此在做法上江淮人家也讲究简单。比如臭干子下汤。将臭干子用刀撇成不规则的片状，投入开水中，或放入小白菜，或打入蛋花，撒上盐，淋入猪油，即成一盆特殊风味的汤肴。臭干子在清汤中浸开淡淡的异香，清爽开胃。

也有将一份臭干子做复杂的，臭干煲就是江淮间一种稍显费工的特别佳肴。先将臭干子油炸，再将油炸好的臭干子对角切开。将切开的三角形臭干子再剖开口，当中塞入肉末，整齐地码放在盆中，加入高汤，调料，放入锅中焖蒸。蒸好的臭干煲，不但松软可口，且肉香和臭干子的异香相互渗透，鲜美异常。

臭干子最适宜与味重的菜蔬搭配。比如，长江以北巢湖流域的风味小炒臭干子炒蒌蒿，蒌蒿的特别气味与臭干子的异香在猛火上翻炒融汇，形成一种奇香异味，挑动舌尖上的味觉。普通人家最常见的，还有臭干子炒辣椒、臭干子炒大蒜等，辣椒一定要辣，这样才能激出臭干子在味蕾上特别的感觉。

天下第一味

豪华气派的酒店，装潢考究的包间。落座，服务员递上菜单，一眼看见菜名：天下第一味，而且后面标注的价格不贵。就问服务员：这是什么菜？服务员笑答：臭豆腐。全桌不禁哑然。大概吃腻了大鱼大肉山珍海味，一群人笑喊：来盘、来盘！

菜上桌，看“天下第一味”，就是精致的瓷盘里用臭腌菜水蒸着的几块豆腐。伸箸，有人皱眉，有人说好。拣一块放进嘴里，感觉一般，没有那种臭出香的味道来。

不免想起儿时在乡下，谁家入冬不腌几缸菜，脆也罢烂也罢地吃到春菜上市，又有谁家没有蒸过臭豆腐。据我所知，蒸臭豆腐，腌烂了的芥菜最好，雪里蕻、白菜等次之。

酒店里的“天下第一味”，是沥去了菜渣的腌菜水蒸的。在乡下，人们蒸豆腐是连渣带水。腌烂了的芥菜再经柴火一蒸，入口绵软软的，而豆腐却蒸发起来，起一个马蜂窝似的眼，滑嫩嫩的。记得母亲蒸臭豆腐，特别要用那种乡下人叫“窑锅子”的陶盆，还要撒上蒜末、姜末、辣椒末等，淋上一点生香油，未起锅，那特别的香味就已飘满屋子。

别看蒸臭豆腐这样的“下贱菜”，在我小时候也不是家家想蒸就能蒸的。一般人家，也就是将烂菜掏出来稍在锅里烧一下，将就着下饭。若遇哪家蒸臭豆腐，就会有人问：你家今天蒸臭豆腐啊？因为蒸臭豆腐那种臭中带香的味道十分浓烈，一个村子都会闻到。

在酒店里吃了一回臭豆腐，勾起了我的回忆，更勾起我的回味。老想着能再吃一回母亲做的那种臭豆腐。且不说母亲已去世，就是在城里想找腌烂了的芥菜也难啊。

那天在菜市场，突然发现有人在卖臭腌菜水，渣滤得干干净净的腌菜水，装在一个个的矿泉水瓶子里，也就是一瓶矿泉水的价格。兴奋地买一瓶回家，掰蒜子、剁生姜、剪辣椒，一套程序全按照记忆中母亲的操作。等蒸出来，一尝，比酒店的好，但总没有母亲做的那种味道。

想起一个故事。朱元璋在参加义军之前，曾有一段时间以讨饭为生。饥荒之年，哪能讨到多少。一次饿晕了，被一户人家用一碗白菜豆腐汤救醒，他问：这是什么好吃的东西？救人者笑答：白玉翡翠汤。多年后，朱元璋成了明朝开国皇帝，吃尽人间美味后，觉得餐餐味同食蜡。突然想起白玉翡翠汤来，认为那才是天下第一美味，于是令御厨烹制。御厨使尽手艺烧出的种种“白玉翡翠汤”，都让皇帝摇头。最后知道，不过是普通人家的一碗白菜豆腐汤。等御厨将一碗家常的白玉翡翠汤烹好，朱元璋还是觉得不够味儿。

时过境迁，心情不再。或许，最美好的东西总在回味中。

有乡下的亲戚进城来。问他：家里有烂腌菜吗？答有。于是让他有机会再来时带点，要那种带烂渣的。没隔多久，一位朋友正好到亲戚的乡下去考察投资环境，于是打电话让亲戚把东西给朋友带回。

朋友回城，给我拎来一个大编织包。打开包，里面是各类土产及新鲜蔬菜。隐隐嗅到一股特殊的味道，可左翻右找，就是没找到我要的。

朋友问：你找什么？

烂腌菜。我答。

找那个啊。我路上老觉着车内臭得不行，打开包，见是一瓶烂了的小菜，心想，你家亲戚也真是的，没好的，也不能给烂臭的呀，我就随手扔到车窗外面了。

我的天下第一味啊。我在心里喊着。

巢湖三珍

巢湖，中国五大淡水湖之一。八百里巢湖烟波浩渺，湖光山色，曲岸悬壁，岛影如幻，其自然清纯的风光如养在深闺人未识的秀丽女子，正越来越受到关注。到巢湖游览，在欣赏独树一帜的湖天胜景之余，还可尝到“除却此地别家无”的湖鲜美味——巢湖三珍。

浩浩巢湖，自然盛产鱼、虾、蟹、贝类水产。其中，银鱼、白米虾和毛蟹被称作“巢湖三珍”。

巢湖银鱼，古称“脍残鱼”“玉余鱼”“白小”“冰鱼”等，有“鱼类皇后”之美誉。其形体细长，光滑透明，洁白如银，宛如俏丽女子发上一支纤秀的白玉簪。巢湖银鱼不用破膛清洗，用水漂洗干净即可烹调。普遍的吃法有：银鱼炒鸡蛋、银鱼烧豆腐、银鱼炒韭菜、银鱼丸子、银鱼汤……银鱼本身具有一种特别的鲜味，烹饪出的菜肴基本不须添加其他调料即鲜美无比。

20 世纪 60 年代，毛泽东到合肥，招待他老人家的就有一道名为“银鱼蒸鸡蛋”的特色菜。

巢湖银鱼每年有两个捕捞季节，分别在春秋之交和秋冬之交。春季产出的银鱼叫海条银鱼，冬季产出的银鱼叫枝头银鱼。冬季银鱼肉厚，要比春季捕捞的银鱼更鲜美。

巢湖银鱼可鲜食，也可制成银鱼干。银鱼干经水泡发后，味道鲜美如旧，是携带、馈赠之佳品。

银鱼在环巢湖沿岸，是特色佳肴，也是大众食谱。你随随便便落座一家酒店，都可以尝到银鱼的特别美味。

在民间，有“死虾泛红”之说，而生长在巢湖的“三珍”之一白米虾，却并非如此。任你怎么烧炒煎煮，它依然通体白色，温润如玉，绝不变红，令人称奇。巢湖白米虾肉白籽黄，虾壳薄而透明，用白米虾做成的菜肴，其色、香、味更佳，是其他种类鲜虾所不能及的。

巢湖白米虾有一个传说。说是远古时期，古巢国腥秽不堪，玉皇大帝准奏，倾天河之水荡涤巢州，陷巢州为巢湖。此地的虾族在这场洗礼中受益，将浑浊形体变得晶莹如玉，清新透明，从此成为水族中的佼佼者。

巢湖白米虾的吃法，一般有清炒虾、烩虾仁或汆汤、做馅等。用巢湖白米虾烧豆腐、白菜或芹菜，立即就让这些普通的菜蔬变得风味独特。凉拌、卤菜或熬汤时加入一些白米虾，菜品尤为鲜美。据研究，白米虾还可药用，有脱痘疮、下乳汁、强身补精、解毒等作用。

巢湖三珍的另一珍是毛蟹。巢湖毛蟹与阳澄湖大闸蟹是同一种类型，色绿体肥，秋季上市。其具备青背、白肚、金毛、爪实的特点，肉质相比其他蟹类细嫩、味道鲜美异常。

巢湖毛蟹除普遍的吃法外，最具当地特色的是用巢湖毛蟹制作的蟹糊、醉蟹等。

制作蟹糊，须先将毛蟹蒸熟，然后将蟹肉蟹黄一点一点地剔出。剔出的蟹肉蟹黄勾芡制糊，配以熟花生米渣、千张丝、芫荽、生姜等众多调料，其味香鲜俱备，清爽开胃。

巢湖醉蟹选用的一般是刚长成的小螃蟹，刷洗干净后用清水浸泡一个时辰，捞出沥干，放入坛状器皿，倒入白酒、黄酒、盐、糖、酱油、醋、姜、蒜、辣椒、花椒、八角、桂皮等调制成的调料，密封一两天后即可食用。醉好的蟹放在盘中栩栩如生，肉质细嫩鲜美，且酒香浓郁，味鲜吊舌。

若你来到巢湖，正赶上时节，在临湖的酒家点上一份独具风味的“三珍”佳肴，轻啜一杯美酒，悠悠然观湖光山色，真恍入仙境也。

毛草鱼

一个地方留给外来者富有特色的记忆，很大一部分，来自舌尖上的美味。到巢湖游览，人皆推荐品尝被称之“巢湖三珍”的银鱼、白米虾和毛蟹，而往往忽视最富有当地特色的湖鲜——毛草鱼。

巢湖毛草鱼学名湖鲚，一指长短，头大尾尖身扁，形似袖珍版的鲚刀鱼。毛草鱼除细长的脊背呈青灰色，鱼体其他部分是银白色的。在湖边水草和芦荻间，时常会寻见毛草鱼精灵的身影。观之，有凭临柳宗元《小石潭记》之趣：“怡然不动，倏尔远逝，往来翕忽，似与游者乐。”

遇风平浪静，水体通彻之时，在湖之央，可见到大片成群的毛草鱼。毛草鱼的游速极快，灵动迅捷，遇动静，疾游四散，其状宛如古战场上空密集飞驰的箭矢。

毛草鱼是巢湖重要的经济鱼类，自古以来在当地鱼类产量中占一半以上。巢湖沿岸有“发春水，毛鱼多”之谚。因为春季涨水可以刺激毛草鱼产卵，也扩展了产卵水域，对毛草鱼生长有利。春末夏初，是毛草鱼繁殖盛期。幼鱼生长速度很快，入秋即可长成，至秋末开湖捕鱼，巢湖沿岸到处都是铺晒毛草鱼的网架，成为一道特别的风景。

物以稀为贵。也可能是产量大的缘故，巢湖毛草鱼的名声远远低于其银鱼、白米虾的美誉。可毛草鱼的美味却别具一格，真正是别无他家。

毛草鱼出水难活，因此，除少量鲜食，大部分晒制成干品。晒干后的毛草鱼，食时用开水过一下，即可炒、煎、蒸。

毛草鱼与辣椒、芹菜、大蒜等蔬菜皆可炒食，只需加点盐，不需添加任何调料，即鱼香入蔬，风味独特。

将毛草鱼入锅油炸，入盘后，酌放辣椒酱、蒜末、椒盐，煎炸后的毛草鱼肉脆骨酥，是一道亦素亦荤的可口小吃，实是佐酒妙品。

“衣缝纰颣黄丝绢，饭下腥咸白小鱼。”最具巢湖地方特色的吃法，是干蒸毛草鱼。干蒸毛草鱼是将经过腌制、晒干的毛草鱼，先用温水泡一下，然后放入盘中，加入蒜末、姜末、红尖椒末和豆瓣酱，淋入一点猪油、香油，入饭锅焖蒸。饭熟鱼香，出锅的毛草鱼热气弥散，扑入鼻息的是一种非常愉悦的开胃之味。拣两条小鱼入口，其特有的鲜嫩和鱼干的软韧，伴着香辣味随舌尖搅动，而在口腔里弥漫，让人欲罢不能，胃口大开。干蒸毛草鱼是当地百姓餐桌上最常见的下饭小菜。

毛草鱼古时被称为刨花鱼，这里面有一个传说。说是当年鲁班带领一班徒弟修建巢湖中庙，至中午做饭无菜，他就抓起一把刨花撒到湖里，这些刨花就变成小鱼，被捞上来做菜。晒干的毛草鱼，形色还真是极似刨花。

毛草鱼还有一个漂亮的名字，叫凤尾鱼。估摸也是古时的文人骚客，取其形而美化之。还是喜欢百姓口中的称呼，像毛草一样卑微，像毛草一样极富生命力，蒸在普通人家的饭锅头上，乡土气息，味美醇正。

唇齿间的鲜花

春天里，百花盛开，是赏花之季，也是啖花的好时节。

说到吃花，有人觉得小资，雅致而具情调，有人觉得不能接受，觉得是对花儿的一种“亵渎”。比如饮食文学家沈宏非就旗帜鲜明地表示：“花是用来看的，不是用来吃的。”

其实，吃花之事，古即有之。“朝饮木兰之坠露兮，夕餐秋菊之落英。”屈原能写出这样的诗句，恐怕不是没有生活的乱抒情。现实生活里，又有几人没吃过花呢？喝菊花茶、饮桂花酒、烧黄花菜、炒百合肉……

花是大自然的一份馈赠，与其让花儿自飘零，不如在欣赏之余善加利用。以花入馔，又何尝不是一种感恩的方式？

那天泡菊花茶，见沸水冲入，三五朵或淡或黄的菊花在杯中起伏，花瓣渐次打开，像是几位素裙的小女子在曼妙起舞，立感赏心悦目。

花是佳人，自然不可亵渎。吃花，当要吃出风雅和品位。比如百合炒芹菜，在我眼里就不是简单的清爽，而有小青蛇伴白娘子的传奇味道。至于玫瑰鱼片，那就有点贵妃醉酒的魅人之力了。鸡鸭鱼肉，本是些大俗的东西，有花相佐，便立有脱俗的感觉。好比一位纨绔弟子娶了一位清新高雅的女子，耳鬓厮磨之下，渐渐消磨了身上的市侩，透出些品位来。

吃花当有两种境界。第一种是“花是花”，面对眼前的盘碟，我们看到的是鲜艳的绽放、美丽的花瓣，如此，难免怜香惜玉，食之就有点心理负担。第二种是“花非花”，仅把花儿当作一种普通的菜肴，是正经的菜蔬，就无食之难以下咽之感了。若能造化到金庸小说里香香公主的境界，吃花也就随心所欲了。

在我孩童的时候，乡下的孩子，恐怕没有没吃过槐树花儿的。那或粉红或洁白的串串槐花，成了春天里孩子们的一道美食。有的人家还用槐花做粑粑，现在想来都流口水。记得当年村中一个小女孩，胆子特大，见花就食。我和其他一些孩子也是跟在她的后面，才尝到了梨花的清淡、桃花的甜滋、杜鹃的生脆、蔷薇的苦涩……

现在说吃花，不似我小时的解馋，更多的是一种品味。有的菜肴里，花瓣儿也仅是点缀，悦人眼目，诱人食欲。若在啖花之时，有人卖弄地对你说，大哲学家叔本华曾说过，花儿就是植物的生殖器，那可真是大倒胃口。

也有人说，吃花这种风雅事，适合诗人和弱不禁风伤春悲秋的女孩子。觉得有失偏颇。若是让林黛玉去吃花，恐怕她宁愿将三尺素娟挂到屋梁上也是不肯的。

花儿讲究的是新鲜，而新鲜是不能保存的，如同青春的容颜。与其哀叹“花自飘零水自流”，不如“有花堪折直须折”。且啖一朵鲜花，让花香永存心间。

乡野蚕豆味

春末夏初，正是蚕豆上市的季节。乡下亲戚进城，一下子就给我送来一“蛇皮袋”的带壳蚕豆。

烧肉，打蛋汤，炒韭菜，几乎餐餐不离。俗语：人就三餐头。再美味的东西，三餐均吃，也就难起食欲了。

看着塞满冰箱的一大堆蚕豆儿，心里犯了愁。娘子就在一旁讪笑：你不能多变一些花样弄着吃吗？比如，用线穿个蚕豆项链什么的，蒸着吃。

娘子的话一下子就将我带回遥远的童年。稍有一点岁数的，谁没有过用针线穿蚕豆，放在饭锅头上蒸熟，然后颈上挂着豆珠链，一边在村舍街巷间玩耍，一边将熟豆珠儿一颗一颗捋下扔进小馋嘴的经历。

几十年的时光磨砺，穿蚕豆珠链这样的童趣已是失去了。将一把豆子撒在饭锅上蒸熟，左品右咂，也没有童年时那串蚕豆珠链的香浓味儿。

蚕豆成熟时节，小城的街巷里会有叫卖五香豆的。一个半瞎的老人，一边敲着手里的一个小铜锣，发出清脆悦耳的叮当声，一边喊着：“五香豆，五香豆哦——”声音拖得长长的，在青石板的街巷里飘荡。

煮开花的五香豆五分钱就可以买一小碗，是父亲的佐酒妙品。一颗豆，一口酒，每每看他喝得红光满面。只是没等他放进嘴里几颗，那一小碗的美味已是被我们几个兄妹瓜分。香味异常的五香豆，入口一抿即化，连那皮儿也舍不得吐，没等上下牙嚼几下，已是咽下了小肚。

还喜欢母亲做的雪里蕻烧蚕豆米。几个妹妹不喜欢吃，说是有一股腌菜的臭味。而我特喜欢寻找咸菜中的蚕豆米儿吃，浸入腌雪里蕻味的蚕豆米有着一种特别的味道，且面板有嚼头，十分下饭。

童年时的蚕豆美味，最好吃的，当是外婆的蚕豆羹。

记忆中，外婆将一大锅的蚕豆煮熟，然后就坐到桌前，悠悠闲闲地一个一个剥去豆皮。剥好的豆子，外婆放在一只大瓷盆里，用擀面杖头儿嘚嘚嘚地舂捣。等盆中的熟豆米儿成了泥糊，外婆就燃起灶火，在锅底倒上一勺猪油。待锅中青烟袅袅，外婆将盆中的豆泥倒入，翻炒，然后加入白糖水，调成浓稠的羹状，蚕豆羹就算制成了。

手捧一碗蚕豆羹，一匙一匙地舀入口中，那种甜美，在我童年的感觉中是无法形容，无与伦比的。

小时候在田野玩耍，有时馋了，如果正好有结荚的蚕豆垄，便剥了那豆米儿直接生吃。新鲜的蚕豆米虽有一丝苦涩，但更多的是一种甜滋滋的味道，可解了那一股馋劲儿。

记得剥豆角时，母亲会将小指甲盖般的嫩豆米单独归放，用开水一焯，拌入盐、香醋、麻油和红椒末，就成了饭桌上父亲品酒时的最爱。

时光荏苒，科技进步。现在，即便是隆冬季节也能吃上新鲜的蚕豆。只是越来越壮硕的蚕豆米儿越来越少了那一股乡野味儿。那遥远的童年时的蚕豆味儿，历久弥新，香浓悠远。

凉拌夏日

炎炎夏日，暑热难当，食欲降低的同时，人也变得慵懒。这时节，如动手做一些凉拌菜，既省却了烧煮之苦，也清凉了自己的舌尖与胃口。

夏天虽炎热，却也是各类蔬果扎堆上市的季节，这为凉拌菜提供了丰富的食材。凉拌菜不仅能有效补充微量营养素，使人精力充沛，缓解夏季的燥热，更是一种生活的态度——识时令，安心境，让枯燥的日子丰富多彩。

夏日凉拌主角自然是黄瓜。拌黄瓜也是最简单的，切片，或直接拍碎，再拍上两个蒜瓣，拌上调料即可。如十分懒惰，将黄瓜切成段，蘸点酱就可食用。

凉拌莴笋也常见普通人家的餐桌。那切成丝状的莴笋晶莹翠绿，看着就让人有清爽之感，吃在口中，脆爽生津。

口味重的，可以在凉拌菜的佐料上下功夫。如在凉拌粉皮、凉拌海蜇中拌入麻辣油，在凉拌豆芽、凉拌土豆丝中多加入椒、姜、蒜片等调味的配料。

喜欢吃甜食，凉拌西红柿是最方便的。将西红柿切成片，撒上白糖即成。西红柿本身特有的微酸和糖的甜味掺在一起，风味独特，清爽宜人。

夏天，新藕上市，特别的脆嫩，切成片，拌上白糖，也是特别的爽口。一块入口，仿佛嗅到了荷的清香。若是诗意之人，眼前怕会浮现那莲塘之中采莲的纤纤玉手呢。

苦瓜是夏日一道独特的风味，只是有许多人吃不了苦，不愿下箸。其实，苦瓜是一个非常好的清热解暑食材。将苦瓜一剖两半，去瓤洗净后切条，在沸水中烫一下放入凉开水中浸凉捞出，控净水分，放入精盐、酱油、豆瓣酱、蒜泥和熟油拌匀即可。凉拌后的苦瓜片，青翠如玉，温润剔透。夹一筷入口，初始苦，细嚼之，一丝清凉起自舌尖，再嚼，甜从苦中生，润嗓入腑。真是不吃一番苦，哪知苦中甜。你看，这凉拌苦瓜还寓含着人生的道理呢。

凉拌芹菜，也是夏日一道简单食谱。据中医理论，芹菜有甘凉清胃、涤热祛风、利咽喉、明目益气、补血健脾、止咳利尿、降压镇静等功效。但芹菜在热炒后功能大大降低，最好凉拌。拌芹菜时加入一点红椒丝、茶干丝，入口清脆而劲道，别有味道。

芫荽，其纯净的清香让人喜欢，被称作香菜。香菜有散热解表、开胃消食等功效，为降热解暑之佳蔬。香菜尤其适合做凉拌菜的配菜，如香菜拌豆腐、香菜拌木耳、香菜拌海带丝，等等，是既增色又增味呢。

现在，西式的凉拌——沙拉，也在一些家庭的餐桌上见到。制作沙拉，最关键的就是沙拉酱。不过现在大可省略这道工序，因为超市里就可买到现成的。沙拉酱分两种，甜的和咸的。甜的适宜于水果沙拉，咸的适用于蔬菜沙拉。将苹果、梨子、西瓜、香蕉等尽可能多的水果切成丁，将黄瓜、土豆、包菜、胡萝卜、洋葱、生菜等蔬菜切成片，拌上沙拉酱，一盘沙拉就大功告成了。新鲜脆嫩的沙拉拼盘，宛如一幅抽象的水彩，勺叉未动，先已是赏心悦目。

凉拌，是一种简约的生活方式，删繁就简，还日子以原味与新鲜。凉拌，是一种随性的生活，瓜果蔬菜，任我组合，拌出创意无限。凉拌，是一种美丽心境，拌出多彩生活，拌出清爽夏日。

苦　夏

夏天，喜欢吃点“苦”。去菜市场买菜，总隔三差五带回一两种苦味。或是一把绿茵茵的水芹、或是两三根碧玉似的苦瓜、或是四五条青嫩嫩的丝瓜。芹菜爆炒，苦瓜凉拌，丝瓜打汤。看一家人食欲大开，大快朵颐，我这位“家庭主男”不亦乐乎。

天热人燥，食欲普遍降低，苦瓜、莴笋、丝瓜、莲子、芹菜、苔菜等苦味，就成了人们餐桌上的“卖座”食品。夏天多吃一些“苦”，能够起到增强食欲、促进消化和清凉败火的作用。

许多人不喜欢吃“苦”。比如苦瓜，开始我是一点不沾的，但父亲爱吃，就偶尔买上两根，随父亲自拌自食。看父亲吃得津津有味，忍不住就尝尝，苦得皱眉。父亲说，浅尝反觉苦，多吃才得味。果不其然，满口咀嚼，有一种苦尽甘来的感觉，而再食其他菜肴，更觉滋味香浓。从此，爱上了那冰雕玉琢般的苦瓜。

民间有谚：“人讲苦瓜苦，我说苦瓜甜，甘苦任君择，不苦哪有甜。”你看，吃苦瓜还能吃出生活的哲理呢。

苦瓜还被誉为“君子菜”。就是与任何菜，比如鱼、肉等同煮同炒，绝不会把苦味传给对方，所以有人说苦瓜有“君子之德，君子之功”，有一种“不传已苦与他物”的“高风亮节”。你看，它是不是又像你我身边那些勤劳善良无私奉献的人们?

小时候，芹菜家里是不种的，沟畔塘边，野生的芹簇簇丛丛，也很少有人去采食。在田间劳作的母亲有时回家时顺带一把，在柴草烧的大锅里翻炒，那种带点苦味的清香满屋飘荡，现在回味，仍是口齿生津，嘴角流香。现在在菜市场买的芹菜，基本上是蔬菜大棚里培育，苦味淡了，香味也淡了。但与肉丝、干丝爆炒，也能让一家人品出特殊的风味来。

味苦之物，一般都有明目清心、养血滋肝、润脾补肾等功效。味苦者性凉，其清热消暑之功效最显，因此，夏天主动吃点“苦”，何乐不为。

苦味还能吃出诗意来。

比如用味苦的绿豆、莲子、百合熬一锅汤，用蓝花碗盛着，看绿豆绽花沉底、莲子起起落落，且把百合幻成漂浮的舟子，想着那“江南可采莲，莲叶何田田”的诗句。若是搁几粒冰糖，放到冰箱里冷冻一下，那清凉的诗意便直落胸襟，好不快意。

酸甜苦辣咸五味中，人最怕的是吃苦。但中医理论曰“十苦九补”，“苦”最具有食补和药物功效，所谓良药苦口利于病也。而炎炎夏日，苦味食品也最具驱热降燥之能也。

明黄庭坚有诗云：“夏日小苦反成味”。你不如放开眉头，吃点苦，别有一番清凉在心头。

清爽西瓜皮

炎炎夏日，人们喜欢吃西瓜来解暑。吃完了红红的西瓜瓤，西瓜皮也就随手扔了，这实在有点可惜。其实，用西瓜皮做菜是很有特色的，且兼有清热去暑的作用呢。

小时候，曾见母亲将西瓜皮削去红瓤和青皮，切成片状或条状，洗净，用盐水腌泡。一段时间后，从坛中掏出，已是淡黄透明的颜色，如玉块一般。吃在嘴里，脆中带酸，用它喝稀饭或是佐餐，特别的爽口。

记得有一次，乡下亲戚送来十几个西瓜，吃剩的西瓜皮很多。母亲就将瓜皮切成丝，用盐腌拌后，沥干水分，放在烈日下铺开暴晒。西瓜丝晒成干，母亲就用物件盛起。等吃时，用开水浸泡后，淋上麻油，特别的香脆有嚼头。这样的西瓜干丝，一直可以盛放着吃到来年。

几十年前，日子过得比较贫乏。母亲的西瓜皮入菜，也是拮据生活的一种调剂。现在，日子过得越来越富裕，极少有人家还愁吃喝。不过，在大荤之余，偶用西瓜皮入菜，不但调剂胃口，也是一种生活乐趣。

西瓜皮最简单的做法是凉拌。将西瓜皮洗净，刨掉表皮后切片或丝，用盐腌片刻后挤干水分，再把拍碎的蒜撒上。将适量的花椒、干辣椒用油炸出香味后，加入适量鸡精、醋，搅拌均匀，放入冰箱冷藏一下。一盘脆辣且清凉的凉拌西瓜皮就大功告成了。

爆炒西瓜皮也是很方便的一道菜。制作方法是将西瓜去瓤削绿皮，切成细丝。入锅爆炒，佐以盐、酱油、食糖、味精，配少许辣椒，即可食用。特点是清脆带辣，是夏日开胃佳品。当然，喜欢辣的朋友可以多放一些辣椒。

生活的乐趣在于寻找，舌尖上的感觉在于创意。一次去朋友家用餐，见其将西瓜皮切块煲了一盆排骨汤。食之，西瓜丁软嫩，排骨汤清爽，别有风味。

也有一位朋友告诉我，她曾试着把西瓜皮做在沙拉里，结果是意想不到的好，特别是洋葱和西瓜皮的搭配。她打比方说，我们常常遇到一些看上去不般配的夫妻，却过着幸福的生活，其实是他们的性格、爱好、人生观等有着共鸣或互补。就好像觉得西瓜皮和洋葱不搭配，其实是有共性的，它们都有甜的味道，都很脆，但是洋葱的辣味给西瓜皮的脆甜又提升了一个高度。

我也曾尝试着用西瓜皮去烧肉。将洗削干净的西瓜皮切成火柴盒大小块状，待正常烧煮的五花肉熟透后放入，再等瓜皮变软后即可调味出锅。品尝自己创意的这道菜，瓜皮的滋味已远远盛过五花肉了。

中医称西瓜皮为西瓜翠衣，记述其“能化热除烦，去风利湿”“清透暑热，养胃津”。在夏日里将西瓜皮“废物利用”，美口舌的同时，又清凉了一份心情，何乐不为也。

火辣小龙虾

月升星朗，夜色阑珊，三两朋友相约，坐在街边或是巷口的大排档里，来一盘红彤彤的小龙虾，一扎清爽的啤酒，谈天说地，家长里短，不亦乐乎。

小龙虾一般都是麻辣口味，摊主加入各种香料、调料烧制而成。几只龙虾入口，往往是满头大汗，食者却仍虾不离手，大快朵颐。待盘尽酒干，吮指留香。此时感觉晚风徐起，真是浑身通泰。

啖龙虾，已成多地时尚。而夏日，正是龙虾肥硕之时。这时节，若邀一两知己，出城廓，去乡下，寻一瓜藤攀缠、绿荫清凉的农家酒肆，来一大盘肥美的龙虾，几小蝶清爽的小炒或凉拌，一手持螯，一手把盅，观乡野风情，话人间桑麻，真是绝美享受。此时啖龙虾，最宜佐白酒。酒酣耳热之时，席间若有一两文朋诗友吟诵咏唱，实乃人生诗意。

小龙虾学名叫克氏原螯虾，看这名就不是“中国货”。它原产于美国南部路易斯安那州，据考证，是20世纪初随国外货轮压仓水等生物入侵途径进入我国境内。只是小龙虾的生存能力非常强，侵入中国后，就迅速扩疆占地。

在我童年时，我的家乡即有龙虾。那时，根本就没人吃它，更别说拿它当美食。偶见沟边田间有爬动，往往被乡人一锹拍死。因为小龙虾的打洞能力特别强，有的洞穴能有一米多深，会毁了堤埂。

也有人顺手捡回几只，让家中的孩子用纳鞋底的棉线拴着，当玩具。

记得一个夏日的暴雨过后，和小朋小友在田间玩耍，见田埂上爬上许多龙虾，便脱下小褂，快活地捡了十几只回家。放在澡盆中，一会儿挑逗它们互相之间打架，一会又用线拴起，拖着在地上爬行。等玩腻了，忽然想起同样有两只大螯夹的螃蟹可以吃，这虾也应该可以吃。于是，跟在外婆身后哼哼，要吃这龙虾。

拗不过我的吵嚷纠缠，外婆只得将十几只龙虾清洗干净，像曾经给我炸小石蟹吃一般，裹上薄薄的用盐水和成的面糊，一只一只下到油锅里煎炸。炸好的龙虾，壳酥肉嫩，香鲜满口，非常好吃。特别是那两只大螯夹，酥酥脆脆的，嚼在嘴中，真正香过外婆爱吃的油炸麻花。

几十年过去了，小龙虾已成餐桌上的大众美食。只是，从未吃到过外婆那样做法的油炸龙虾。偶有念头，想着要是开个小食坊，做个"外婆牌"油炸龙虾，怕是生意不错呢。

去过北京的吃货，自然还记得簋街晚上那一盘盘油光红润的"麻小"。但说起小龙虾，吃货们当会想到盱眙这个地方。盱眙的小龙虾有味甲天下之说。

盱眙龙虾有烧制与炸制之分，其炸制与我记忆中的"外婆牌"大不相同。只是将洗好的龙虾氽入油中，炸至红色捞出。随后另锅放入适量的菜籽油烧热，放入蒜瓣、生姜、葱、川椒、辣椒粉、胡椒粉等爆炒至见红油，再加入高汤和调料烧煮。

小龙虾也是世界级的美食，各大洲都有人食用。自然，名冠天下的当是克氏小龙虾的故乡路易斯安那州。该地号称养殖了世界上 90% 的小龙虾，而当地人就吃了其中的七成。

美国人吃小龙虾的方式只有一种，就是水煮。一口直桶大铝锅，里面放上水，再放一包含有盐、辣椒、胡椒、芹菜粉、香叶、姜粉、芥末籽等类的调料，倒入小龙虾煮熟，就这么简单。美国小龙虾也是做成辣味的，且非常之辣，据朋友说，一些很会吃辣的湖南、四川人都辣得嘶嘴直嘘嘘。

而吃货们说，吃小龙虾，要的就是那份鲜辣，不辣就不够味儿。

炎炎夏日，来一盘小龙虾，两三盅老酒，聚三朋四友，嘬虾吮指间，真惬意享受，快慰人生也。

荷味绵浓

八月，荷花绽放，莲蓬初结，是赏荷的好时光，也是品荷的好时节。

唐柳宗元诗云："青箬裹盐归峒客，绿荷包饭趁虚人。"荷花美食，最简单的当是荷包饭。小时候在乡下，屋前就有一口荷塘。炎炎夏日，人无食欲，母亲就在塘中折一两张青绿的荷叶，洗净，铺放在蒸笼底，将顺手采回的芡实、莲子、野菱角等拌入淘尽的米中倒入蒸笼，捂上盖，大火蒸煮。不一会儿，便满屋飘散着荷的清香。蒸好的荷包饭粒粒晶莹剔透，清香松软，即便没有一口菜，我也能一口气吃个两大碗。

荷茎，也是一份美味。见母亲将圆圆的茎竿切成条，配上辣椒丝，在大锅中用猛火翻炒，只需撒上一点盐，吃在口中便质感清脆，味道鲜美。更多的，母亲是将荷茎切成段，用盐腌制起来，等吃稀饭时从坛中掏出一点，开胃佐餐。那脆嫩的荷茎咬在口中，有时还茎断丝连的。

莲子粥自然是常吃的。母亲会一一剔除新鲜莲子里的莲心，这样，煮出的粥中就没有了苦涩味。新打出的早稻米中，母亲还会放上一把糯米，让煮出的莲子粥黏稠，更具清香。

难得吃上几次的是莲子绿豆汤，只是在大暑的日子里才见母亲熬炖。那放在清凉的井水里凉透了的新鲜莲子绿豆汤，喝在嘴里，那自然的清香，至今咂舌回味，不是现在的任何一种时尚饮料可以比拟。

在我幼时，稻田里很少用农药化肥，秧苗下便经常能捉到鲫鱼、黄鳝、泥鳅等。有时，母亲会用荷叶作底，铺上糯米，蒸鲫鱼。蒸熟的糯米鲫鱼，鱼肉鲜嫩又浸入荷叶淡淡的香气，糯米黏弹劲道，食之难忘。

八月，新藕上市。藕的吃法很多，清炒、红烧、凉拌、蒸煮。最喜欢的吃法还是母亲的煮藕。藕眼里被母亲用筷子塞满花生米、红豆、糯米，放入锅中慢慢地煨。半天下来，藕软米烂汤浓。盛入碗中，再拌入一点白糖，真是香甜异常。据说，此吃法最适宜身弱体虚者，也是母亲晚年的最爱。

荷不但色、香、味俱佳，还具有一些特殊的功效：莲子养心益肾补肝，莲藕清热健脾益血，莲梗清淤清热解暑，莲叶消暑去湿清燥……由此，现代人将荷入肴也翻出一些新花样来。

曾在一茶楼喝过荷花茶。见茶博士将洗净的荷花瓣和绿茶一起放入壶中冲泡，几分钟后即可饮用。轻啜一口荷花茶，淡香袅绕，唇齿留香。茶过三巡，便觉馥郁满腹。

据说，也有餐馆将荷花花瓣脆炸，用绵白糖或椒盐蘸着吃。可惜没有亲口尝过，不知味道如何。

那次去杭州，本来要吃用荷叶和泥土包裹烘烤的叫花鸡，店伙计却极力推荐一款荷叶鸡。据其介绍，比起叫花鸡，荷叶鸡做法简洁些——将童子鸡用花椒等配料腌制，裹上荷叶上笼蒸熏，蒸熟的鸡切块，淋上蒸制时的汤水。尝之，鸡肉鲜嫩，清淡的荷香飘散，令人食欲大开。

花堪折时直须折，莫待无花空折枝。乘碧叶连天，荷花映日，赏景之时，请莫忘尽情享受荷之美味，让我们的眼界、味觉和心灵，都充分享受这荷的清凉和芳馨。

莲花茶

沈复在《浮生六记》里有一段文字，记述其妻芸娘制作莲花茶的细节："夏月荷花初开时，晚含而晓放。芸用小纱囊撮茶叶少许，置花心。明早取出，烹天泉水泡之，香韵尤绝。"读此段文字，仿佛就嗅到了芸娘纤纤玉手中那盏青花瓷里袅袅飘来的清香。

林语堂曾誉芸娘为"中国最可爱的女人"，缘于她的雅致生活情调。能将一杯简单的茶水冲泡出这样温馨的味道，可见其高雅的生活态度。

其实，这款莲花茶的创始人不是芸娘，而是元代的画家倪云林。

据《云林遗事》记载，倪云林首创"莲花茶"，后来顾元庆删校《茶谱》，对其有详细的记载，"于日未出时，将半含莲花拨开，放细茶一撮，纳满蕊中，以麻皮略絷，令其经宿。次早摘花，倾出茶叶，用建纸包茶焙干。再如前法，又将茶叶入别蕊中。如此者数次，取其焙干收用，不胜香美。”显然，倪云林的制作方法更为复杂精细。

如此费时费力制作莲花茶，如果没有一个好耐心怕是做不成的。但不紧不慢，温火从容，方可细细品出生活的真味吧！

莲花生长于绿水清池之中，“出淤泥而不染，濯清莲而不妖”，天然纯洁、无污染、清香四溢的莲花自是上佳饮品。也有将莲花直接饮用的。简单的制作方法是，将莲花洗净阴干，和茶叶一起密封储存，饮用时，可取花瓣或整株与茶叶一起冲泡，茶香莲香交缠，别具风味。

冷冻技术的发展，也使莲花茶的饮用有了新的方式。现代有人将正含苞的莲花进行速冻、冷藏，在特定温度、时间下循环热控脱水，从而使莲花的鲜艳本色和清香得以保持。

这种保鲜的莲花茶，饮用还是采用一般传统茶叶的冲泡方式，只是喝到最后，花瓣也可食用。泡这种整株的莲花茶，最好用肚子大的玻璃杯，开水冲进去以后，喝饱水的莲花就会重新打开，漂浮在水中。一杯莲花茶在案，宛如身临雾气弥漫的莲塘，真是若醉若仙。

也有以莲叶入茶的。夏日里，曾到大渔滩赏莲，舟行莲叶丛中时，撑船的老艄公告诉我，可以采几张莲叶回家做茶喝。感觉很稀奇，问其制作方法，很简单，就是将新鲜的莲叶切碎晒干储存，饮用时可单独冲泡，也可与茶叶一起冲泡。试之，果然满口莲香，沁人心脾。

制作莲花茶的茶叶倒不需讲究。《续茶经》认为，但上好细芽茶，忌用花香，反夺其真味。唯平等茶宜之。”制作莲花茶也是同理，宜选用较平淡的平价茶叶。

莲花的益处甚广，有清凉解暑、止血、治泻痢、降火气、除寒湿、补身、健胃、养颜等多种功效。常饮一杯莲花茶，自是怡心养生双重的享受。

倚一把背靠椅，握一杯莲花茶，清风中莲香入杯，真可让饮者生出恍若隔世之感，在那缭绕的氤氲里，一颗脱尘的心仿佛可以穿越，回到了“吾辈纵舟，酣睡于十里荷花之中，香气拍人，清梦甚惬”的古韵里。

美味豆丹

豆丹，说白了就是黄豆叶上的大青虫，豆天蛾的幼虫，体形与蚕相似。它是黄豆的天敌，啮叶成孔，严重时豆株尽成光秆，不能结荚。然而，正因为它以吃豆叶、喝甘露为生，在天然无毒、无公害的状态下生长，为美食者所爱。特别在江苏省连云港地区，豆丹是一份极具地方特色的美味佳肴。

很多人是不敢吃虫子的，胆怯让我们错失了许多美味。幼时，母亲也曾捉草叶或树上的大青虫用火烤熟了给我们吃。开始非常害怕，但抵不住那扑鼻的香气，以及自己的饥肠辘辘。等尝了以后，才知这些模样瘆人的虫子真是好吃。

因为有过幼时吃虫子的经历，所以在连云港灌县的一家酒店落座后，首先就点了一份价格不菲的特色豆丹。怕同行的朋友不敢吃，没说什么菜。

服务生先是端上来一大盆面条，接着端上来的就是一盆豆丹。豆丹嫩黄、青菜翠绿、尖椒红艳、汤汁浓稠。盆口升腾的热气将一缕特别的鲜味送入鼻息，刺激着味蕾和食欲。朋友们等不及招呼便动起手来，大快朵颐，风卷残云般汤菜全无。席间有人意犹未尽询问菜名，笑告实情，一个个目瞪口呆，惊异怎么也不敢吃的虫子居然如此美味。

有人问服务生，这菜肴中怎么看不出虫子的模样，让不知内情的他们懵懵懂懂地吃了下去。

服务生解释，此菜肴的做法是先把豆丹放到水里浸泡溺死，然后用一根擀面杖，在一块木板上把豆丹从头到尾擀出内脏，放到水中清洗。擀出来的豆丹肉青中带白，中间有一块淡黄色的油，宛如晶莹的碧玉，所以没有一点虫形了。

擀出来的肉要放进开水里稍煮，使肉凝成完整的长条。这需要厨师掌握好火候，否则就不鲜嫩。接着把条状的豆丹肉炒一炒装起来，再把大白菜或者丝瓜清炒，然后加上红辣椒、大蒜等调料。炖好的豆丹是要趁热吃的，氤氲热气中，鲜味异常。

豆丹是一种纯天然的绿色食品，豆丹肉不但无毒无害美味，其营养价值也极高。它在蛋白质、氨基酸、脂肪酸、亚麻酸等质量分数上都大大高于鸡蛋、牛奶、大豆。同时还含有丰富的钙、磷、铁和维生素等多种人体需要的微量元素。豆丹还具有降低胆固醇、防止高血压及动脉粥样硬化，并有治疗胃寒疾病和营养不良的特殊疗效。

但豆丹之鲜不是时时都能尝到的。夏秋时节，豆丹丰腴，是吃豆丹这种青虫的最佳时节。等到冬天，豆丹藏在土下，物以稀为贵，这样的美味就不是普通人家能尝得起了。

萝卜缨

农人将一筐带缨的萝卜摆在路边叫卖，青绿水灵，透着新鲜。买了几棵白嫩的萝卜，卖菜人顺手要将萝卜上面的缨削去，赶忙摆手阻止。

留着萝卜缨，倒也不是拎回家看个新鲜劲，而是萝卜缨可以入菜也。别人弃之如敝履的东西，我却珍若拱璧。

在我幼时，乡下的生活比较艰难。即便那时，萝卜从地里起出后，也没人要萝卜缨。从萝卜上砍下的秧缨就随意扔在田野，任其枯烂。萝卜缨与芥菜、雪里蕻非常相似。村中偶有拮据人家将其捡回，洗净，腌做小菜。小时候也吃过腌制的萝卜缨，有点苦涩刺嗓，自然比不得芥菜、雪里蕻的口感。

十几年前去北京，朋友招待吃饭，桌上有一盘带缨的小红萝卜。以为萝卜缨留着只是为了红绿搭配好看，却见朋友连萝卜带缨都嚼了。虽疑惑，却也照样儿将带缨的萝卜蘸了甜面酱，送进嘴里，嚼开来，却是满口清爽。后来知道，吃萝卜缨，在京城几乎是居家小菜。

回到我居住的江淮地区，偶想起北京的萝卜缨蘸酱，有一丝回味留恋。但本地少有那种樱桃般的小红萝卜，偶见到，也是圆溜溜的没一星儿秧缨。

美食家有言，吃无定法，才是美食的本意。于是，就试着将本地的青白大萝卜缨入菜，希望在品尝到特别味道的同时，也享受着创意的喜悦。

将萝卜缨的老茎舍弃，留下嫩茎和心苗，洗净，在开水中浸泡几分钟捞出，切碎，拌入盐、白醋、味精、白糖和蒜、姜、辣椒末，沥上香油，一盘凉拌萝卜缨就轻松搞定了。蒜、姜、辣椒末会消弭或者掩饰萝卜缨的辛辣，清脆的口感，特别的味道，让我喜爱。

也尝试用腌制的萝卜缨烧肉，萝卜缨特别的辛辣味浸入先期红烧好的五花肉中，比梅菜扣肉和雪里蕻烧肉的味道更有滋味。

敢于想象，是美味产生的原动力之一。在北方某地，我还曾吃过纯粹的萝卜苗。端上餐桌的一只白瓷盘上是一蓬青嫩的小苗，翠绿的苗叶上撒着一层白糖，酒家给它起的名叫原野初雪，真是诗情画意。入口品味，有着芽菜的脆嫩清新，却依然有一丝辛辣游丝般穿插于白糖的绵甜中的这种原野的气息，它牵着你的味觉游走，绵延悠长。

美味的发掘，可能在一次不经意的烹制，但更多的，是像萝卜缨一样，在于我们自觉的创新，并在创新中引爆激情。生活和人生的滋味，也大抵如此。

吷一朵菊花

“秋菊有佳色，更露掇其英。”岁寒之日，菊花盛开，是赏菊的好日子，也是食菊的好时节。

在我国，食用菊花历史弥久。“朝饮木兰之坠露兮，夕餐秋菊之落英”，这是屈原《离骚》中的诗句，说明两千多年前菊花已被食用。

在我国古代，菊花入食最初多为药用。据《神农本草经》记述，食用菊花有“久服利血气、轻身，耐老延年”的功效。现代医学也证明，菊花可扩张冠状动脉，增加血流量，降低血压等，因此食用菊花具有一般水果、蔬菜无法比拟的功效。

陶渊明有诗云：“酒能祛百虑，菊解制颓龄。”用菊花酿制菊花酒是历来菊花入食最普遍的一种方式。菊花酒由菊花加糯米、酒曲酿制而成，它不仅绵甜清香，醇味无比，在兼具强身壮体功效的同时，还可兼治头晕、咳嗽、便秘等病症，实为养生之佳品。

“菊得霜乃荣，性与凡草殊。我病得霜健，每却稚子扶。岂与菊同性，故能老不枯。今朝唤父老，采菊陈酒壶。”据说宋代大诗人陆游有一次生病卧床，饮了几杯菊花酒后，立感神清气爽，居然“酒到病除”，于是忍不住诗兴大发，写下了以上的咏菊诗。

菊花的另一普遍入食方式是饮菊花茶。《本草纲目》记载，菊花茶有性寒、味甘、散风热、平肝明目等功效。闲暇时光，泡一壶菊花茶，看一朵朵小菊花在氤氲升腾的沸水中渐渐打开花瓣，仿佛欣赏一场清丽之舞，真是惬意人生。

古人还用鲜菊花加水煎煮，滤取药汁，兑入蜂蜜，熬制成菊花膏。或者把菊花拌在米浆、绿豆粉里，蒸制成菊花糕。这样，在提取了菊花养生效用的同时，也兼具美食。据《慈禧光绪医方选议》记载，菊花延龄膏是慈禧一生中最喜爱的、最常服的药膳，老年时更是每天必服。

菊花美食，最民间的方法，是熬煮菊花粥和调制菊花羹。粥快要煮好时，把菊花瓣放进去，再加些冰糖稍煮，一份黏稠甘甜、清爽清心的菊花粥就烧好了。菊花粥中也可根据个人口味加入大枣、枸杞等健身补品。菊花羹是将银耳、莲子等煮熟，加入菊花及少许冰糖，勾芡调匀，一碗美味的菊花羹就可让你大饱口福了。

菊花作为菜肴不知起于何时，有据可查说宋代就已有专供皇家享用的菊花御宴。菊花凉拌、做馅、做汤、涮锅都可，做佳肴的配菜造型，更是令美食增色。用菊花与肉类炒食，可做到荤中有素，补而不腻，清心爽口，且具养补功效。相传慈禧太后非常喜欢一道名馔叫菊花火锅，《御香缥缈录》一书中还详细记载了其煮食方法：选白菊花瓣洗净，待火锅煮沸，先下鱼肉片，后下菊花瓣，火锅倍加清香可口。据说今天北京的餐馆、酒楼里的菊花火锅，就是当年由清宫里传出的。

有花堪食直须食，莫待无花空叹息。菊花从每年的10月开到12月初，此时节，正是品尝菊花美味的最佳时机。一边赏菊，一边品菊，实乃人生一美好享受也。

茭白

入秋，茭白上市，是一道时鲜的蔬菜。在我们这儿，茭白被叫作“高瓜”，私自臆想，不知是不是其形似竹笋又似瓜般能生食之故。

我生活的这个长江以北地区，种植茭白的人家不多，大都是水边自生。像野藕野菱一般，成熟时节，自有不怕辛苦者去采收。童年的记忆中，母亲从田间劳作回来，有时就顺手在塘边沟畔折几支青叶包裹的修长茭白回家。高瓜炒辣椒，是我幼时最常见的一种吃法。

当然，茭白绝非我记忆中简单的一种味道。

清代才子兼美食家袁枚在《随园食单》中就有对茭白入肴的一段记述：“茭白炒肉，炒鸡俱可。切整段，酱醋炙之尤佳。煨肉亦佳，须切片，以寸为度，初出瘦细者无味。”

清人薛宝辰在其《素食说略》中也有茭白入蔬的做法：“切拐刀块。以开水瀹过，加酱油、醋费，殊有水乡风味。切拐刀块，以高汤加盐，料酒煨之，亦清腴。切茭刀块，以油灼之，搭芡起锅，亦脆美。”

现在想来，母亲的厨艺，当然比不得这些美食家，但也恐怕不是母亲不知道高瓜还有其他的烧法，只是在那样一个清贫的日子，哪里有许多的食材调配，盘中简单的菜蔬，仅为佐饭下肚而已。

不过，现在日子富裕了，吃过的各类茭白佳肴恐怕比书上记载的还多，有时在家中还特意弄一个简单的高瓜炒辣椒，享其清淡脆嫩，唇齿咀嚼间自有一种特别的回味。

其实，高瓜在远古时期，也不称作茭白，而叫菰。

菰最早是被作为粮食作物种植的。《礼记》载：“食蜗醢而菰羹”。菰羹就是菰米饭，可见在周朝即已用菰米为粮。据记载，在唐代以前，茭白基本是被当作粮食作物栽培，它的种子被称作菰米或雕胡，是“六谷”（稌、黍、稷、粱、麦、菰）之一。

“我宿五松下，寂寥无所欢。田家秋作苦，邻女夜舂寒。跪进雕胡饭，月光明素盘。令人惭漂母，三谢不能餐。”这是李白借宿安徽铜陵五松山下一农家，受到主人菰米款待后写下的诗作。陆游《邻人送菰菜》中也有“稻饭似珠菰似玉，老农此味有谁知”及“湘湖烟雨长莼丝，菰米新炊滑上匙”之句。

大约到了明代，玉米被从国外引进，广泛种植，替代了菰成为六谷之一。所以在我的家乡，现在还直接叫玉米为“六谷子”。

菰很早就被发现在被菌感染不抽穗后，膨大的茎部可为蔬。如成书于秦汉间的《尔雅》记载：“邃蔬似土菌生菰草中。今江东啖之甜滑。”菰在被高产的玉米取代位置后，就彻底成为人们口中的佳肴。“岸遥人静，水多菰米。”苏轼《水龙吟》中的情景渐为鲜见。现在，偶在水边能看到结穗的菰，往往被认为是野茭白，其实，那不过是稀少的未被感染的菰。

茭白如其名字一般素白清新，可与各种原料配伍加工。此菜无论蒸、炒、炖、煮、煨都是鲜嫩糯香、柔滑适口；若是与肉、鸡、鸭等相配，烹出的菜肴则更是入味留香。茭白可生食凉拌，还可酱泡腌制。特别是凉拌、下汤，清新淡雅，很有水乡风味。

唐人张志和在《渔歌子》中吟道：“松江蟹舍主人欢。菰饭莼羹亦共餐。枫叶落，荻花干。醉宿渔舟不觉寒。”明代也有一首《咏茭》诗：“翠叶森森剑有棱，柔柔松甚比轻冰，江湖岩假秋风便，如与鲈莼伴季鹰。”诗中把茭白与莼菜、鲈鱼相提，可见其味美。

有这样的记载，西晋文豪张瀚，在某日秋风起时，想到故乡吴中的菰菜、莼羹和鲈鱼脍，于是辞别齐王，弃官南归，说：“人生贵得适志，何能羁宦数千里，以要名爵乎？”这段典故后人浓缩为成语“莼鲈之思”，成了思念故乡的代名词。只是，莼菜、鲈鱼由此名闻天下，而未入语中的菰菜，却鲜为人知。就像最早的粽子都是用菰叶所包，可现在人们知道的都是芦叶之类。

宋人周弼在一首《菰菜》诗中写道：“连日秋风思故乡，况复家田有茅屋。坠网重腮鲈已鲜，莼丝牵叶又流涎。急归收获苹溪畔，细拨芦花撑钓船。”又是秋风起的日子，水边伫立的茭白依然是千年守望的模样。只是，那留在每个人舌尖上的记忆，不知该有着怎样的回味。

说说红烧肉

《舌尖上的中国》第二季中，将一位在上海陪读5年的河南母亲做的红烧肉，称作上海红烧肉，引发网友的吐槽。因为，上海红烧肉是不放大蒜的。

红烧肉是一道大众菜肴，几乎家家都会做。但各地红烧肉的做法却不尽相同。南方习惯用酱油调色，而北方则偏爱炒糖色。

比如上海红烧肉，就充分体现了“浓油、赤酱、口感甜”的“本帮菜”特点。“一手酱油瓶，一手糖罐头”烧制出的上海红烧肉，外表发黑发亮，食之略有韧劲，不油腻。不过，偏甜的口感让口味重的外地人难以适应。

而湖南的红烧肉，则体现了湘菜“辣”的特点，在烧制的过程中加入了辣椒。湘式红烧肉采用的是半瘦半肥的猪肉，切成匀称的块状，用冰糖八角桂皮先蒸再炸后入锅放豆豉作料，再用上等酱油加少量的糖烧制而成，色泽呈金黄，味道甜中带咸、咸中有辣。因为当年毛泽东喜欢吃这道菜，所以现在在许多城市连锁的毛家餐馆都用红烧肉作招牌菜，美其名曰“毛氏红烧肉”。

俗话说，众口难调。肉也如此。有的人喜欢吃瘦，有的人喜欢吃肥；有的人又觉得瘦肉难嚼、塞牙，有的人却又讨厌肥肉的荤重、油腻。唯独一个红烧肉竟迎合了大众，几乎人人都可入口一享其美味。

红烧肉的原料一般选用上好五花肉，或者坐臀肉。所谓上好五花肉，是指肥瘦层次分明，一般在五层左右，故名五花肉。为了将红烧肉烹制出特别的味道，掌勺人根据喜好，会在烧煮中加入各种调配料，比如啤酒、红酒、红腐乳汁等，也有放入豆腐、白菜、萝卜、土豆等食材一起炖煮，变化出多种口味的红烧肉菜品。

其实，最正宗的红烧肉，是不需要那些多余的东西的，水，酱油，糖，再加几片姜、几粒八角，足也。姜要老姜，去肉腥味；糖最好是冰糖，做出来的肉色更亮，口感更佳。

“慢着火，少着水，柴火罨焰烟不起，待它自熟莫催它，火候足时它自美。”这是苏轼的《炖肉歌》。红烧肉起于何时何地已无从考证，但最早把红烧肉烧出名的，当推这位东坡居士。苏东坡烧制的红烧肉，被后人称作“东坡肉”。

“东坡肉”的大体做法是：将五花肉洗净，切成正方形的肉块，放在沸水锅内煮几分钟取出洗净。取砂锅一只，用竹箅子垫底，铺上葱、姜块，再将猪肉皮面朝下整齐地排在上面，加入白糖、酱油、黄酒、葱结，盖上锅盖，用旺火烧开后用微火焖酥，撇去油，将肉皮面朝上装入小陶罐中，加盖置于蒸笼内，用旺火蒸 30 分钟至肉酥透即可。“东坡肉”色泽红亮，味醇汁浓，酥烂而形不碎，香糯而不腻口。是红烧肉中的上品，流行于江浙一带。

美味是需要时间和耐心的。慢火、少水、火候，是做红烧肉的真谛。而世上一切值得品味的美好事物，莫不如此。

肥　美

这里说的肥美，不是杨贵妃之流的美人，而是说的美味。

荤素肥瘦，各有所好。如同环肥燕瘦，自有宠幸。比如我，就不知是什么时候好上那口肥美之味。

记得小时候一点也不喜欢油腻的东西，一丁点的肥肉都会让我头晕胃翻。记得那时家里有个表哥，特别喜欢肥肉，说是肥肉吃到嘴里甜滋滋的，我听之实在难以置信。

或许是我童年时代社会贫困的缘故。记得那时乡下办红白宴席，主菜中就有一道极具地方特色的红烧肉。精选的五花肉被切成拇指厚、筷子长，一碟八块，一人一块。跑堂的刚端上八仙桌，瞬间空碟。

肥是不在五味之列的。传统的五味是酸、甜、苦、辣、咸。现代科学又证明，人共有五种味觉，分别为酸、甜、苦、咸、鲜。可前段时日，美国珀杜大学科学家公告称发现了第六种味道——“肥”，让五味有了新的伙伴。据报道，“肥”的发现意义重大，它有可能会带动一场食品工业革命。届时，想把黄瓜吃出烤肉的味道来恐怕都不是难事。

通过多次试验，科学家把不同味道分类让参与者品尝、分类和辨别，有足够多的人分辨出“肥”味，不同于鲜，更不同于酸甜苦咸。

那么，这第六味——“肥”，到底是怎样的一种味觉呢？发现这种味道的科学家这样比喻：它是咬多汁牛排时的感受，是一滴橄榄油的味道，有点腻，有点香。也有中文媒体把这种新味觉翻译成“脂肪味”。

其实，肥的味道是很难用文字表达描述的。就像一块五花肉，有人食之称腻，有人啖之称香，让他们各自表述，肥的味道肯定不一。比如我的那位好食肥肉的表哥，如果让其表述，一定是有点甜。

记得小时候，村中一户人家的媳妇偷喝家中的猪油，被丈夫暴打，成为谈资。那时候的农家，家中有点猪油是十分金贵的，只是在特别的日子，或是家中来贵客才在菜肴中添加一点，以肥腻的猪油与菜添香。

科学家在研究中也发现，当“肥”味与各种味道混搭时，会强化其他味道并产生独特的味觉感受。简单说来，让你啃一块纯肥的脂肪你一定会很难接受，可能会作呕。但如果这种肥味是混杂在鲜、咸、甜交织的菜肴里，会让你大快朵颐的。

肥是被一些宗教信徒拒绝的。当然，清苦的人生是教徒们的一项修炼。但正常的人生，还是需要有足够的“油水”。失了“肥”味，人生不但会有许多美味不得品尝，对于社会来说，也是营养不良的。

社会的发展，物质的丰裕，人们越来越享受到更多的肥美之味，偷喝猪油之类解馋之举是不会再出现了。

在我看来，“肥美”的生活应是小康生活的应有之意。如同对美人之爱，虽有人喜骨感，有人好丰腴。但丰腴比之于骨感总是更显健康之美。对人如此，对社会也如此。

鱼羊成鲜

羊与鱼同烹，鲜味异常，而鲜字也正是由鱼羊二字构成，于是，古今以来，许多人都望文生义，凭想象，认为这就是汉字“鲜”字的由来。

这种不足为训的臆断，不是没由头的。

我们知道，中国有四大食神，分别是彭祖、伊尹、易牙和詹王，他们被中国烹饪业供奉为四大祖师爷。其中的彭祖，有史书记述他活了约八百岁。他的长寿，据说是因为他识食，“好和滋味”。彭祖在美食方面的传说，最有名的当是“羊方藏鱼”。

据《大彭烹事录》记载，彭祖的小儿子夕丁很喜欢捕鱼，彭祖恐其溺水坚决不允。一天，夕丁偷偷捕到一条鱼，央求他的母亲烹制，刚好他母亲正在炖羊肉，怕彭祖发现，便顺手将鱼塞了进去。彭祖回家，闻羊肉有异香，品之奇鲜，于是问其缘由，其妻只得如实相告。彭祖未及责罚夕丁，便依法烹制，果然鲜美。据说，自此便有了“鲜”字，也有了“羊方藏鱼”这道名菜。

徐州古称彭城，因尧帝封彭祖为大彭国主之故。羊方藏鱼这道菜自然便成了徐州传统名菜。据说它的取材十分讲究，冬春季用阉过的牦羊配鳜鱼，夏秋季则用羯羊配鲫鱼。

其实，鲜字中的“鱼”表示鲜的本义与鱼有关；“羊”意为驯顺，指古代贵族家的厨师们像羊群中的每只羊专心吃草那样各司其职，驯顺劳作。“鱼”和“羊”合在一起表示：厨师群队熟练而顺畅地准备鱼宴。所以，“鲜”的真正本义，即“生鱼片的美味”。你看，鲜字的理解真是差之毫厘谬以千里了。

不过，鱼羊合烹之美味是公认的。现代饮食科学也证实，鱼羊同吃是一种合理的食物配伍。因为鱼肉性寒，羊肉性温，寒温搭配，取其中和，益于滋补。从味觉上讲，鱼味腥，羊味膻。鱼羊配做，鱼借羊之膻而除其腥，羊借鱼之腥而除其膻，两相结合，除弊得利，烹饪出一个滋味异常的“鲜”。

鱼羊合烹的“鲜”菜有三大品牌，一个就是徐州羊方藏鱼，一个是京菜中的潘鱼，还有一个是徽菜中的鱼咬羊。

潘鱼据说是晚清官员潘祖荫创制。潘祖荫也是文字学家，他发明这一名菜，据说就是从研究文字学上悟出来的。他认为“鲜”字在《说文解字》中从“鱼”从“羊”，可见鱼和羊这两种食物味道最好，如果做在一起，应该是世界上最鲜之味。于是就用羊肉汤炖鲤鱼，烹制成鲜美的“潘鱼”。

鱼羊合烹的美味，最有名的当是徽州的“鱼咬羊”。

“鱼咬羊”也有一个传说。据传，清代某年，徽州府有个农民带着几只羊乘渡船过练江，由于舱小拥挤，一不小心就把一只羊挤进了河里，羊不会游泳，在河水中挣扎了一会便淹死了。羊的沉水，引来了许多鱼，蜂拥啄食羊肉。恰巧，有位渔民驾渔船从此经过，见有许多的鱼在水面乱窜，便撒网捕捞。渔民收网回家后，觉得今天捕的鱼似乎特别肥厚，用刀剖开一条鱼的肚子，见里面装满了羊肉。好奇的渔民将鱼洗净，连同腹内的碎羊肉一道烧煮。烧好后一尝，不但鱼酥肉烂，不腥不膻，且汤味鲜美，味道特别。消息传出，有美食者也如法尝试烧制，果然风味不凡。久之，这道名为“鱼咬羊”的佳肴便成了徽菜中的一道名品。

“鱼咬羊”和“羊方藏鱼”不同的是，一个是羊包鱼，一个是鱼包羊，而“潘鱼”则是用羊汤煮鱼。不过，它们都是“鱼”“羊”相加，奔一个“鲜”字而去。

鸡头果

路边，一农人摆了一只箩筐，边上围了几个人在瞧稀奇。伸首一望，见筐里是一个个暗绿色、拳头般大小、浑身长刺的东西。这不是“鸡头果”吗?

稀罕地买了几个。农人怕我回家不会摆弄，就用一把自制的镰刀似的刀具，非常麻利地帮我剥开了刺猬般的外壳，露出了里面白色的果囊和一粒粒淡黄的小圆果。

回到家里，按照农人的指示，将一粒粒的鸡头果倒入锅中，浸水煮了十几分钟。出了锅，用凉水洗净果实外面的黏滑，迫不及待地剥开小果子的外壳，吃里面白白的豌豆般大小的果肉。那小小的果肉叫鸡头米，像糯米一般黏，且有嚼头。唇齿咀嚼间立即有一丝苦涩感觉，这苦涩的滋味在经过舌尖的回味后，弥生出一种特殊的甘香。

20 世纪 70 年代，我才上小学。入秋以后，学校的门口便有乡下妇女挎着柳篮卖鸡头果。篮中的鸡头果是用酒盅量着来卖的，好像是一分钱一酒盅。篮中的小果子大都是煮熟时间很长，甚至是隔夜的，果子的外壳不但变成了褐色，而且比较坚硬，需要用牙磕开，才能吃到里面的鸡头米。硬壳被牙咬开时，满嘴的苦涩，但是为了享受到那一点小小的香糯的果肉，孩子们乐此不疲，争相摸出口袋底的几分硬币购买。那个物资匮乏的年代，能够吃到的零食实在是少得可怜，这样苦涩的鸡头果，对于我们这些馋嘴的孩子来说，真是美食。

鸡头果的叶子类似莲叶，因此乡下便叫它鸡头莲。春天的时候，鸡头果的叶子就生出，只是它的叶子紧贴水面，上面有棱角般的鼓凸和裂皱。到了夏天，鸡头莲开出紫色的花，与莲花神似。只是花开时面向阳光结苞，苞上有青刺。因为花在苞顶，将萎时极似鸡冠，整个鸡头果乍看一如鸡头，由此得名。

唐朝有一首无名氏写的《鸡头》诗，对鸡头果作了形象的描写：“湖浪参差叠寒玉，水仙晓展钵盘绿。淡黄根老栗皱圆，染青刺短金罂熟。紫罗小囊光紧蹙，一掬真珠藏胃腹。丛丛引觜傍莲洲，满川恐作天鸡哭。”

幼时，也曾和小伙伴们到湖边去采鸡头果，但往往是无功而返。因为即便会水的小伙伴也很难接近鸡头莲，它茎叶上长满的尖刺让没有防护和特殊收割工具的人无法接近。

鸡头莲的茎一如藕茎，中间也有孔有丝，嫩茎剥皮即可生食，脆甜爽口。母亲有时会采一些茎秆回家，或凉拌，或炒丝，或切段与肉红烧。

鸡头果不仅仅是孩子们喜爱的零食，也是盘中佳肴。鸡头果可与素菜烩炒，与荤腥红烧，也可煲粥下汤。其天然的野味和特别的口感，让人喜爱。据说，在江南，鸡头果即与鱼、菱、藕、茭瓜、茨菰、莲蓬、水芹一起，被称作“水八鲜”，可见其美味。

一次在酒店里吃一盆甜汤，汤里有一粒粒的小白果，开始以为是寻常的小元宵，可一匙入口，感觉有异。服务生告知，这是芡实。芡实，鸡头果的学名也。真是多年未见，别来无恙。

然而，现在的湖塘边已是难得见到大如澡盆般的鸡头莲。偶在超市里见到鸡头米，据说也是人工大批养殖。不再是一汪清水中自然的生长，自然失了天地精华的吸纳，怕也风味有异了。

在家中慢慢地剥食路边买来的鸡头果，眼前就浮现起儿时那一片浮满鸡头莲、开着紫莲花、结着鸡头果、充满野趣的水域。

冬来品火锅

冬季是大自然休息的季节，人体也一样，此时进补会更好地被人体吸收。而夏季进补，会因身体流汗而被消耗掉。因此，中国传统医学认为，冬季，是进补的最佳时机。而冬季进补的一个非常好的方式，便是食用火锅。

据说火锅曾是成吉思汗的御用食品，不知是否得到考证。有史可记，火锅起源于汉，盛行于清。唐白居易诗云：“绿蚁新醅酒，红泥小火炉。晚来天欲雪，能饮一杯无?”就惟妙惟肖地描述了当时食火锅的情景。清人袁枚的《随园食单》中说，火锅不仅在民间流行，皇宫里也很常见。书中记述，乾隆皇帝曾举办一次盛大宴会，竟摆了1550个火锅，恐怕是火锅盛宴的吉尼斯。

火锅是煮食物的器皿，加入各种肉、虾、鱼、扇贝、蔬菜等，用木炭燃煮，涮熟即可食用。也有火锅从中间隔成两部分，一半是乳色不辣的白汤，一半是红色辣口的红汤，以满足不同的口味。

锅底的材料不是很固定，通常要用到动物筋骨，再加入当归、黄芪、川芎、熟地黄、白芍药、枸杞子、草果、龙眼肉、干草等中药材，煮上几个小时熬成白汤。如再放入辣椒、花椒、胡椒、辣椒油就成了麻辣的红汤。火锅的主料一般是牛羊肉等，因为牛羊肉暖身，对血液循环有益，是很好的进补食品。因地域及饮食习惯的不同，也有用狗肉、鸡鸭等做主料的。还有在白汤里放入甲鱼、乌鸡和人参等来滋补身体。

大多数食客是等汤滚了以后涮主料吃。其实，火锅的地道吃法是先喝汤。最初端上来的原汤对身体最好，放入肉和蔬菜涮过的汤，反复沸腾后，维生素等有益成分大多已被破坏，营养也就消减了。喝汤喝的是白汤，红汤一般是不喝的。因为红汤太麻辣，会刺激肠胃，适宜把肉或海鲜涮熟了吃。

汤里最好要放入葱和香菜，一来杀菌，二来可以增加香味，促进食欲和帮助消化。

在汤中涮熟的食物最好要醮着各种酱料吃。酱料有放入腐乳的花生酱、拌入蒜末椒盐的香油酱、剁入椒屑的蚕豆酱。酱料好会让人胃口大开。

吃火锅有“一烫当三鲜”之说，但食物过烫，容易烫伤口腔、食道和胃黏膜。再加上麻辣刺激，容易引起或诱发各种消化器官炎症和溃疡。本来就有消化道疾病的人，吃火锅以少麻辣、少油、清淡为宜。

写火锅最为传神的，当是南宋林洪《山家清供》里所述。一日，林洪前往武夷山拜访隐士止止师。当林洪将近山顶时，天突降大雪，一只飞奔的野兔因雪滑滚下山崖，被林洪抓到。林洪问止止师会不会烧兔肉，止止师说，我在山中是这样吃兔肉的，在桌上放个生炭的小火炉，炉上支个汤锅，把兔肉切成薄片，用酒、酱、椒、桂做成调料，等汤开，夹着肉片在汤中涮熟，蘸着调汁吃。这样的吃法，林洪觉得无比鲜美，且能在大雪纷飞的寒冬与三五好友围聚一堂，谈笑风生，随性而愉悦。因此取当时“浪涌晴江雪，风翻晚照霞”的美景，林洪为这种吃法取了个“拔霞供”的美名。

当代文化名人易中天不但“品三国”头头是道，对火锅也是品得有滋有味。

易中天说，火锅热，表示亲热；火锅圆，表示团圆；火锅用汤水处理原料，表示以柔克刚；火锅不拒荤腥，不嫌寒素，用料不分南北，调味不拒东西，山珍海味河鲜时菜豆腐粉条，来者不拒，一律均可入锅，表示兼济天下；火锅荤素杂糅，五味俱全，主料配料，味相渗透，又体现一种中和之美。

由此看来，火锅不仅是一种饮食方式，也是一种文化模式呢。

天寒狗肉香

寒冬至，狗肉肥。天寒地冷，是吃狗肉的好时节。民间有“吃了狗肉暖烘烘，不用棉被可过冬”“喝了狗肉汤，冬天能把棉被当”的谚语。

狗肉适合于烧、炖、煮、煨、焖等时间稍长的烹调方法。其中狗肉锅儿是最受大众喜爱的一种吃法：把狗肉切成大块放进锅里，放入姜片、葱段，倒水炖熟。肉熟后，再放豆腐、大白菜、香菜等。烹煮好的狗肉锅，氤氲缭绕，香气扑鼻，狗肉紧密饱满，口感细嫩且有韧劲。寒冷的日子，嚼两块狗肉，喝一碗热汤，体味那一股子热气由喉嗓而下弥散全身，真是通体舒泰。

在乡下，人们喜欢用烟熏、腌晒的方法把狗肉制成半成品存放，以待享用。腌熏的狗肉蒸煮熟透后，将肉撕下来，蘸着用葱姜末、香菜末、辣椒面、胡椒粉、芝麻酱等拌制的调料，或是直接入口食用，细嚼慢咽，其味特香。那种手撕肉的感觉，很有一种返璞归真的味道，让很多食客喜欢。

我国民间有“天上的飞禽，香不过鹌鹑；地上的走兽，香不过狗肉”之说。由于狗肉闻起来气味醇厚，芳香四溢，所以又叫香肉。在粤语地区即称之为“三六香肉”，因为三加六等于九，“九”和“狗”在粤语中同音。关于狗肉之美味，民间还有“狗肉滚三滚，神仙站不稳”“闻到狗肉香，神仙也跳墙”的谚语，可见其味实在诱人。

“马牛羊，鸡犬豕。此六畜，人所饲。”狗是从狼驯化而来，据考证，狗在人类所有家养动物中历史最早。作为六畜之一的狗，为人类食用的历史可追溯至新石器时代。在甲骨文中，即有“五十羊、五十犬”

"其宁风，三羊，三犬，三豕"等文字记录。

"一献之礼既毕，皆坐而饮酒，以至于醉，其牲用狗……"这是《礼记·王制》中的燕飨之礼。而《礼记》中记载的周代宫廷佳肴"八珍"中的"肝膋"，则完全是以狗肝为原料。在西安发掘一座战国秦墓时出土一件青铜鼎，考古人员惊奇地发现，其鼎中竟残留半鼎狗骨头汤。

秦汉时期吃狗肉风气极盛，唐人张守节在《史记正义》中记述："时人食狗亦与羊豕同，故哙专屠以卖之。"不但汉朝的开国功臣樊哙曾以屠狗为营，春秋时期壮士朱亥、战国时期名士高渐离都是屠狗出身。

在民间曾有"狗肉上不了正席"之说，此说源自宋朝。宋朝朱弁在《曲洧旧闻》记载："崇宁初，范致虚上言，十二宫神，狗居戌位，为陛下可命。今京师有以屠狗为业者，宜行禁止。"原来，是因为宋徽宗生肖属狗，为了避讳而禁止宰杀食用。可狗肉实在味美，民间只好私下食之，故狗肉不上正席。北宋灭亡后，狗肉之味又重新在酒肆饭馆飘荡。

众口难调，也有人不吃狗肉的。这其中有宗教信仰、民族习俗的原因，也有心理的原因。狗是人类最亲密的朋友，有人食之不忍心也属正常。但也有说不清道理的，比如我一位矫情的女性朋友，问其不食狗肉之因，说是杀生。问其鸡鸭鱼肉怎么吃，竟哑口。活佛济公有言："酒肉穿肠过，佛祖心中留。"只要不是乱屠滥杀，何必以假惺惺拒美味于口腹。

中国食狗历史悠久，于是有人将狗肉的品质分出等级。坊间有"一黑，二黄，三花，四白"之说。但也有人认为"黄狗为上，白狗次之，黑狗为下"，自是口味品味不一罢了。

中国传统医学认为，狗肉味咸性温，可补中益气，温肾助阳。民间即有狗肉可以壮阳的说法，多把狗肉作冬令补品。李时珍在《本草纲目》中即记载了几种以狗肉为主的药方，言其"能滋补血气、暖胃祛寒、补肾壮阳，服之能使气血溢沛，百脉沸腾"。可见，狗肉还不仅仅是舌尖上的美味呢。

三九寒天，煲锅狗肉汤，既尝人间美味，又可驱寒暖身健体，不亦乐乎。

第三辑　品味

物质社会，人心浮躁，在人生价值的拼搏中，能让自己在喧嚣的尘声里静下心来品读，不失为一次难得的心灵洗涤。

脚步匆匆的现代人感慨："你若曾是江南采莲的女子，我必是你皓腕下错过的那一朵。"其实，在那碧波之上，风中摇曳的莲儿年年为你结籽满房，它从没有错过如水的岁月，我们又何必嗟叹错过的美丽时光。

荼蘼花事

一

暮春的午后，斜依床头，一杯花茶，一卷诗书，有一行没一行地读着诗句，闲散而慵懒。忽然翻到宋人王琪的《春暮游小园》，读到"开到荼蘼花事了，丝丝天棘出莓墙"句，似觉时光在平仄韵律中潺潺的流淌之音。

"开到荼蘼花事了"，最早接触此句是在《红楼梦》中。一个夜晚，宝玉在怡红院宴请群芳，为助酒兴，众人抽签行令，其中麝月抽到的一张花签，即是荼蘼，上题："韶华胜极"，而签背面就写着此诗句。

很长的时间里，误认为"荼蘼"是一种状态，带有一点颓废，一些沉迷，还有一丝浪漫。至读《红楼梦》才知，"荼蘼"是一个花名。"韶华胜极"自然是指花事到了尽头，春光将尽也。

于是自古以来，常有"谢了荼蘼春事休"之叹。

据说荼蘼即是佛教中的彼岸花。佛言："一切有为法，尽是因缘合和，缘起时起，缘尽还无，不外如是。"荼蘼是花季最后盛放的花，开到荼蘼花事了，便只剩下遗忘前生的彼岸花，万事皆了了。

看来，一枝荼蘼，在人的肉眼和佛的法眼里，都带有一丝伤感留恋。

其实，花开到极致，把最绚丽的身影昭示天地，以灿烂的绽放来结束一场花事，何尝不是一种积极的人生、乐观的态度？而繁盛之后的平淡，又何尝不是一个新的境界？

有关荼蘼的故事，最欣赏旧闻记载的"飞英会"："……前有荼蘼架，高广可容数十客，每春季，花繁盛时，宴客于其下。约曰：'有飞花堕酒中者，为余浮一大白。'或语笑喧哗之际，微风过之，则满座无遗者。""飞英会"的主人是北宋的翰林学士范镇，司马光的知己好友，这些在政治上叱咤风云的人物，生活中却是如此清雅风流。我想，站在当时一场大变革的风口浪尖上，他们的胸中一定有"开到荼蘼花事了"的人生态度吧。

荼蘼花开，也常被用来表示感情的终结。如亦舒的小说《开到荼蘼》，王菲的同名歌曲。人生在世谁无爱？当爱到荼蘼，一场刻骨铭心之情即将离去，有多少人心痛如揪，伤心落泪，难舍难弃？最后的美丽是最动人心魄的，爱已荼蘼，花事已了，回眸曾经的繁华，应感激多于惋惜，因为，毕竟曾经美丽、曾经灿烂过。

"微风过处有清香，知是荼蘼隔短墙。"从一片纷乱的思绪中走出，掩卷轻啜，茶香入腑。抬眼窗外，虽不见"丝丝天棘出莓墙"，却正是草木葱茏，樟槐飘香。春天正沿着绿色的纹脉，走向彻底，走向荼蘼。

二

忽然想，这"一年春事到荼蘼"的荼蘼到底是个什么样子呢？

查询资料而知：荼蘼，蔷薇科，落叶小灌木，攀缘茎，茎上有钩状刺，羽状复叶，小叶椭圆形，花白色，有香气，春末夏初盛放。因荼蘼开后已入夏，因此古人常把荼蘼花开看作一年花季的终结。

生活中很难见到荼蘼，文字的描述又总感觉不具体形象，反增加一份神秘。等我寻到荼蘼的图片，大吃一惊，我与荼蘼竟有过一次接触，并且还在自己的镜头里留下它美丽的身影。

那是某年的春末，我与“驴友”攀登五大淡水湖之一巢湖东岸的太湖山。因心存高远，认同“无限风光在险峰”的人生哲理，虽沿途林静草茂，蝶飞鸟语，但仍是遇溪不洗尘，过庙不拜禅，一路向上攀登。腰酸腿疼，汗湿衣衫之际，问登顶而下的游客，上面风光如何，答曰：不过寻常。于是同行者皆打退堂鼓，入寺小憩。而我心有不甘，一人继续攀登，终上山巅。极目四野，一片苍茫，失望顿从心起。无聊之余，环顾四周，见嶙峋的山石边有簇簇的白花盛开，于是随手按下相机的快门。

荼蘼又名佛见笑，还有一雅称白蔓君，我本俗人，哪里识得此君的真面目，真个是迎面相逢不相识了。

赶紧翻寻存储在电脑里的图片。十分庆幸，那幅拍在山顶的图片仍在，纯洁的花朵依然灿烂地绽放，耀我眼帘。果是荼蘼。

看着照片上纤尘不染的花朵，心中在想，生命中有许多机缘，因了我们的无知或者麻木，与我们擦肩而过；而极目四野一片苍茫之时，或许那最神秘的绽放就在身边。

三

兴味盎然之际，搜罗一些描写荼蘼的诗文来赏玩，竟是别有情趣。

苏东坡诗云：“荼蘼不争春，寂寞开最晚”“不妆艳已绝，无风香自远。”诗中的荼蘼有些梅花的风范，梅是“俏也不争春，只把春来报”，而荼蘼是“寂寞开最晚”，一前一后两君子，将一个美好的春天让与百花，这样一种胸襟，真是“无风香自远”了。

“谢了荼蘼春事休。无多花片子，缀枝头。庭槐影碎被风揉，莺虽老，声尚带娇羞。独自倚妆楼。一川烟草浪，衬云福。不如归去下帘钩。心儿小，难着许多愁。”女人多伤感，而女词人就更多感怀。在吴淑姬的眼里，是荼蘼花开满眼愁，透过平仄的韵律，我仿佛听见纱帘后的一声轻叹：春去也。

而后人称之为“红艳诗人”，常与李清照相提并论的朱淑真，虽婚姻不幸，情感蹉跎，却在一阙《鹧鸪天》中写道：“独倚阑干昼日长，纷纷蜂蝶斗轻狂。一天飞絮东风恶，满路桃花春水香。当此际，意偏长，萋萋芳草傍池塘。千钟尚欲偕春醉，幸有荼蘼与海棠。”生活的不幸，显然没有磨灭她对美好未来的向往。

“一年春事到荼蘼，香雪纷纷又扑衣。尽把檀心好看取，与留春住莫教归。”这是宋人任拙斋的《荼蘼》诗。荼蘼花开，春事已了，在一位乐观的诗人眼里，是香飘入衣袖，“尽把檀心好看取”，何等的闲散而潇洒。

“微风过处有清香，知是荼蘼隔短墙。相得故园成索寞，诗盟谁复为平章。”盛开的荼蘼，在赵孟坚的眼里，却是乡情浓郁，这首《客中思家》，睹花思故园，真是乡愁谁复？

“不缘天气浑无准，要护荼蘼继牡丹。”方岳及晁无咎等骚人感情用事，甚至说荼蘼应该取代牡丹成为花王呢。

“归来留取，御香襟袖，同饮荼蘼酒。”虽花同赏、酒同饮，一枝荼蘼，却因了它的送别与迎往，更因了读花人身世心境的不同，生出了千种风情，万种感慨。

真是，一样的荼蘼，别样的情怀。

朝颜之美

给一家报纸寄去两幅牵牛花的图片，一幅题《秋天的号角》，一幅直接起名《牵牛花开》。等图片刊出，却见编辑将图题改为《朝颜之美》。

为什么叫朝颜，我一头雾水，于是赶紧查询资料。这才知，牵牛，清晨开花，傍晚花谢，故谓之朝颜。与朝颜相对，黄昏盛开，翌晨凋谢的葫芦花，被称为夕颜。

看牵牛花与葫芦花的图片，两者叶片十分相似，而花型都是小喇叭状，也比较接近。只是葫芦花单一白色，花朵边儿分瓣，而牵牛花有紫、蓝、粉几色，比较鲜艳，花朵是一完整的小喇叭，故又名喇叭花。

叫牵牛，叫葫芦，是民间大众的称呼。就像我小时在乡下，大人们将自家的孩子随随便便起个“柱子”“二蛋”“桂花”“小翠”一般，虽土得掉渣儿，却有一份亲切自然。

谓之“朝颜”“夕颜”，分明是文人雅士的诗意。因为夕颜一身素白，夕开晨谢，悄然含英，阒然零落，文人墨客们一般以它指代香消玉殒的薄命女子。日本紫式部的著名小说《源氏物语》里一个主角就叫夕颜。书中对此女即以夕颜花来形容。夕颜的天真，夕颜的单纯，夕颜的早夭……这一切使得夕颜这朵纯白的小花在整个物语中成为一个脱俗的几近精灵的女子，没有丝毫世故，嫉妒，人心险恶的污浊。而朝颜因其色彩绚丽清新，朝开暮谢，又经常被多情善感的文人们指代青春的美丽与短暂。

名字一改，附之文人骚客们的想象，确是有了一些文化味儿。有文化是个人素养的提高、社会的进步。于是，饱食暖衣的人们便极力提升或显示自己的文化涵养。最近，在媒体上看到一条消息，说现在大家给小孩取名字，“浩宇”“宇轩”“子涵”“紫萱”一类，全国重名皆达上千万。缘之我们的家长们总想显示一点自己的文化，可又确实文化水平有限，于是就干脆东施效颦了。

有一段时日，我对文艺评论很是反感，缘于评论者总是将简单的表述复杂化，来显示自己的理论与文化水平。比如这样一段论述：作者主观见之于客观的心理融合让受众易于深入事物的内核。其实，说白了就是两个词：“情景交融”“身临其境”，何必绕那么一个大弯子呢？

叫“牵牛”“葫芦”，不代表花不美。称“子涵”“紫萱”，也不表示真有文化。雅俗共存，雅俗共赏，才是自然的、丰富多彩的世界，才是绚丽清新的朝颜之美。

清平乐

清平乐，不是清贫乐。清平乐是一个词牌，自宋起，为词人所常用。清平乐又名醉东风、忆萝月，挺诗意浪漫的，但我还是喜欢清平乐，有一种清馨平淡的尘世味。

乐是音乐的乐，因为清平乐原是唐教坊曲名，取自汉乐府清乐、平乐这两个乐调。开始不知道来由，我就把乐读成快乐的乐。即便现在知道了清平乐的来由，我还是一厢情愿地把乐读成快乐的乐。走过几十年的岁月，感觉还是那些清静平淡生活中蕴藏的一个个小快乐，才是真正的诗意人生。

人世多寻常，少非凡。日出而作日落而息的芸芸众生，难得有什么轰轰烈烈。清静平和地安享人生，才是生活的真谛。不是吗？当我们从拥挤且匆匆的城市生活里抽出身，游旅在一些幽僻的山野乡村，我们常常会被那里的一种慢生活所吸引，感叹那样一种清平的生活是多么的安逸美好。

“年年雪里，常插梅花醉。挼尽梅花无好意，赢得满衣清泪。今年海角天涯，萧萧两鬓生华。看取晚来风势，故应难看梅花。”这是李清照的一首清平乐。词人截取早年、中年、晚年三个不同时期赏梅的典型画面，形象地表现了自己一生的哀乐，从而使读者感受到她个人的心路历程以及那个时代的脉搏跳动。年年雪相似，岁岁梅相同，本是寻常的景致，而感悟的心境已变，这其中的喜乐哀忧，只是因了我们清平的生活被改变。

“江山残照，落落舒清眺。涧壑风来号万窍，尽入长松悲啸。井蛙瀚海云涛，醯鸡日远天高。醉眼千峰顶上，世间多少秋毫！”元灭金后，元好问感慨故国沦亡，不愿为官，携友游旅山野。这是他在游览东岳泰山时写下的一首《清平乐》。词中，元好问表达了他对自然美景的赞叹和世事得失的闲淡心情。真的是：世间多少秋毫，最美清平人生。

最喜欢的一首《清平乐》，是辛弃疾的《村居》：“茅檐低小，溪上青青草。醉里吴音相媚好，白发谁家翁媪。大儿锄豆溪东，中儿正织鸡笼。最喜小儿无赖，溪头卧剥莲蓬。”

《清平乐·村居》一词，用白描的手法，为我们描绘了一个五口之家清平的生活环境与画面，格外清新温馨。作者虽然隅居低小的茅屋，但翁媪饮酒聊天，大儿锄草，中儿编鸡笼，小儿卧剥莲蓬，这些琐碎平和的小快乐、朴素安适的村居生活，营造出一份清平人生的大幸福。

“诗到清平能动主。”何必苛求跌宕，也不必嫉、羡富贵。殊不知，清平的生活自有其韵，淡泊的人生其乐融融。

断肠清明

春至清明，空气清朗，四野明净，大自然处处显示出勃勃生机。《淮南子·天文训》记述：“春分后十五日，斗指乙，则清明风至。”古籍《岁时百问》上说：“万物生长此时，皆清洁而明净。故谓之清明。”

写清明的诗作，最脍炙人口的当是杜牧的那首“清明时节雨纷纷，路上行人欲断魂。借问酒家何处有？牧童遥指杏花村。”每读此诗，总有一种“每逢佳节倍思亲”的感觉涌上心头。

清明节，是中国传统祭祖扫墓的日子。风云变幻，气象万千，清明时节，不见得都是雨纷纷的日子，只是怀念先人、思亲之情涌于心头，伤怀忧郁而已。那一场断魂之雨，只是永久地下在生者情感的天空里。

清明扫墓，据说源自春秋时期晋文公悼念介子推一事。晋文公重耳流亡期间，“介子推至忠也，自割其股以食文公”。后重耳称帝，介子推拒不入官，晋文公本想烧山以逼其出，哪知介子推与母抱柳被烧而死也不就。晋文公嗟叹悲切，下令将放火烧山的这一天定为寒食节，每年这天全国禁忌烟火，只吃寒食。因寒食与清明相接，后来就逐渐形成清明扫墓了。现在许多地方有“清明上坟上在前”之说，即与寒食典故有关。

明清时期，清明扫墓最为盛行。从明朝《帝京景物略》上面的一段记载，我们可看出当时的清明景况：“三月清明日，男女扫墓，担提尊榼，轿马后挂楮锭，粲粲然满道也。拜者、酹者、哭者、为墓除草添土者，焚楮锭次，以纸钱置坟头。望中无纸钱，则孤坟矣。哭罢，不归也，趋芳树，择园圃，列坐尽醉。”

南宋高翥《清明》诗作：“南北山头多墓田，清明祭扫各纷然。纸灰飞作白蝴蝶，泪血染成红杜鹃。日落狐狸眠冢上，夜归儿女笑灯前。人生有酒须当醉，一滴何曾到九泉！”民间俗语云：生前孝才是真的孝；死后孝那是假孝心。清明扫墓只是一个祭奠形式，它给了我们一次重温亲情的时机，也让泪水给心灵一次洗涤。

“故园肠断处，日夜柳条新。”逝者已矣，生者仍往。四季的轮回一如人生，生生不息。天地清明的大好春光，又正是踏青春游的好时节。所谓“有花堪折直须折，莫待无花空折枝”。即便是身处天堂的先人，恐怕也是满怀心愿地希望后人好好地享受美好的人生春光吧。

“芳草绿野恣行事，春入遥山碧四周；兴逐乱红穿柳巷，固因流水坐苔矶；莫辞盏酒十分劝，只恐风花一片红；况是清明好天气，不妨游衍莫忘归。”走出雨纷纷的断魂天，原来清明除了思念伤怀，还有芳草碧连天的绿野，还有莺歌燕舞的景致，还有花遮柳掩的酒肆……其实，清明探春又何须借问酒家，那满鼻息的花香，早已是醉了游履。正是：“问西楼禁烟何处好？绿野晴天道。马穿杨柳嘶，人倚秋千笑，探莺花总教春醉倒。”

宋人吴惟信在《苏堤清明即事》中写道：“梨花风起正清明，游子寻春半出城。日暮笙歌收拾去，万株杨柳属流莺。”且趁清明大好春光，让我们在一份亲情的怀念中，更加感受美好的风清日明的新生活吧。

殇情端午

《离骚》和《天问》放在案头，一盘粽子散发着苇叶的清香。远方的湖面上，隐隐传来龙舟的竞渡声。而屈子的身影，却在五月的阳光下渐行渐远。

天就下起雨了。这是一场爱情的雨。一位青衫的后生还不解风情，他不知道爱情已向他走近，一把油纸伞，就娇娇艳艳、怯怯羞羞地撑在了他的头顶。

雨锁春径，水湿布履，成就一场同船共渡。从此，穿白裙的美丽女子称青衫后生为官人，青衫后生呼白裙佳人为娘子。

夫唱妇随，相亲相爱。多么美满的婚姻，多么美妙的故事。

可是，出现了一位光头的和尚，他看出了那位佳人是条修行千年的白蛇。他决定要让那位沉醉在幸福里的年轻人“清醒”。

端午，又是端午。那位叫法海的和尚，在爱情的琼浆里撒下雄黄，让一场恐怖的情节进入岁月的传奇。

从此，西湖不再平静，钱塘风起云涌。水漫金山，难分正邪。

最终的结果，是千年之爱雷峰塔下被镇。

“路漫漫其修远兮，吾将上下而求索。”士大夫者，忧国忧民思天下，含愤投江，乃傲骨忠魂。庶民百姓，求的是爱情甜蜜、婚姻美满、生活平安。在爱情面前，分什么人妖对错；又何必让沉浸在爱情里的幸福惊醒，扰乱生活的平静。

佛说：放下屠刀，立地成佛。人曰：修心养性，至达圣境。妖修千年，深藏人性，是为大善；千年跨越，只为倾心，是为大爱。

年年端午，今又端午。可又有几个千年等一回？

君不见，端午节的一杯雄黄酒前，有多少感性的人，不为屈子，不诵《九章》，只在一本今古传奇里，为一段情殇扼腕、落泪。

槐花白槐花红

正是槐花盛开的季节。

闲来翻读诗歌，正好读到一首槐花诗。诗人在诗中写道，那红艳艳的槐花就像他鲜艳的乡情。心中就讥笑起来，槐花吗，当然是洁白如云，哪里有什么红槐花。要不是作者宅在舍中凭空想象的矫情，那就是诗人所谓的非凡抽象了。

那天，与朋友一起去郊外的太湖山游玩。在踏入山坳的刹那，我就被面前的景象惊呆了。一大片的槐林就铺展在眼前，红色的槐花在明媚的阳光下灿烂地绽放，把葱绿的山野染上一抹绚丽的粉黛。

是红槐花，确实是红槐花。它的香气，它的枝叶，它的花瓣，都在向我证明着身份，仿佛那就是特意开给我看，以证明我的无知。

站在红艳艳的槐花林下，就羞愧地想起一个遥远的典故。

苏东坡三年潮州刺史任满后，回到京城。某日，他去拜见王安石，在书房等待时，偶见砚台底下压着一首题为《咏菊》的诗，诗只写了“西风昨夜过园林，吹落黄花满地金”两句。东坡心想，菊花老了也只是枯萎，不会落瓣的。于是挥笔依韵续写：“秋花不比春花落，说与诗人仔细听。”写完不等见到王安石就走了。

王安石看到了苏轼续的诗，未置可否，便写奏章，建议皇上让苏东坡到黄州当团练副使，皇帝批准了。因为政见不同，苏东坡以为王安石是借此打压报复，很是不满。一天，有好友来看他，东坡忽然想起他后园的一片黄菊正是盛开时，于是邀好友一同去观赏。一入园，苏东坡惊愕不已，半晌说不出话来。因为刚刮了场大风，只见满地铺金，菊枝上一朵花也没有了。此时他才明白，王安石让他到黄州任职的真意，原是让他来看落瓣的菊花的。

因为环境、时空、学识、阅历等众多的约束，人们对客观世界的了解与认识都是有局限的。我们又往往因为事物的普遍性，而忽视、放弃甚至排斥了事物的特殊性。

我们寻常见到的，是满山野的槐花白，但也有那一抹艳丽的槐花红，在许多人的认识之外美丽地绽放。一树红槐花告诉我，人在大千世界面前，认识是多么的浅薄。面对生活，我们永远不要自以为是。

榴花如火

“春花开尽见深红，夏叶始繁明浅绿。”春末夏初，石榴花开。那一朵朵红艳的花儿，仿佛一朵朵小小的火焰在枝头燃烧，给人以激情，也预示着一个火热日子的来临。

中国人历来喜欢红色，它是喜庆、吉祥、火热的象征。而满枝头盛开的石榴花，以它的红红火火营造出一份国人的喜爱。于是，在乡下人家的庭前院后，你常可见到石榴树的身影。花开时节，这一树树红艳的花朵，也将寻常的乡村衬托出别样的风情。

白居易有一首《题山石榴花》这样写道："一丛千朵压阑干，翦碎红绡却作团。风袅舞腰香不尽，露销妆脸泪新干。蔷薇带刺攀应懒，菡萏生泥玩亦难。争及此花檐户下，任人采弄尽人看。"在诗人的眼里，石榴花宛如红绸剪扎而成，又如美人泪后展颜。它不像蔷薇带刺、莲花生于泥池难以把玩。它生长在寻常人家的檐户下，任人采撷任人赏。真好似那在乡野村舍间出没的青春女子，不矫情，不做作，落落大方，淳朴自然。

石榴花瓣如绢，于是有人说石榴花像舞女的裙裾，真是贴切。梁元帝的《乌栖曲》中有"芙蓉为带石榴裙"的诗句。据说，石榴裙的典故即由此而来。至唐时，石榴裙已成为一种流行服饰，尤其年轻的女子特别喜欢穿着。唐诗中对此有许多描写，如李白的"移舟木兰棹，行酒石榴裙"；白居易的"眉欺杨柳叶，裙妒石榴花"；杜审言的"桃花马上石榴裙"；万楚的"红裙妒杀石榴花"；武则天的"不信比来长下泪，开箱验取石榴裙"等。

石榴裙不单指裙子的款式，因为古时染红裙的颜料，也主要是从石榴花中提取，因此人们也将红裙称为"石榴裙"。久而久之，"石榴裙"便成了女子的代称，人们形容男子被女人的美丽所征服，就称其"拜倒在石榴裙下"。红得似火的石榴花，也真易让人联想到男子对异性的热烈追求和向往呢。

郭沫若在一篇题为《石榴》的小文中写道："最可爱的是它的花，那对于炎阳的直射毫不避易的深红的花。单瓣的已够陆离，双瓣的更为华贵，那可不是夏季的心脏吗?"

"夏季的心脏"，这样的比喻可不是常人的想象。如此去看石榴花，我们分明看到了一颗颗热烈的心跳，活力而激情。

农历五月，是石榴花开得最艳的季节。绿叶荫荫之中，石榴花燃起一片火红，灿若烟霞，绚烂至极。五月因此又被雅称为"榴月"。五月石榴花的花神，即是传说中驱邪镇鬼的钟馗。

看过一些钟馗的画像，其耳边大都插着一朵艳红的石榴花。开始莫名其故，后来得知，钟馗生于五月五日，正值石榴花开艳浓之时，又因为钟馗的性格刚正如火，与火样的石榴花非常贴切，故古人尊钟馗为“石榴花神”。现西安市将石榴花定为市花，即因为钟馗是西安人的缘故。

元代的刘铉在一首词中写道：“垂杨影里残红。甚匆匆。只有榴花，全不怨东风。”春将尽，花尽残，只有榴花迎风绽放如火。虽然“石榴花发街欲焚，蟠枝屈朵皆崩云。千门万户买不尽，剩将女儿染红裙”的炫丽之景我们难以一睹，但一树榴火灼灼红的美色还是寻常可见。且趁石榴花开，让我们在那枝头一朵朵跳动的火焰中，感受一下季节的心跳、生活的热力吧。

清爽西瓜吟

“采得青门绿玉房，巧将猩血沁中央。结成晞日三危露，泻出流霞九酝浆。”这是明人翟佑写的一首西瓜诗。从外到内生动形象地描绘出西瓜的形色味，读之令人口齿生津，回味无穷。

炎炎夏日，高温酷暑，正是西瓜上市的季节。啖瓜解暑之时，悠闲地品咂一些文人墨客留下的西瓜诗，别有一番情趣。

“汉使西还道路赊，至今中国有灵瓜。香浮碧水清洗透，片逐鸾刀巧更斜。”明代诗人李东阳这首咏瓜诗，前两句写出了西瓜的来历。原来，西瓜原产非洲，经西亚，由我国古代居住在西部的少数民族回纥传入中原，故称西瓜。

元人赵善庆在题为《西洋瓜》的诗中写道：“竟传异种远难详，且剖寒浆自在尝。因产西方皆白色，为来中土尽黄瓤。”这位古代诗人看来对西瓜的来历比较了解，只是色白瓤黄的异种西瓜，已极难见到。

到了宋代，西瓜在我国已是大面积种植。宋代诗人范成大有诗句：“碧蔓凌霜卧软沙，年来处处吃西瓜。”前一句描述西瓜盘藤、喜沙土的生长特性，后一句反映出在宋时食西瓜已属平常。其在《四时田园杂兴》中还写道：“昼出耘田夜绩麻，村庄女儿各当家。童孙未解供耕织，也傍桑阴学种瓜。”当时，连儿童也在树下学种瓜，可见当时西瓜种植之广。

咏瓜之作，不得不提文天祥的《西瓜吟》：“拔出金佩刀，斫破苍玉瓶。千点红樱桃，一团黄水晶。下咽顿除烟火气，入齿便作冰雪声。”看，拔刀斫瓜，如破玉瓶，竟是这等潇洒快意。而切开的西瓜，有的如“红樱桃”（红瓤），有的似“黄水晶”（黄瓤），比喻得多么贴切而美丽。最后两句，不仅写出了西瓜的功能，也形象地描绘了吃的感觉，让读者唇齿间立生凉意，暑热顿消。

最具代表性的西瓜诗，公推元代诗人方夔的《食西瓜》：“恨无纤手削驼峰，醉嚼寒瓜一百筒。缕缕花衫粘唾碧，痕痕丹血掐肤红。香浮笑语牙生水，凉入衣襟骨有风。从此安心师老圃，青门何处向门通。”三四两句描写了吃西瓜的情景，五六两句描述了吃西瓜的感觉，而“牙生水”和“骨有风”之喻，把酷暑啖瓜的快感刻画得淋漓尽致。

“一片冷裁潭底月，六湾斜卷陇头云。”金人王予可的《咏西瓜》，以潭、月、云来映衬西瓜切开之形质，可谓新颖别致，意趣盎然。

别致的西瓜诗，还有清初词人陈维的《洞仙歌·西瓜》：“嫩瓤凉瓠，正红冰凝结。绀唾霞膏斗芳洁。傍银床，牵动百尺寒泉。缥色映，恍助玉壶寒彻。”心裁别出之中，诗意飘逸，凉爽宜人。

“凉争冰雪甜争蜜，消得温暾顾渚茶。”清代传奇文人纪晓岚在《咏西瓜》中也如此褒赞西瓜，其“凉争冰雪”“甜争蜜”的味道，让人们在红日朗照的时候，都不愿意去饮用已经泡好的酽茶，可见西瓜在夏日受追捧的程度了。

酷热难消，挥汗如雨的日子，在饕餮西瓜，享受爽口清凉的同时，再品味诸多吟咏西瓜的名篇佳句，实是一种特别的清爽享受啊。

书中凉风起

炎炎夏日，酷暑难当。心躁神烦之季，捧一卷诗书在手，不失为消暑纳凉之上方。

元朝的翁森有一组《四时读书乐》，其中的《夏》诗，单道夏日读书之美妙："新竹压檐桑四围，小径幽敞明朱曦；昼长吟罢蝉鸣树，夜深烬落萤入帏。北窗高卧羲皇侣，只因素稔读书趣；读书之乐乐无穷，瑶琴一曲来熏风。"

绿林萦绕，门窗微敞，北窗之下，翁老先生捧书高卧，这样一个场景，何等闲适快意。掩卷之时，昼可听蝉鸣，夜可观萤舞，真是凉风习习如瑶琴一曲了。

居住在现代都市，自然难觅古人"新竹压檐桑四围"的环境。但只要窗前有一丛绿意婆娑，身边有一杯氤氲相伴，一卷在握，自然也可入古意，进幽境。所谓"文章是案头之山水"也。

俗语说心静自然凉。而夏日读书，自然是心静的最佳方式。当我们的神思随文字的游走虚步古今、神游八荒时，那夏日的炎热与枯燥，自是在不知不觉中被屏挡在时光之外了。

清人张潮在《幽梦影》里说："读史宜夏，其时久也。"因为史书厚重绵长，正好与夏日之长契合，是为有此之说吧。个人倒认为，夏日最宜读的是长一点的小说，情节跌宕之间，最易让人暂时脱离炎炎现实，进入文字营造的世界。其次当是散文、诗词，那些清新的文字、诗意的想象，本就像夏日里的缕缕清风，扑面清爽，吹襟入怀。

看过一幅古画，画中一古树冠天，树荫之下，是一袒胸露腹之人依石半卧在竹席之上，其身边是一壶一扇，其手中是一卷在握。站在画前，立感山风习习，凉意顿生。

夏日读书，相对于其他季节来说，当是最随性的。可如翁森胡床高卧，可如古画之人席地仰诵，可案头静坐翻卷，也可闭门深锁裸读。

李白有一首《夏日山中》，诗曰："懒摇白羽扇，裸体青林中。脱巾挂石壁，露顶洒松风。"夏日酷暑，大诗人连羽扇也懒得摇，就在山野林中脱光衣服，连头巾也挂在石壁上，享受松林中洒下的凉爽之风。

夏日裸读，非放荡不羁的古代诗人之为，现代大家也曾以此方式消夏呢。比如林语堂在其自传《我来台后二十四快事》中云："华氏表九十五度，赤膊赤脚，关起门来，学顾千里裸体读经，不亦快哉！"

裸体读书的目的是读书而非裸体，当然要避人。几年前，北京有一位青年诗人竟当众脱光衣服来朗读自己的诗作，这就不是读书纳凉，而是一场希望一脱成名的恶心裸体秀了。夏日读书本为雅事，是寻求“心凉”的一条佳径，若不能静下心来，弄出些浮华的样式，只会更加燥热难耐。

“夏读书，兴味长。荷花池畔风光好，芭蕉树下气候凉。”夏日读书，既除暑热，又长见识、活思络，在带我们进入一种文字营造的清凉世界的同时，乃至达到一种超越自然的禅定境界，何乐之有，何不为之。

江南可采莲

入秋，正是采莲时节。此时若身处江南，赏采莲美景，当是快事。

自古江南水道纵横，湖塘遍布，秋日采莲，也是水乡人家寻常事。接天莲叶间，小舟出没，渔歌互答，玉手如藕，莲蓬轻折，真是满湖风情荡漾，风光迷人。

江南采莲，自古即为文人骚客记叙描述。最早的吟咏，当来自民间。汉乐府中的“江南可采莲，莲叶何田田，鱼戏莲叶间。鱼戏莲叶东，鱼戏莲叶西。鱼戏莲叶南，鱼戏莲叶北”即是一首民歌。

这首民歌，前三句应是领唱，后四句当是和声。可以想象，在那遥远的原始的天空下，田田的莲叶间传来一声清亮的歌唱，歌声未落，即传来众人的唱和。这样一种热闹的场面，呈现出采莲的情趣，劳动的快乐，以及大自然勃勃的生机。

《乐府解题》上说：“古辞，盖美芳晨丽景，嬉游得时也。”这种淳朴天然的吟唱，真如天籁。

“莲”和“怜”同音，“莲子”者谐“怜子”也。因此古人常借来表示怜爱之意。如南朝乐府的《西洲曲》：“采莲南塘秋，莲花过人头。低头弄莲子，莲子清如水。”通过优美的诗句，我们似乎可以看见，那密密的莲花丛中，一位女子正一边低头采莲，一边想着心上之人的景况。这样一个场景，多么清纯可人。

欧阳修在一首《蝶恋花》中，也描述了类似的场景："越女采莲秋水畔，窄袖轻罗，暗露双金钏。照影摘花花似面，芳心只共丝争乱。"只是，诗中的主角由民女转换成了臂戴金钏的女子。但"怜子"之爱是不分贵贱高低的。

"最喜小儿无赖，溪头卧剥莲蓬。"辛弃疾的《清平乐·村居》，曾以儿童剥莲的顽皮来表现清平的村居之乐。但古诗中采莲的主角，基本还是那些美艳若荷的女子来担当。

"耶溪采莲女，见客棹歌回。笑入荷花去，佯羞不出来。"李白的这首《越女词》惟妙惟肖地刻画出采莲女娇羞的媚态，这种媚态，在以大自然为背景，在天然去雕饰的满池荷叶映衬下，显得天然纯朴而不矫作。

"吴姬越艳楚王妃，争弄莲舟水湿衣。来时浦口花迎入，采罢江头月送归。"读王昌龄的这首《采莲曲》，心想，若把首句中的姬妃改成现代游客，倒是十分契合。在那些荷花盛开、莲蓬高举的景点，匆匆的观光客们争舟弄莲，一片喧哗之后，往往是狼藉一片，独剩江头月依旧。

王昌龄的另一首《采莲曲》却写得很有意境，是采莲名篇。诗云："荷叶罗裙一色裁，芙蓉向脸两边开。乱入池中看不见，闻歌始觉有人来。"

这首诗是一幅美轮美奂的采莲图，主角依然是采莲女。但诗人构思独具匠心，自始至终不让人物正面出现。荷叶与罗裙一色，荷花与粉脸相映。在田田荷叶、艳艳荷花丛中，那若隐若现，若有若无，只闻歌声，不见芳影的朦胧意境，实在是优美诱人，引人遐思。

特别喜欢南朝梁国皇帝萧纲的《采莲曲》，虽贵为天子，诗却无庸俗奢靡之气："晚日照空矶，采莲承晚晖。风起湖难渡，莲多采未稀。棹动芙蓉落，船移白鹭飞。荷丝傍绕腕，菱角远牵衣。"

起首二句，用了两个"晚"字，强调了一种最能引起情思、让人沉浸的特定时间背景。"风起湖难渡，莲多采未稀"则描述了大湖浩渺，莲叶无边的景象。紧接着用写实的白描手法勾勒采莲场面：桨橹摇动，不时碰落盛开的莲花，采莲的小船荷丛穿行，惊起了栖息的白鹭。最有趣味的是末二句的借物写情：采莲人欲归，可是荷丝缠绕着她的手腕，菱角又牵拽着她的衣裙。既借景含蓄表露采莲女心中之恋，也同时表达了作者对美景的留念，情韵悠长。

寓居城隅，脚步匆匆的现代人感慨：“你若曾是江南采莲的女子，我必是你皓腕下错过的那一朵。”其实，在那碧波之上，风中摇曳的莲儿年年为你结籽满房，它从没有错过如水的岁月，我们又何必嗟叹错过的美丽时光。

舌尖桂花香

已临仲秋，桂花香飘四野，沁人心脾的同时，也给我们带来一款款别致的时令美味，让人垂涎吮指。

桂花很早就被引入食谱。屈原的《九歌》中即有“援北方闭兮酌桂浆”之句。

桂浆，今江南一带称糖桂花，是将中秋前后盛开的桂花采摘，用糖及酸梅蜜饯而成。旧时，一般富贵人家女子及孩童才得以品尝。可以想象，案前几畔，一盏一匙，玉手轻捏，小口轻抿，何等闲情惬意。

秋日，芋仔上市，将蒸熟的芋仔去皮入盘，浇上黏稠香甜的桂浆，便是江南人家一道诱人的风味小吃。

桂花开时，新藕初结，而糯米新收。三道时鲜之物，成就了一道美味——桂花糯米藕。将糯米淘洗净，用温水浸泡半个时辰；新藕洗净，按节断开，露出藕眼，填入浸好的糯米，再用藕节头盖住，竹签插牢；入锅倒入清水，用旺火烧开后转小火炖一个时辰。藕取出晾凉，削皮，切成厚片，叠码盘中。再将炒锅置火上，放入清水烧开，加入白糖熬溶，至糖汁黏稠时，加入桂花搅匀，浇在糯米藕上。这道美食糯黏香甜，为老人儿童所喜爱。

今日物质丰富，月饼馅料花样翻新。过去做月饼，桂花与杏仁、冰糖是必不可少的馅料，这样的旧式月饼，更有中秋的味道。而在上了年纪人的口中，也更具旧时光的香甜回味。

用桂花制作的糕点，最有名的当属桂花糕。将鲜桂花采集，洗净挤去涩水，用蜜糖浸渍，与面粉、糯米粉、熟油拌揉，装盒笼蒸熟即成。桂花糕洁白如玉，清甜爽口，口感酥软，细腻化渣，桂香浓郁，余香盈口，让人回味无穷。

自古金陵一带有中秋吃桂花鸭的习俗。桂花鸭又名盐水鸭，是南京地区一道传统名菜，相传已有2500余年历史。盐水鸭皮白肉嫩、肥而不腻、香鲜味美。而每年中秋前后的盐水鸭色味最佳，非是用桂花卤制，而是因为鸭在桂花盛开季节制作，且食之有桂香，故美名“桂花鸭”。《白门食谱》即记：“金陵八月时期，盐水鸭最著名，人人以为肉内有桂花香也。”

桂花开时鸭也香，那么，桂花入酒自然也是香醉人。

泡桂花酒最是简单。将桂花采摘洗净，放入坛中，倒入白酒（最佳是米酒）封坛浸泡，十天半月后即可开坛饮用。用米酒泡制的桂花酒，绵甜香浓，轻酌慢饮间，自是回味无穷。特别是中秋佳节，天上一轮明月，案上一盒月饼，手中一杯桂花酒，家人团聚，笑语盈耳，其乐融融也。

“暗淡轻黄体性柔，情疏迹远只香留。”桂花，乃时令之物，且趁桂花开时，品一品桂花美味，让舌尖留香，回味时光。

秋音洗心

透着凉意的秋风吹进窗户，将案上的一本诗集吹开页面，也隐隐地送来几声蟋蟀的低吟。忽然想到那句“清风不识字，何故乱翻书”，心中就诗意地想，若秋天好比一部书，这呢喃的秋音，便是那夹在书页中一枚别致的书签了。

秋天应该是有故事的。比如红叶寄情，比如采菊东篱，比如“帘卷西风，人比黄花瘦”，比如“故国不堪回首月明中”……秋天或许多了一份深沉，多了一份苍凉，多了一份悲怆，多了一份情重。因此，面对秋天，不必读得太深，以免风寒难耐；也不必太过浸染，以免霜露入骨。掩卷小憩，且将窗外的虫鸣夹入秋的章节间，看一弯新月如钩，天地空濛。

不喜欢欧阳修的《秋声赋》，虽然文采华章，字里行间却太过肃杀。倒是非常喜欢文中童子对其“此何声也”的回答：“星月皎洁，明河在天，四无人声，声在树间。”

声在树间的是风吟。风过无痕，但它留下了秋虫的低语，清音如曲。兴味盎然地想，这风声就好比是一部千古的曲谱，而那呢喃的秋音又好似那谱上一串轻快的音符。

月明星朗之夜，那忽远忽近、忽有忽无的秋虫之声，让清亮的夜色如银片般在风中轻敲摩擦，悦耳清心。月从窗入，清辉四壁，这样安谧的时光实是难得，不得不让人且将虫语为签，轻合岁月之书，放松身心地享受。

这样美妙的秋声里，还是会听到一两声轻叹的。比如元好问的“四壁秋虫夜语，更一点、残灯斜照。清镜晓，白发又添多少。”这样的叹息是对美好时光的留恋，是对匆匆人世的珍惜，如快乐中掺杂着一丝淡淡的忧伤，把一颗尘世中的心弦拨动。

“人言悲秋难为情，我喜枕上闻秋声。”陆游《秋声》中的这两句让我喜爱。在此诗中，诗人一反古代文人骚客悲秋的老调陈辞，唱出了慷慨昂扬的励志秋歌。

白居易诗云：“暝槿无风落，秋虫欲雨鸣。”秋声也如叶尖上的清露一般，湿漉漉地，在这万籁俱寂的时刻，清洗蒙尘的心。

诗意话重阳

“人生易老天难老，岁岁重阳，今又重阳。”在中国传统儒学中的阴阳观里，“六”为阴数，“九”为阳数，每年农历九月初九，两九相重，日月同阳，故而叫重阳。重阳是中国传统的民间节日，因九与久谐音，在这一天里，古人有祭祖敬老等活动，遂逐渐演变为今天的老年节。

“江涵秋影雁初飞，与客携壶上翠微。尘世难逢开口笑，菊花须插满头归。但将酩酊酬佳节，不作登临恨落晖。古往今来只如此，牛山何必独沾衣。”登高，是重阳节习俗之一。古人将三月三与九月九相对，称为春秋大节。三月三后，万物复苏，草长莺飞，人们水边饮宴、郊外游春，名之踏青；九月九后，秋寒已至，万木凋零，曰之辞青。故重阳日里，人们乘天阔气爽而登高望远，或采薇拾秋，或赏菊品酒，以尽兴一游，之后便绿色凋零、青山隐遁，渐入裹足缩居的寒冷日子了。

“独在异乡为异客，每逢佳节倍思亲。遥知兄弟登高处，遍插茱萸少一人。”浩繁的重阳诗词里，最脍炙人口的，当属王维的这首《九月九日忆山东兄弟》。天将寒，秋已深，客居他乡的诗人难免思念故土亲人，乡愁涌上心头。乡愁，这一人类恒久绵延的情感，给重阳增添了浓厚的人文色彩。

“待到重阳日，还来就菊花。”重阳前后，正是菊花盛开的日子。唐元稹诗云：“不是花中偏爱菊，此花开尽更无花。”于是，赏菊，便成为重阳必不可少的一个节目。

“黄花紫菊傍篱落，摘菊泛酒爱芳新。不堪今日望乡意，强插茱萸随众人。”杨衡的这首《九日》，除赏菊之外，还道出了重阳的另几大习俗：饮菊花酒、插茱萸。菊花又名“延寿客”，茱萸雅号“辟邪翁”。古人认为，饮菊酒可以疏风制颓，延年益寿；佩戴茱萸，可以治寒驱毒，避邪去灾。由于有此吉祥的象征和美好的愿望，而在民间千年流传，成为传统。据现代医学考证，菊花酒确能疏风除热、养肝明目、消炎解毒；而茱萸也实有温中、止痛、理气、治霍乱及杀虫等功效。古之习俗，想必经过时间的验证，是有一定的道理的。

“一年一度秋风劲，不似春光，胜似春光，寥廓江天万里霜。”重阳佳节，天高云淡，山川辽阔。坡畔原野，到处是菊黄丛丛，秋果玲珑。邀亲朋好友，三五同行，或极目天地，或赏菊饮酒，或插茱萸思故情，或放纸鸢看扶摇，确实别有一番情趣。而文人骚客更是按捺不住盈胸的诗意，平仄唱酬，留下多少千古佳句。

“秋风江口听鸣榔，远客归心正渺茫。万古乾坤此江水，百年风日几重阳。”时光之水滔滔向前，与其在重阳来临的日子发“人生几何”的感叹，不如载酒泛中流，把杯话桑麻，指点江山，共醉重阳。

中秋一杯酒

喜欢《东京梦华录》中的一段描述：“中秋节前，诸店皆卖新酒，重新结络门面彩楼，花头画竿，醉仙锦旆，市人争饮，至午未间，家家无酒，拽下望子……中秋夜，贵家结饰台榭，民间争占酒楼玩月。丝篁鼎沸，近内庭居民，夜深遥闻笙竽之声，宛若云外。”苏轼在那首著名的《水调歌头》词牌下也注：“丙辰中秋，欢饮达旦。大醉，作此篇，兼怀子由。”

中秋节里，不管是阖家团圆，还是独对乡愁，都离不开那一杯既入愁肠，也暖欢心的酒。

“问讯吴刚何所有，吴刚捧出桂花酒。”中秋之饮，首当桂花酒。

小时候，在乡下与外婆一起生活。每临中秋，外婆总要用新结的桂花泡一瓮米酒放在院角。等到中秋节至，父母从县城回来，那泡了不过十几天的桂花酒便被外婆搬到案头。打开沙袋封住的瓮口，淡淡的桂香酒香便满院弥漫开来，香入鼻息。

月光朗照，一桌欢笑，我偎在久别的母亲怀中。一年难得几次见面的父亲，会用筷头蘸着黏稠的桂花酒放入我的口舌间，那绵甜的感觉，至今回味。

据记载，汉代时，桂花酒就是人们用来敬神祭祖的佳品，祭祀完毕，晚辈要向长辈敬用桂花酒，长辈们喝下之后则象征延年益寿。回忆童年，虽饮过桂花酒，却没有在月下向外婆敬过酒，只沉浸在亲情的甜蜜里。

“此生此夜不长好，明月明年何处看。”时光陡转间，外婆和母亲已相继离我而去。每临中秋，把酒望月，只能心中暗自低吟，把亲情怀念。与外婆一起“带径锄绿野，留露酿黄花”的美好情景，也总在月明之夜随月光一起浮现。

月到中秋分外明，酒到十五格外醇。中秋月下，即便是最普通的一杯清酒，也因为酿泡了几千年的思念团圆之“桂子”，显得特别的酽浓，醉人情怀。

唐代大家韩愈说：“一年明月今宵多，人生由命非由他，有酒不饮奈明何?”中秋饮酒，如同中秋月之不可有缺，这样才显佳节之完美。

中秋的酒有缘愁似个长的愁绪，有举杯邀明月的豪放，有把酒冰壶接胜游的踏歌，有殿前拾得露华新的凭吊，有故乡的思恋，挽故旧的怀想，有团圆的欢乐，有亲情的温暖……中秋的一杯酒，是人生的思念，是情感的寄托，是泱泱华夏的一缕文脉，一段芳香。

“明月易低人易散，归来呼酒更重看。”年年中秋，今又中秋，手持一杯醇美的琼浆，心中最想说的，还是那句“但愿人长久，千里共婵娟”。

海棠花语

海棠花开了。粉红的花瓣簇拥着绽放，像一位身着百褶裙的女子，在季节的舞台上旋转着轻盈而放浪的舞步。

海棠叶片暗褐的颜色，在我看来，有点像黑白照片的味道，在艳丽的花儿映托下显着一点岁月的沧桑，分明透着一点泛黄的时光。

据《本草纲目拾遗》记：“相传昔人有以思而喷血阶下，遂生此草，故亦名相思草。”而古代的另一相似的传说，说是一位女子思念心上之人，却不得相见，于是经常在院墙下哭泣，眼泪滴入脚下，日久，被泪水浸湿的土中竟长出一棵花草，妩媚清丽，娇艳如女。故古人又将海棠称为“断魂草”。

说海棠，不能绕过陆游和唐琬的故事。

陆游和表妹唐琬相爱，并结为夫妻。不料唐琬的才华横溢及与陆游的亲密感情却引起陆母的不满，陆母害怕陆游沉溺情色耽误了前程，强命儿子休妻，棒打鸳鸯散。陆游曾另筑别院安置唐琬，被陆母察悉，在命陆游另娶温顺本分的王氏女为妻后，为使陆游彻底摆脱对唐琬的恋情，托人在远方为其谋仕，陆游只得听命。

临别之际，唐琬赠送一盆海棠给陆游，并告之这是“断肠花”。陆游一听，感之情殇，说此花应称为“相思花”。由于身将行远，陆游将花留与唐琬，挥泪而别。

日月如水，十年后，陆游重返故里。一天，到沈园游玩时，他看到一盆海棠，花盆极像唐琬分别所赠。见陆游踌躇不前，园丁告知，这是一盆“相思花”，是赵家少奶奶托他代为养护。陆游一听甚为惊讶。原来，陆游走后，心灰意懒的唐琬由家人做主嫁给了同郡皇室后裔赵士程。面对此花，陆游百感交集，遂写下一首《秋海棠》，诗曰：“横陈锦彤栏杆外，尽收红云洒盏中。贪看不辞持夜烛，倚狂直欲擅春风。”

一日，唐琬与丈夫同游沈园，恰与陆游相遇。日夜思念的人近在眼前，却不能互诉衷肠，万种柔情只能化作默默相送。陆游正颓然惆怅时，有小童送来一壶酒，说是一位唐姓夫人所送。陆游惊喜之余，一饮而尽，当即提笔在沈园壁上题下那首流传千古的名词《钗头凤》。

“东风袅袅泛崇光，香雾空蒙月转廊。只恐夜深花睡去，故烧高烛照红妆。”写海棠的诗句，最脍炙人口的当数苏东坡的此首《海棠》。“只恐夜深花睡去”暗引唐玄宗赞杨贵妃“海棠睡未足耳”的典故。

据宋《冷斋夜话》记，唐明皇登沉香亭，召太真妃，于卯时醉未醒，命高力士使侍儿扶掖而至。妃子醉颜残妆，鬓乱钗横，不能再拜。明皇笑曰：“岂妃子醉，直海棠睡未足耳！”这便是“海棠春睡”典故的由来。故海棠又有“花贵妃”之称。

花语随人意。同样的海棠，在陆游眸中是相思缠绵，在唐明皇的眼里是妩媚娇艳。而苏东坡在写下那首《海棠》时，正贬官黄州，但此诗却没有给人丝毫颓唐萎靡之气，诗中那些明丽的意象，让我们真切感触到一代大诗人的达观心态、潇洒情怀。

张爱玲曾提人生三大恨事：一恨鲥鱼多刺，二恨海棠无香，三恨红楼梦未完。在她的眼中，海棠之值，堪比鱼中鲥鱼、书中红楼了。而海棠无香，在我看来，并非人生之憾，恰如张爱玲之文字，淡然中流出华美。

木芙蓉

晚秋时节，木芙蓉开得正艳。有诗赞曰："千林扫作一番黄，只有芙蓉独自芳。"因其不怕霜寒，所以还有一个名字叫作拒霜花。

木芙蓉在北方地区种植不是很普遍，因此许多人不识。每每在庭院池畔见到它艳丽的身影，虽多次打探，皆未得知。

某日，见一老者正在剥其枝干上的青皮，问其，终得其芳名。同时还知晓，木芙蓉的皮很柔韧结实，剥下来撕成细条，打成草鞋，比稻草编的穿起来舒服且耐磨。现在，穿草鞋的人很是稀罕，难得这位老者还有此兴致。据其告知，他是想打一双这样的草鞋来年夏天穿，可治脚臭脚癣。

也不怪我等众人不识木芙蓉之名。相传远古时，正是清姿雅质、独冠群芳的木芙蓉毒死了神农氏。

传说，神农氏不仅教导人们播种五谷，解决温饱，还遍走九州，找寻百草入药，为百姓治病医痛，以减民间疾苦。他找药的方法非常简单，就是将采来的药草以己之身做试验，然后再将经验传人。他用这种原始方法虽然找到了不少妙方，却在尝试一种艳丽的红花后不幸中毒身亡。神农死后，人们便将这种开红花的植物叫作"断肠草"。这种取了神农性命的花，正是木芙蓉。李白因此写下"昔作芙蓉花，今为断肠草"的诗句。

中医善于以毒攻毒。后人发现，芙蓉花也是可以入药的。《本草纲目》即言其"治一切大小痈疽，肿毒恶疮，消肿，排脓，止痛"。

当然，木芙蓉最大的价值还是观赏。

木芙蓉花期长，开花旺盛，花大而色丽，中国自古以来多在庭园栽植，可孤植、丛植于园墙、路边、屋前、水湄等处。《长物志》云："芙蓉宜植池岸，临水为佳。"木芙蓉植于水滨，盛开时花影波光，相映成趣，分外妖娆，因此有"照水芙蓉"之称。

木芙蓉还有一个惊奇的现象，就是它的花朵因光照强度不同，会出现变色现象。早晨开放时一般为白色或浅红色，及至午后，花朵便渐变为深红色，人们因此把木芙蓉的这种颜色变化称作“三醉芙蓉”“弄色芙蓉”。还有一种芙蓉的花瓣一半为银白色，一半为粉红色或紫色，人们把这种芙蓉花叫作“鸳鸯芙蓉”。

“浣花溪上如花客，绿暗红藏人不识。留得溪头瑟瑟波，泼成纸上猩猩色。”这是唐诗人韦庄的一首《乞彩笺歌》。彩笺即“薛涛笺”。

薛涛是唐代的艺妓才女，经常写诗与白居易、元稹、杜牧、刘禹锡等人唱和，名著一时。当时的诗歌唱和，多是在一张纸上写一首律诗或绝句，但当时的纸张尺寸较大，以大纸写小诗，既浪费又不和谐好看。于是薛涛便让造纸工匠特地改小尺寸，做成小笺，成为专门的诗笺。

据记载，薛涛酷爱红色，她常常穿着红色的衣裙在浣花溪边流连，穿行于成都随处可见的芙蓉花丛中。“薛涛笺”即是其用木芙蓉的皮、芙蓉花的汁、浣花溪的水制成，主要为深红色。这种蕴含女性美妙才思的红色诗笺，配上薛涛娟秀飘逸的行书和脱俗清雅的诗句，一时风行甚广，成文人雅士之喜好，甚至于后来官方的国札也用此笺。

“小池南畔木芙蓉，雨后霜前着意红。犹胜无言旧桃李，一生开落任东风。”花开花落，草木无言，一枝芙蓉却因了人间的佳话而更添艳丽传奇的色彩。

“辛苦孤花破小寒，花心应似客心酸。更凭青女留连得，未作愁红怨绿看。”这是范成大的《窗前木芙蓉》。诗人称颂秋天盛开的木芙蓉不怕寒霜，傲然怒放，没有一般的花那样纤弱，动不动就是“愁红怨绿”的可怜样子，借此来表达自己的人生意气。

写木芙蓉的诗不是很多，相比较还是喜欢郑板桥的“最怜红粉几分痕，水外桥边小竹门。照影自惊还自惜，西施原住苎萝村”。花木本无贵贱，只是尘世之人赋予了好恶情感。一枝木芙蓉也本普通，散漫乡野，自在清纯，最美最可人。

红叶传奇

“红叶题诗”有许多不同的版本，内容大同小异，只是在人名、情节上有些微出入。

但这样的故事一定要安排在大唐那样一个诗意纵横的朝代，或是大宋那样一个充满浪漫色彩的年代。

秋风萧瑟，残阳如血。青衫宽袖的落魄书生游荡在皇家园林外，且行且吟。

高大的院墙下，有溪流出。突然，一片宽大的红叶随水漂出，叶上似有墨迹。于是书生随手捡起，惊讶地发现，叶上题有一诗。

诗曰："流水何太急，深宫尽日闲。殷勤谢红叶，好去到人间。"

书生把握良久，诗中的哀怨伤感打动了他的寂寞。于是，他在心中构想，这位叶上题诗的女子一定是位宫中女子，一个虚幻缥缈的身影在他的眼前浮动。

无端的，书生陷入情何以寄的单相思中。几日后，他找来一片同样宽大的红叶，挥笔题下："曾闻叶上题红怨，叶上题诗寄阿谁？"

书生再次来到宫墙外，他寻到那条溪水的上游，将红叶置于水面，看其流入墙内，徘徊悱恻，嗟叹伤怀。

书生屡试不第，心灰仕途，开始安下心来在一士绅人家开塾教书。

某日，士绅告知："宫中今有一些女子出禁，遣发民间。中有一女乃吾本家同姓，本良家女，姿色甚丽。子今未娶，年又逾壮，孤生困苦，吾甚怜汝。吾言之使聘，何如？"

书生诺诺感激。

新婚之日，书生窥视女子艳若天人，以为误入仙境。

一日，女子无意间在书生的书箱里翻出他珍藏多年的那片红叶，大惊曰："此吾所作之句，君何得之？"

书生也惊，如实告之。女子说："吾于水中亦得红叶，不知何人作也？"于是取出红叶，墨迹犹存，正是书生当年写下的。两人相对惊叹，感泣："事岂偶然哉？莫非前定也。"

奇事生翼。事情传开后，时人莫不称奇。

后来有一天，士绅宴请书生夫妻吃饭，席间笑曰："子二人今日可谢媒人也！"女子笑答："吾与生之合乃天也，非媒之力也。"士绅说何以见得，女子于是取笔写下一首七绝：“一联佳句题流水，十载幽思满素怀。今日却成鸾凤友，方知红叶是良媒。”

北宋《流红记》评：“流水，无情也；红叶，无情也。以无情寓无情，而求有情，终为有情者得之，复与有情者合，信前世所未闻也。”原本“落叶无语空辞树，流水无情自入池”，但“红叶题诗”之传奇却从此让后人对落叶流水赋予了无限情感。

人世间有缘而聚，缘尽则散。即便是秋风瑟瑟、残阳颓废、深宫幽锁、零落他乡的人生底境，爱也在一片飘零的红叶上寄存，也才有那样一场荡气回肠的爱情传奇。

一枝红梅报春归

一位气质高雅的红衣女子，她手牵一个小女孩的手，走上岁月的山坡。她手指远方那片芳甸，说：去吧。于是，着绿裙的小女孩，蹦蹦跳跳地向远方跑去，一路洒下阳光灿烂的笑声……

这是一树梅花留在我心中的独特意象。

后来看到一则梅花的典故。传说隋时一叫赵师雄者游罗浮山，夜里，他梦见与一芳香袭人的素装女子饮酒，并有一绿衣童子歌舞相伴。天将亮时，赵醒来，却发现自己正睡在一棵梅花树下，树上有翠鸟欢叫。赵不免独惆怅满怀，唏嘘不已。

原来，一千几百年前，即有先人与我有相似的感觉也。

古人云，梅具四德，初蕊为元，开花为亨，结子为利，成熟为贞。还有一种说法，说梅花的五瓣象征五福：幸运、长寿、顺利、和平、快乐。因而在中国民间，梅花常被看作吉祥的象征，深受人们的喜爱。

“白玉堂前一树梅，今朝忽见数花开。几家门户重重闭，春色如何入得来？”试想，风寒料峭，万木萧条，这时忽见一树梅红，或绽放山野，或俏立园亭，把岁月点染，让生命燃烧，是何等的美丽，何等的温暖，何等的激情？那猝然释重的心情，分明就在那火焰般的花骨朵上，看到了春天的身影。

“墙角数枝梅，凌寒独自开。遥知不是雪，为有暗香来。”梅花，色艳香浓，因其具有“独步严寒”的坚强性格和“先天下春”的进取精神，而历来为人们所吟咏、而歌颂。

“众芳摇落独暄妍，占尽风情向小园。疏影横斜水清浅，暗香浮动月黄昏。”这样的美景美色，难怪“霜禽欲下先偷眼，粉蝶如知合断魂”。

梅，这位俏丽风雅的女子出现在我们面前，总是酡红着脸颊，围一条白围巾。卢梅坡诗云：“梅雪争春未肯降，骚人搁笔费评章。梅须逊雪三分白，雪却输梅一段香。”诗人进而又曰：“有梅无雪不精神，有雪无诗俗了人。日暮诗成天又雪，与梅并作十分春。”好一派梅雪风情。

而万物皆心情也。

面对一剪寒梅，多情的女子是“笛声三弄，梅心惊破，多少春情意”，身陷一脉暗香，潇洒的才子是“寒夜客来茶当酒，竹炉汤沸火初红。寻常一样窗前月，才有梅花便不同。”

“万木冻欲折，孤根暖独回。前村深雪里，昨夜一枝开。”西方人说：冬天来了，春天还会远吗？东方人言：梅花开了，万紫千红就在眼前。

“冰雪林中著此身，不同桃李混芳尘。忽然一夜清香发，散作乾坤万里春。”你看，在一朵梅花绽开的笑容里，春天正撩开她的长裙，向我们翩翩走来。

守　岁

“一夜连双岁，五更分二年。”除夕之夜，炎黄子孙有守岁的风俗。人们往往是终夜不睡，以迎候新年的到来。守岁的习俗，既有对逝去岁月含惜别留恋之情，又有对将临新年寄美好希望之意。

小时候在乡下外婆家生活，那时候农村还不通电，除夕夜，节俭的舅舅不但点上几盏灯罩擦得铮亮的煤油灯，还要点上几根大红的蜡烛，将整个厅堂照得灯火通亮，暖意融融。

守岁是从吃年夜饭开始的，一家人围坐桌前，美酒佳肴、糖果瓜子，慢慢品来，以候“岁”的到来。虽然小孩子家有着过年的异常快乐劲儿，但由于兴奋过度，加上外婆特许喝上一点米酒，候不到“岁”的到来，就有点熬不过瞌睡虫了。

记得迷蒙地偎在外婆的怀里时，曾问过“岁是什么，为什么要候它?”外婆笑眯眯地说:“候岁就是你又多了一岁，长大了，有出息了。”

虽然希望自己“有出息”，但在接过外婆、舅舅给的压岁钱，满心欢喜地压到自己的枕头下后，还是到梦乡里去守岁了。

长大了以后才知道，“岁”其实是古代传说中一种残暴的怪兽，每当新年到来时，它总要出来伤害人畜，毁坏田园。为了躲避“岁”，人们在腊月三十晚上，天一黑就关闭大门，不敢睡觉，坐等天亮，是为“守岁”。后来人们偶然发现，“岁”害怕红光及敲打竹筒的声音，这就是除夕夜，家家户户张灯结彩、燃放爆竹的由来。

在我幼年的记忆里，即便是喜庆的年三十夜，守岁也是寂寞的，除了年饭前远近村落此起彼落的鞭炮声，夜渐趋安宁。这恐怕缘于那个年代经济的落后、物资的贫乏、文化的单调吧?

稀奇古人是如何守岁的。“季冬除夜接新年，帝子王孙捧御筵。宫阙星河低拂树，殿廷灯烛上薰天。弹弦奏节梅风入，对局探钩柏酒传。欲向正元歌万寿，暂留欢赏寄春前。”杜审言的《守岁》诗向我们展示的是宫廷里守岁时的景象。

平民百姓呢?张问陶的一首《戊申除夕》做了生动的描述：“耳闻腊鼓鸣，心已复邦族。土风重守岁，红烛暖茅屋。阑底腊猪肥，饔中家酿熟。承欢聚庭帏，属餍到僮仆。巷北闻呼卢，市南或征逐。灯火乱前街，儿童欢似鹿。邑小人声杂，达晨不肯宿。”看来，从古到今，王公贵族也罢、庶民百姓也好，皆以庆祝的方式，通宵达旦到天明也。

随着时代的发展，除夕守岁也加入了新的元素。网上祝福，短信拜年……而中央电视台的春节联欢晚会更是给守岁的人们增添了一道大餐。当旧岁辞去，新年的钟声敲响，那欢快的鞭炮声便一直喧嚣到旭日东升。

苏东坡在《守岁》诗中写道："明年岂无年，心事恐蹉跎。努力尽今夕，少年犹可夸!"除旧布新之际，回顾过去以珍惜时光，展望未来以把握拥有，当是守岁的最积极意义啊。

人生听呻吟

物质社会，人心浮躁，在人生价值的拼搏中，能让自己在喧嚣的尘声里静下心来品读前人的思世哲语，不失为一次难得的心灵洗涤。偶捧一卷古旧的《呻吟语》在手，如一杯茗香在手。

《呻吟语》是明代儒哲吕坤的一部探讨人生哲理的著作。吕坤在原序中称"呻吟，病声也，呻吟语，病时疾痛语也"。在这部著作中，吕坤评时弊，探人生，思宇宙，求事理，言短意精，警句妙语。其心得体会与见解，于当今世人颇有借鉴。

吕坤言："吾人之病大都相同，吾既志之矣，盍以公人!"比如书中写道："见利向前，见害退后，同功专美于己，同过委罪于人，此小人恒态，而丈夫之耻行也。"而文中所述之行端，千百年来在人性中又有多少改变。

"真机真味要涵蓄，休点破。其妙无穷，不可言喻，所以圣人无言。一犯口颊，穷年说不尽，又离披浇漓，无一些咀嚼处矣。"世人皆醉，唯我独醒，这不是一个入世哲者的积极人生态度。于是，吕坤积三十年心血写下这些病时疾痛语，以醒世人和后人。

《呻吟语》和《菜根谭》一样，是用随笔语录的方式写成，博宗百家，通其大意，穷其旨趣，而自得为宗。正如吕坤自称："不儒不道不禅，亦儒亦道亦禅"。书中很多段落都有警句的性质，集寓言性、文学性、趣味性、哲理性于一身，读之动人性情，令人惊醒。

"把意念沉潜得下，何理不可得？把志气奋发得起，何事不可做？今之学者，将个浮躁心观理，将个委靡心临事，只模糊过了一生。"当今芸芸众生，难道不也是因为浮躁和萎靡，在匆忙中失去生活的思考，在挫折和迷茫中庸碌度人生吗？"天地间真滋味，惟静者能尝得出；天地间真机括，惟静者能看得透；天地间真情景，惟静者能题得破；做热闹人，说孟浪语，岂无一得？皆偶合也。”我们夸夸其谈，自以为是，以为看破了尘事，懂得了人生的一些道理，但是，我们若不能让日夜奔波的步履稍作停歇，做一回“静者”，我们所谓的一得，也不过是偶合。

“使气最害事，使心最害理，君子临事，平心易气。”看惯了意气用事，见多了尔虞我诈，听多了争争吵吵，闻多了唯利是图，事到临头，有多少人还能平心静气。那种“处事先求大体，居官先厚民风”“临义莫计利害，论人莫计成败”的君子之风，真是越来越受人景仰。

“不怕在朝市中无泉石心，只怕归泉石时动朝市心。”在尘嚣中能做到静心思过、禅悟生活，恐怕也并不是十分艰难之事。只是我们有“泉石心”而无“归泉石”之行，因为我们挟裹在欲望的洪流中已不能自已，哪里还有“归泉石时动朝市心”的可能。在朝市中挣扎与倾轧，一句“人在江湖身不由己”是最好的搪托，甚至连伤痛也无暇呻吟了。

人世本就是一部大书，谁也不能说完全读懂了它，正因为不懂，所以才有茫然失措，才有伤疼疾痛，才有呻吟之病语。《呻吟语》让我们洞见一个具有敏感心灵的古人情怀，听见他面对这攘攘尘世的困惑、苦悲和忧郁发出的呻吟。而这呻吟之语，可否让我们在新世纪的阳光下审视一下自己的灵魂。

心无垢尘

初冬的午后，坐在桌前，木然地看着窗外的枯败与喧嚣，甚觉无聊。于是决定收拾清洁一下凌乱的日子。整理书柜时，发现一本很薄的册子，拿到手里一看，原是明代陈继儒编著的《小窗幽记》。也不知何时购买，就这么遗忘在角落里了。

信手翻了翻，发现是一些人生回味及入世出世的精短格言。打开首页，看了看第一则，内容是：“醒食中山之酒，一醉千日。今之昏昏逐逐，无一日不醉：趋名者醉于朝，趋利者醉于野，豪者醉于声色车马，而天下竟为昏迷不醒之天下矣。安得一服清凉散，人人解醒。”掩卷沉思，想自己及身边的生活何不如此？真是一语惊醒梦中人啊。

正当庸碌寂寞之时，于是兴味顿生，泡一壶酽茶，重新坐到案前，沉心研读。等茶尽掩卷，已是日暮西斜，胸中的感觉正如书中所言：“听得春花秋月话，识得如云似水心。”

《小窗幽记》分为醒、情、峭、灵、素、景、韵、奇、绮、豪、法、倩十二集，文字清新，格调高雅，论事析理，极富哲思。其所选，虽是些格言警句、小品短语，但涉及修身、养性、经商、从政、居家、处世等诸多方面，细细读来，颇多感触与启发。

比如“醒”篇，抒发的是淡泊操守、真诚厚德的情怀，所谓“市恩不如报德之为厚，要誉不如逃名之为适，矫情不如直节之为真”。而“情”篇，则标青山举绿水借诗书假草木，体现人间真情，“几条杨柳，沾来多少啼痕；三叠阳关，唱彻古今离恨”。让人嗟夫赞叹。读“峭”篇，以一句句思辨的语言警示世人，欲成就一番事业，不仅要有超凡之心、高雅之志，同时还要有积极的人生态度和强烈的忧患意识，是为“必出世者，方能入世，不则世缘易坠；必入世者，方能出世，不则空趣难持”。

“宁为随世之庸愚，勿为欺世之豪杰。”“人多有嗜节，当以德消之。”“一失足为千古恨，再回头是百年人。”……《小窗幽记》多的是这样一些充满睿智的语言，像一缕檀香，醒脑而清心。在这缕缥缈而清幽的气息里，我仿佛看见了一个睿智的长者，衣袂风卷，且行且吟，那高远超脱的品性，那飘逸隽永的哲思，令人仰瞻。

随着时代的快速发展，物质与环境的急速变化，当代社会里人与人的交往也更加频繁与密切。接人待物，为人处世，治学务工，经商求仕，皆须修身养性，明白一些做人的道理，懂得一套立世的哲学。而好好读一读《小窗幽记》，领悟其中的人生臻境，实是对生活的充实与享受，也是一种人性的熏陶与升华。

“人有一字不识，而多诗意；一偈不参，而多禅意；一勺不濡，而多酒意；一石不晓，而多画意。淡宕故也。”物质高度发达的年代，许多人在追名逐利的时候，往往忽略了身心的培植，精神世界显得极度匮乏与空虚，我们总是埋怨生活的艰辛与苦涩，也或似我一般，在这个冬日的午后甚觉生活的乏味与无聊，实是不能“淡宕”的缘故啊。

读罢掩卷，咀嚼品味，仿佛干渴的喉嗓沁入一口清茶，仿佛蒙尘的窗户拭净一方天地，仿佛落垢的心被一柄拂尘在轻轻一挥间掸去了一些肮脏与阴暗。

据说，《小窗幽记》与《菜根谭》《围炉夜话》并称为修身养性的三大奇书，今读之，是以然也。

第四辑　时光

“月色就折叠到大衣里了”，想起史蒂文斯的这句诗。感觉有多少美好的时光被我们折叠，收藏在生活的衣柜里，被一个个的日子堆压，以致在匆匆的岁月里遗忘，褪去了曾经的香馨与鲜艳。

“月是故乡明。”古人的一句话竟道出了现代都市人的心境。月光多像一双乡情的手，轻抚我的双肩，要将我一路的风尘拂去。

一杯清茶啜春味

一杯清茶，让紧张忙碌的生活在这个春日突然松弛下来。

刚上市的新茶，把春天从那个遥远的山野带到我的身边。将玻璃杯刷了又刷，沸水冲入，看碧绿的茶叶起起伏伏，被尘事包裹着的心情，也在一片氤氲里渐渐打开。阳光斜斜地照射在杯壁上，让我产生幻觉，好像这透明的器皿不复存在，一杯茶水就悬浮在桌面之上。

窗外，是几棵高大的樟树，正是开花的季节。风拂过，把一些细碎的阳光洒在窗台，也把稠密的香气送入窗内，与室内流淌的音乐融在一起，沁入肺腑。

瞭一眼窗外，是拥挤的车流、行色匆匆的身影。心中在想，在现代都市快节奏的生活里，有多少人去探望过春天。又有几人，能像我此刻，把生活的步履停下，搁浅在春天花香绿浓的岸边。

啜一口香茗，春天的味道就在唇齿间缭绕，像一缕山岚晨雾，清新绵长；春天的滋润就顺嗓而下，像一场春雨，酥软干枯疲惫的心田。

正是采茶时节。在杯口的袅袅雾气里，想那山野上排排行行的茶树如何青翠，想那采茶姑娘翩跹在绿叶间的纤纤玉手。

音响正播放柴可夫斯基《胡桃夹子》组曲中“茶”的段章，备具中国特色的旋律里，想起《刘三姐》中的采茶歌：

“三月鹧鸪满山游，四月江水到处流。采茶姑娘茶山走，茶歌飞向白云头……采茶姐妹上茶山，一层白云一层天；满山茶树亲手种，辛苦换得茶满园。哟依哟。”

乡情、亲情、友情，一下子涌到胸口。许多熟悉但淡忘了的身影与面容，在茗香中，像一张张曝光后投在显影液中的照片，在如水的记忆里走越来越清晰。那些旧日的时光分明就是一杯酽浓的茶，摆在了我的案前，让我轻酌慢品，让我沉醉。

浮浮沉沉的茶叶，最终落入杯底，像这个春日，安静、悠闲、香馨。身躯也如一片茶叶般，打开、舒展，消融了多日的疲倦，安闲地沉落。

不再是挥汗如雨或口干舌燥后的鲸吞牛饮，浅啜轻点的，是一份闲散的心境。时光静止，春日停留。一杯清茶，为我在时间的刻度上偷得一段闲适，茗香里，我要把这个春天，好好品味。

春到四月柳如诗

“碧玉妆成一树高，万条垂下绿丝绦。不知细叶谁裁出，二月春风似剪刀。”这是脍炙人口的唐代诗人贺知章的《咏柳》。诗中二月，现阳历三月，正是暖风拂面，草长莺飞，柳叶发芽，柳絮飘扬的好春光。

这时，只要你走出户外，放眼处，皆可见柳的身影。或是一株两株，茕茕孑立在垄间埂上；或是三五成群，在坡头山脚摇曳风姿；河边湖畔，更常见它们秀发乌黑、凭水浣洗的倩影。柳，就像是散落在田野山水间的民间女子，触目皆是她们美丽的身姿。

二月柳打苞，三月柳丝飘。而我认为，柳的极致处，是在四月。

这时节的柳，已脱去嫩黄，但还未及青绿，柳叶儿也未生到丰盈处，像一片片纤巧透明的翡翠，润泽而玲珑剔透。叶形儿又像古装戏中花旦脸上的一道蛾眉，让人徒生许多爱怜。记得年少时看章回小说，每遇亭亭美人出现，为文者总有眉似初春柳叶、腰肢若比章台柳之喻，引我无限遐想。

“半烟半雨江桥畔，映杏映桃山路中。会得离人无限意，千丝万絮惹春风。”因“柳”与“留”谐音，在汉语语境里，柳成了缱绻情感的负载体、离情别意的寄托物。柳的意象里，平平仄仄地填满了难舍与怀念。长亭外，古道边，恋人相送，纷飞的柳丝，乱了多少心绪；友人分别，拂面的柳条，寄寓了多少离情。正是“天下伤心处，劳劳送客亭。春风知别苦，不遣杨柳青”。

今日一别，不知何时与君见。当今时代，已很少有此伤叹。交通工具与设施的飞速发展，即使是相隔在地球的两端，只要愿意，也可一日相聚言欢。因此，现代文字中，柳已少了几多伤感，尽添几分春意。

最起码，柳在我的记忆里是快乐的。比如童年时，折一根青青的柳条，用衣角裹住柳条根，使劲往前一捋，柳皮及柳叶便在柳条头结成一团绿色的绣球，然后挥舞着它，在被油菜花香淹没的田埂上奔跑；或是折一截柳，褪出皮儿，制成柳哨；或在田间地头挖捡野菜时，或是横坐在牛背上，一路叽叽啾啾地吹着无谱的春天。即使是成人后，久寓钢筋水泥城堡中的枯燥心境，也在一次次与柳的亲近中得以返青。

“昔我往矣，杨柳依依。”四月里，阳光明媚，这时的山川原野正是桃红花黄，柳翠如烟。何不给心情一次放飞，让思想一次远足，在桃红柳绿的深处，捡取几缕生活的诗意？何等快哉。

“一簇青烟锁玉楼，半垂阑畔半垂沟。明年更有新条在，绕乱春风卒未休。”一棵柳，和一份飞扬在春光里的心情，总在春风吹起时，年年为我们守候。

正是赏叶时

俗话说：春看花，秋赏月。大致是因了春天万花盛开，秋天的月儿最皎洁吧，私下里却认为，春天最值得欣赏的，当是叶。

鲜花绽放当然美，但花无百日红。于是有“花堪折时直须折，莫待无花空折枝”的感叹。而叶却不同，从嫩芽初吐，到鹅黄点缀，再到绿色满枝头，一步步走来，让你满含期待与希望，又气定神怡。如果说花是青春里一场浪漫的爱情，那么叶儿就是陪伴我们走过人生四季的朴实岁月了。

嫩芽初露，与那懵懂的童年多么匹配，不见那两小无猜的一对白蝴蝶，还翩跹在青青的柳条下吗？等那叶儿从芽苞里抽出，已是情窦初开，缠绵在春风里了。而那走向深绿的叶片儿，分明是时光的厚积和生活的沉淀啊。

窃以为，赏叶，仲春时节当为最佳。这时节，叶儿脱了稚嫩，却还未走向厚实，是一种丰盈的却又透明的美，像二八少女的肌肤，充满水分，温润光泽。比如柳叶儿，多像舞台上那旦角的一道黛眉，映着一汪青波含烟锁情；比如紫罗兰的茎叶，在阳光的透射下，像玛瑙一般的剔透；即便是普普通通的槐叶儿，也似是一串串精心打磨过的玉片儿，挂在春天的腰际。

万物回春，也是先后有序的。当枫树的叶儿像一只只可人的小手在蓝天舞动时，椿树的枝头才是嫩芽儿飘香。当桑叶儿已变成一树墨绿时，柏树才在梢尖儿点上淡雅的几笔浅黄。叶的浓重浅淡、疏密繁稀营造出的春天，实在是悦目赏心。放眼山野，那错落有致的色彩，像一篇清新优美的散文，像一首韵味悠长的诗词，更像琴弦上流淌的一曲绿色主题随想曲。

叶的形状也耐人把玩。菱形的枫树叶、椭圆形的胡枝子叶、圆形的桦树叶、长形的揪树叶……真是琳琅满目。叶子有单生的，有对生的，有结成串的，有相聚如花的……令人叹奇。

仔细欣赏一片叶子，可看见那清晰的经络，让人感觉到生命的律动。叶片的背面，可看见细微的茸毛，似乎能听到一片叶子的呼吸。

叶的生长本身就给人带来希望与活力，而叶的奇异多姿，更似我们丰富多彩的生活。于是，我们看见一位摘叶在手的人，不似看那采花人一般让人觉得矫情，反读出对生活的热爱来。

胜日寻芳

“胜日寻芳泗水滨，无边光景一时新。等闲识得东风面，万紫千红总是春。”沿着朱熹的这首《春日》踏入原野，要去探访春天。

出城，进入久违的乡村。东风拂面，空气清新，城市里的紧张、压抑与沉闷一扫而尽。明媚的阳光，让深锁的心产生骚动，身上的冬装就有点穿不住了。于是敞开衣襟，让恣意的春光扑入胸怀。

江北的春天来得有点迟，三月的原野还未见万紫千红，但坡上的麦苗儿青翠，埂边的柳条儿嫩绿，地间的油菜头上也泛出一抹金黄。放眼望去，一垄垄充满生机的田地，像是季节发表在春天——这本绿封皮刊物上，一首错落有致的现代诗句。

想象中，春，就似一位刚梳妆打扮好的娇娇新娘，乘着一只花团锦簇的舴艋舟，早被暖风卸了所有的愁绪，载满喜悦的绽放，在我身处的江北停靠。春的脚步如此款款徐徐，春的身段如此柔柔软软，以至我在乡间的小道上摇摇摆摆，有点把持不住自己的行走。

这时候，就与一树杏花猝然相遇在村头，像一个从《聊斋》中走出负笈赶考的书生，在芳草萋萋的路口，与一位狐媚的女子相遇。如此的素洁，如此的灿烂，如此的迷人，如此的芬芳袭人，一个春天的故事就在我的心头展开。春天，这样一场美妙而伟大的爱情，谁不愿为此抛弃几千年苦守寒冷与孤独的修行。

“应怜屐齿印苍苔，小扣柴扉久不开。春色满园关不住，一枝红杏出墙来。”想叶绍翁当年《游园不值》，是何等的失落，而一枝出墙的红杏，勾起了多少怀春的情愫。

于是学小杜，向涧边的牧童问路，落脚于山坡上的农家酒店，虽无杏花掩映，却有绽放的心情。先品一盏溪水冲泡的香茗，再沽一壶店家自泡的枣子烧，就两碟野味土色，与友人品春光、话桑麻、抒胸臆、和平仄，其乐融融。

忽有乡音俚曲从半山腰处传来，在袅袅的音律里心荡神驰，微醺的双眼里就好像看见，脚下的那片桃花林，花骨朵们骚动不安，她们急切地要把一个春天完完全全地打开。

人间四月天

林徽因在《你是人间四月天》的诗中写道：“你是一树一树的花开，是燕在梁间呢喃，——你是爱，是暖，是希望，你是人间的四月天！”是啊，四月天，是人间最美的岁月，它轻灵、柔嫩、娉婷、鲜妍，美不胜收，难以言表。

四月里，放足山野，风拂动着青丝般的杨柳，也轻拂我们的脸颊，那么的轻柔、舒畅，让背负尘世的身躯有一种释重的感觉。站在空旷的原野，或是高高的山岗，你会有一种飞翔的欲望。一颗心会随着一双羽翼或是扶摇而上的纸鸢在蓝天飞翔。

极目远望，金黄的油菜花接天连地，间夹着青翠的麦苗和水镜似的稻田，像一幅五彩的地毯铺在脚下。油菜花浓郁的香气随暖洋洋的阳光一起扑入我们的鼻息，沁人心脾。那花海中的牧蜂人和田间劳作的农人，是一幅水彩画中极美的点缀。

四月，桃花将谢未谢，一抹浅红点染在青色中，宛如一位羞怯的少女，在青嫩的叶片间回眸一笑。而梨花正放，洁白若雪的花骨朵儿开满枝头，仿佛一位白裙素衣的女子，翩跹袅娜在原野山川。若遇大片的梨花林，那真是美极，如天上的白云，栖落在大地，风动云涌。而风铃样的泡桐、流苏似的紫藤、花杖般的紫荆也正绽放，以它们紫色的艳丽渲染着浪漫的情调。

从草色遥看，到绿草茵茵，四月，春天已走到了中间。但枝头的叶片仍未见丰厚，是一种娇嫩，恰似一块块精雕的美玉悬挂在轻灵的风中。近处的绿是透明的，给人一种温润感；远处的绿清淡如烟，是画家一管湿润的黛色在宣纸上的抹染。

四月的河流也平添了一份灵动，是系在岁月腰际间的一条银色的飘带，它随着一叶小舟的轻摇而飘舞，勾勒出春天的婀娜。池塘被一场春雨清澈了，倒映着柳姿花影，白云间悠然穿梭的鱼儿，偶被几只鹅黄的小鸭惊动，簌地没入摇晃的清波。

人在四月天，是那么的放浪。拘谨的人会在草甸上放足奔跑，羞怯的人会在山野放声高歌，严谨的手足会在万紫千红中沾花惹草，严肃的脸孔会在金灿灿的阳光下绽开笑容。

四月是鲜艳的，我们没有理由拒绝它的美；四月是清新的，我们没有理由裹足沉重；四月是绽放的日子，我们没有理由不打开自己的胸襟；四月是生长的日子，我们没有理由不对未来充满希望与信心。

林徽因的诗歌《你是人间四月天》，其实是对爱的赞颂。行走在人间四月，不就是行走在爱的春天里嘛……

梅雨天

虽已没有了春雨的淅淅沥沥，却仍是阴沉连绵。只是，这场雨如一位把控不了情绪的小女子，一转眼，就变了脸色。你看，天正清爽爽地蓝呢，忽然就乌云密布，大雨倾盆；而耀眼聩耳的电闪雷鸣还惊悸在心头，头顶上却已是阳光朗照了。

只是，空气里浓稠的湿度，让人感觉到些许的窒息；而偶出的阳光，又犹如芒刺一般，撩扎着人的肌肤。这样一个雨也烦、晴也燥的日子，却因了正是江南梅子成熟的时节，而有了一个美丽的名字：梅雨天。

坐在窗前，握一杯清茶在手，看雨水在玻璃窗上如泪水般地流淌，听一阵紧一时缓的雨声，倒也不觉得寂寞难耐。肌肤有点黏黏的，索性脱了长衣，一身短打。裸露的肌肤在窗隙里吹入的湿气里倒也觉得清爽。

唐代大家柳宗元曾写过一首《梅雨》，诗云：“梅熟迎时雨，苍茫值小春，愁深楚猿夜，梦断越鸡晨。海雾连南极，江云暗北津，素衣今尽化，非为帝京尘。”

诗人当时正身陷江南，恰逢梅雨，连夜雨声里，不免怀恋京城故都，伤怀难遣。而我此刻身处江北，在抑扬顿挫的雨脚里，倒迷恋起江南的梅雨天。

想起北宋词人贺铸《青玉案》一词，其下半阕有这样的长短句："飞云冉冉蘅皋暮，彩笔新题断肠句。若问闲情都几许，一川烟草，满城风絮，梅子黄时雨。"后三句连用三种意象表现出愁思的广度、密度和长度，化抽象无形的情思为具体可见的形象，构思奇妙，堪称绝唱。贺铸也因此词而得"贺梅子"的雅称。

你看，闲情愁思如许，可见江南梅雨天是多么的浓情而迷人。由此我臆想，戴望舒《雨巷》里那丁香一般撑着油纸伞的姑娘，一定是在梅雨时节里，行走在那"悠长、悠长又寂寥的雨巷"。

放下手中的水杯，我起身从书架上取出几本古诗词集。翻开尘封已久的书页，诗稿里透出一股旧事般的霉味。

"梅雨或作霉雨，言其沾衣及物，皆出黑霉也。"李时珍的《本草纲目》中有这样的记述。梅雨时节，空气湿度大，气温燥闷，衣被物件都容易生霉，所以也有人把梅雨称为同音的"霉雨"。

想起梅雨天里众人的烦躁、乏味、伤怀、忧郁，我想，这不只是我们的身体不太适应这样湿闷的季节，怕是心灵也在那潮湿的氛围里发霉生斑了吧？人，总归是触景生情的灵长，何况此情此境啊。

翻阅有关梅雨的诗词，还是喜欢这样的句子："黄梅时节家家雨，青草池塘处处蛙。"呵呵，管你风雨阴晴，且听取蛙声一片。这样的声调，多么明亮，多么向上。

"连雨不知春去，一晴方觉夏深。"农历里的梅雨天不过一月左右，芒种后第一个丙日入梅，小暑后第一个未日出梅。匆匆地来又匆匆地走，宛如一场短暂而刻骨铭心的爱情，流下一把留恋的泪水，还给你一片骄阳的天。

六　月

远远的，绿地上的石榴树开花了，鲜红的花朵，像一团团小小的火焰在枝头燃烧。六月，也就在这火焰的舞蹈中，带着激情，出现在我们面前。

美人蕉在头顶上旋转着绢帕，月季在绿地毯上扭摆腰肢，夹竹桃不知在为谁举花伴舞，虞美人在热烈的氛围里羞怯地低头……六月，真好似一场错过了春天的舞台而等待已久的演出，那些脸颊红艳的“演员”们，一个个急急地登场，失去了导演的调度。

六月，大红大绿，在我眼里，又像极一位红袄绿裤的民间女子，在花轿临门前，有着一丝激动、一丝不安，还有一丝蠢蠢的欲望。

欲望随着阳光不断升温，也随着草叶的繁茂而疯长。几茎藤蔓爬上了栅栏，这还不是欲望的终极，它们又缠着身边的树干，想要高过蓝天。

绿是愈来愈深，愈来愈厚，愈来愈稠密了。清澈的鸟鸣，不能稀释绿的浓度；即便是风，也丈量不出绿的面积；那些纤弱微小的生命，被丛丛草叶覆盖，在和平的绿色之下，平凡而快乐地生活。

六月里的雨，也不再是烟雨朦胧，而是多了一份激情。它要么急急地来急急地走，像一匹疾驰的白马，在黄土地上激起一片烟尘后，了无踪影。要么如大军压境，一声令下，万簇齐飞，有不下城池绝不罢休的气势，让山川颤抖。

城市里的六月是被修整过的，平整的草坪、整齐的道边树、几何形的花坛，像一位出自书香门第的少女，虽也青春四射，却多了一份斯文与持重。

真正的六月，还是在乡野。乡村的六月宛如一个不修边幅的乡下少年，有着一些野气，有着一些放浪。那茂密的蒿草充满野性，那伸展的枝杈充满自由，那无垠的旷野充满奔放，那叠翠的山峦充满向往……一切都是那么自然率真。

蝉声开始响起，弹奏着阳光的热度，把白昼拉长；而蛙鸣不甘寂寞，鼓噪着夜色的美丽与清凉。夏天这个主角，就在这曲交响中走到台前，六月的场面热烈起来，进入高潮。

草色入眼来

入夏后，草是最好看的。在一场春风的吹拂、春雨的滋润下，那一茎茎的小草仿佛青葱的少女，不经意间就出落得婀娜而丰满。

山川原野，草随处可见。或高矮，或疏密，或挺拔秀丽，或含羞垂眉，都吸引着我的眼球。特别是在炎炎的夏日，那青青的草色入眼，自是给人带来一份清爽。

在骄阳下，你才会感觉到一茎细草生命力的旺盛。当那些高大的树木在如火的阳光下焉耷着叶片，枯立在聒噪的蝉声里无精打采时，即便是烈日直射下的小草，也永远是向上伸展的姿态，充满倔强的活力。

有一首叫《小草》的歌这样唱："没有花香，没有树高，我是一棵无人知道的小草。从不寂寞，从不烦恼，你看我的伙伴遍及天涯海角。"

我们越来越注重环境，却往往只关注林木的生存，而忽视了低微的小草。可以想象，如果没有草，这世界该是怎样一个单调甚至是荒凉的世界。草像芸芸众生一般，不因自己的渺小和平凡而自暴自弃，它们用低贱的却是极强的生命力，生长、繁衍，在衬托大千世界繁华美好的同时，又以一颗感恩之心，感谢风雨阳光的滋润照耀，感谢山川大地母亲的拥抱。

在风景中，在花与树之间，草从来不是主角。即便是最繁茂旺盛的夏季，草也是配角，甚至只是万物竞秀的舞台的一方幕景。

"数丛沙草群鸥散，万顷江田一鹭飞。"草是画卷一角的点缀，映衬了鸥鹭的舞姿之美，天地山河的广袤。"八月蝴蝶来，双飞西园草。"草是家园的气象，在它氤氲的气息里，永远舞动着童年的羽翼。"陇云晴半雨，边草夏先秋。万里长城寄，无贻汉国忧。"草是不舍的缠绵，却深寄戍关守边的壮怀之情。

年少时就读过这样的民歌："敕勒川，阴山下。天似穹庐，笼盖四野。天苍苍，野茫茫，风吹草低见牛羊。"后来知道，这样的边疆美景，只有在夏日牧草茂盛的时节才能见到。然而，前两年，我第一次到西北地区，虽正是夏日，放眼望去，却一片苍茫。挨了几天，实在忍不住，对接待人员说我想看看大草原。对方说，我们这儿就是草原，只是最近这几年雨水很少，风沙化严重，那种草及腰深的美景你是再也看不到了。

虽然失望，还是心有不甘。于是接待方派了一辆越野，带我出城奔驰了近百里，虽见到一些羊群，但都是在啃食深不掩蹄的荒草。在一处地势较高的几座敖包旁，我看见有一些人在沙化的坡地上劳作，走近攀谈，知道他们是在种植一些诸如紫云英、黄花苜蓿、三叶草、油沙草、沙棘籽、羊草、披碱草等可以在沙化较轻的土地生长，可做牧草的草种。看着旌幡飘扬的敖包，我在想，不久的将来，我会在这儿看到一片鲜花盛开的草原吧。

草的用处很多很大。我们知道，所有重要的粮食都是草，如小麦、大麦、水稻、玉米、大豆、高粱，等等。猪马牛羊等各类家畜吃的也大都是草。大自然中的野草不只是人类和动物的食物，还能制造大量氧气，防止水土流失，绿化美化环境。

在中国，几乎所有的草都是中药，由于药物中草类占大多数，所以古代记载药物的书籍便称为“本草”。现知的最早本草著作称为《神农本草经》，最著名的当是李时珍的《本草纲目》。但愿，草这味中药，能治愈地球环境越来越恶化的病体，真正像曹操《观沧海》中所描述的那样：“树木丛生，百草丰茂。”

居住在现代城市，特别是在温室效应特别明显的夏日，想寻一处“苔痕上阶绿，草色入帘青”的陋室怕是难上加难了。虽然天涯何处无芳草，但芳草萋萋草木深的愿望愈来愈强烈地在都市人的心头盘缠。

想起白居易《首夏》中的诗句：“孟夏百物滋，动植一时好。麋鹿乐深林，虫蛇喜丰草。翔禽爱密叶，游鳞悦新藻。”在这赤日炎炎似火烧的夏日，渴盼着那一片草色，青青入眼来。

小水潭

漫步城外荒山。行走山径，忽闻溪水流淌之美妙声响，如一双玉手在古琴之上的轻拢慢捻，如一只小虫在草叶间的浅吟慢唱。缘声入林，果见一溪从石隙中流出，在乱石和杂草丛中蜿蜒，蛇行而去。兴味盎然，于是抚草拔枝，循迹而行，在离径不远的一低坳处，即见一水潭。

潭被杂树和灌木环抱，周边蒿草茂密，似是鲜有人至。挨近潭边，见一裸露的岩石，正好落座稍息。风起，草木萧萧，感觉凉意袭肤。掬水而洗，跋涉之劳顿消。静坐，有秋虫之音入耳，倍增潭之幽静。

敛息凝神之际，想起柳宗元的《小石潭记》，心有感触。原来，即便千万年沧海桑田，也总有一潭沉寂的岁月为我们守候在喧嚣的尘世边，而凭临千百年前的古人幽思之境，也只需一次闲暇放足。

溪在水潭稍息，又在林丛的另一面铮铮而下。我想，它会这么一直流淌着，在一个个的水潭或池塘作短暂的栖憩，一直奔向江海。

其实，人生又何尝不是一条从石隙中流出的溪流。我们在茫茫的尘世中穿流，奔向心中那蔚蓝的梦想。但是，我们有时会被炎日蒸腾，有时会被酷寒冰封，有时会消失在皲裂的土地，有时会迷失方向……

熙熙红尘，攘攘人世，肌肤蒙尘，心灵疲惫。崎岖的人生需要一方小小的水潭来小憩和积聚，坎坷的岁月需要一次沉淀和思考。

悠悠历史，人生短暂，我们受制于条件和时间，往往不能放足山野、泛舟江海，纳天地于胸怀。但是，那一汪汪清澈明净的小水潭随处可见，就在我们行走的径边。就像柳宗元的小石潭，虽经千年风云流转，我依然可以在另一方水潭中身临其境。

与一杯茶相坐，与一段音乐相守，与一本书相握，与一株花草相亲。抬头望一望星光灿烂，低首看一看窗前月光，目随一片羽毛在蓝天飞舞，静观一条鱼儿翔游水底……生活中的小水潭明澈清心，它静静地守候在我们匆匆的行旅间，等待着你我的一次闲游。

邂逅一池荷香

在蒿草掩隐的小径边，就与她猝然相遇。窈窕的身姿，绿绸的长裙，粉白的笑靥。

如此的娇小，一览无余，在阳光和热辣辣的目光注视下，娇羞难掩。

不是“接天莲叶无穷碧”的大家风采，也不是“美人笑隔盈盈水”的艳姿丽彩。是柴扉轻掩的院落里翩翩而出的邻家淑女，是案前窗下玉手纤纤绣鸳鸯的情窦初开。是经年后，猛然在花叶满地的幽深小巷，邂逅那无意错失了的青葱初恋。

心似乎要跳出来，却在满眼的绿意里平复下来。情似乎要点燃，却在一池清水中沉淀下来。就在她的身边安静地坐下，心中的诗意翻腾，却以沉默相对。

这只是一方小小的荷塘，小得不需抬眼就看穿了她所有的心事。这是一方偶然相遇在道旁的荷池，给喧嚣的人生抹上一笔清雅的色彩。或许，她正用它淡雅的芳香，潜送那动人的呢哝软语：“你记得也好，最好你忘掉，在这交会时互放的光亮。”

没有百顷风潭，也没有十里荷香，但依然是浓妆淡抹；没有画舫相连，也没有小舟荡漾，但依然是新荇绿参差，鱼戏莲叶间。

想起白居易的《小池》：“有意不在大，湛湛方丈余。荷侧泻清露，萍开见游鱼。每一临此坐，忆归青溪居。”房前有荷，如同屋后有竹，其雅何比，其趣何穷。乐天有幸，有池临坐摇扇，凭荷闲吟，何等闲适惬意人生。

坎坎人生路，会有多少莲叶何田田的小池把一脉心香缄默在烦嚣的尘寰。她的清纯是岁月的奉献，她的沉敛是季节的守望。莲华者，年华也，何必等“红藕香残玉簟秋，轻解罗裳，独上兰舟”。何必要“坐看飞霜满，凋此红芳年”。那猝然出现在径边的美丽时光美好时刻，意不在大，情何须长。

天地间的美稍纵即逝，人世间的纯往往擦肩。或许，你我本就是天空里的一片云，偶尔投影在彼此的波心。我们不必讶异，但确须欢喜。就像猝然邂逅的这一池荷香，且停下我们匆匆的行旅，享受那“叶上初阳干宿雨，水面清圆，一一风荷举”的美妙人生。

女性之秋

天走向高远，地走向广袤，山走向深沉，水走向宁静。特别是那枝头红硕的果实，是秋走向成熟的最显目标志。

行走在秋天的原野，我在想，该把这成熟的秋比作什么呢？

它像我邻家的女孩，那对在脑后蹦跳的麻花辫，突然换成了披肩的风情；它似我回到离开多年的故乡，那曾在田埂上与我一起疯跑的小小天真，突然以丰腴的身姿站在我的面前。

别说我是一个太感性的人，秋天就是一个成熟的女性啊，你看，那丰润的季节，就在她的胸口高高挺立，性感，迷人，甚至是充满诱惑。

眺望远方，山像一个仰卧的美人，那曼妙婀娜的身形舒展在天地间。走进山里，躺在满地的松针和落叶上，仿佛躺在她柔软温润的怀抱里。那野菊的芳香，那草叶的气息，那枝头野果散发的甜润，分明就是她的体香，令人沉迷。

而秋水，则像一个走过青春，走向沉敛的女子，静静地守候在生活的低处，不再喧嚣，不再浪漫，不再激情澎湃。她穿着的兰花布的衣襟被风轻轻扬起，一束斜阳打在她柔和的脸庞，就那么娴静地看鸥翔帆鼓，听桨橹欸乃。

大地自然是我们的母亲，历经人世的沧桑，而胸怀更加宽广的母亲。默默无声地，奉献了滋润的春、热烈的夏，奉献了所有的一切，把生命养育。风雨漂白了她曾经鲜艳的衣衫，岁月在她的额头刻下风霜。那嶙峋的山崖，分明是她挺立的身子，那灰白的芦荻，分明是她风中飘扬的白发，那山顶上的一棵枫栌，有多少游子把她看成了母亲的召唤。

女性的秋天，在一颗行走山野的心里，营造家的思念与温馨。在一份流浪的情感里，我多想做那篱旁一朵小小的雏菊，像一个透着朝气的小女孩，偎依在秋天母亲般的怀抱里。

秋夜听风

夜阑人静，月色如水。秋夜，让白昼的烦嚣、匆忙的脚步、纷乱的思想慢慢沉淀下来，渐渐归于平静与安宁。

帘微动，敛息，似有风声入耳。是窸窸窣窣裙摆曳地的声音，是簌簌吵吵季节走动的音响……

索性推开窗，以敞开的胸襟迎接这夜的精灵。

“秋风不似春风好，一夜金英老。更谁来凭曲阑干，惟有雁边斜月，照关山。”没有古人的情怀与伤感，总感觉，秋夜是听风的好季节。

你瞧，月光在树叶间跳跃，像一位裙袂飘飘的素衣女子，在天地间舞蹈。而窗沿下轻摇的花草，在月色里分明就是隔帘的美人，让人生出几多美妙的联想。

想起琼瑶的一首歌：“月朦胧，鸟朦胧，萤光照夜空；山朦胧，树朦胧，秋虫在呢哝。花朦胧，夜朦胧，晚风叩帘栊；灯朦胧，人朦胧，但愿同入梦。”

月是朦胧着，但鸟已是在清朗的梦中睡了。就像我身边的一份爱，在从窗口蹑足进入的夜风轻拂下，酣然入梦，一脸皎洁，一脸温柔。

虽未相拥同入梦，但在一份亲情与爱的睡梦里听风，是一种多么幸福而惬意的享受。

城市的高楼遮挡了葱茏的山影，但挡不住风的脚步。风，在钢筋水泥的缝隙间穿街过巷，为我带来了大自然的气息。坐在夜风中，我分明嗅到了山野的味道、河流的气韵、花草的芬芳、泥土的香馨，我甚至闻到了月光的味道，清清甜甜的，直入心田。

徐志摩说：“我不知道风自哪个方向吹。”那是他在爱情的风中迷了方向。古人马致远即便是一匹瘦马行古道，“夕阳西下，断肠人在天涯”，也明了拂面的秋思是西风。

今夜的风来自生活的底层，今夜的风来自一份心情。风或起或停或大或小或急或柔，如此的随意，如此的闲逸，又将生活与心情吹拂得如此轻扬与美好。

风又卷起案头的几页诗笺，不免让我想起“清风不识字，何故乱翻书”的诗句。千年的月色千年的风，是不含任何政治色彩的。今夜，在清风翻书的意趣下，没有文字的牢狱言辞的镣铐，只有挥洒的笔墨游走的诗意和随风放纵的思绪。

想起那一座座飞檐翘角、或依山或临水的楼亭，在这样月明星高的夜晚，可否正是金风满楼，是否有一位峨冠宽袖的饮者正举樽对月，高歌一曲“好风凭借力，送我上青云”？

听风，在窗下；风起，在胸间。

呢哝秋音

夜深人静，城市的喧哗渐渐被如水的月色沉淀。坐在桌前，忽然听到窗外传来呢哝之音，若有若无、似近又远。聆耳辨认，是蟋蟀的低吟，宛如一位悠闲慵懒的琴手，在一根细弦上的轻拢慢捻。那平仄起伏的音符里，不乏宫、商、角、徵、羽的转换变化，令人心悦。

秋虫之音，在山野乡村不足为奇，而我久居在这纷繁的闹市，猝听秋音，恍如天籁。飞扬的思绪于是乘夜色穿越钢筋水泥的森林，飞向那芳草萋萋的山川原野。

蟋蟀的鸣叫，是我童年里再熟悉不过的秋音，甚至能从那音调节奏里分出雌雄。循着或急或缓、或高或低的吟唱蹑足寻去，总会在草丛叶下、瓦砾土块里寻觅到一两只黝黑的小精灵。斗蟋蟀是我儿时的一大乐趣，每见自己捕回的小虫战胜小伙伴们的宠物，张开翅膀响亮地鸣叫，小小的胸中便被一份无比的快意充塞。而我的儿子，生长在城市，又整日被书本试卷埋身，别说遁音辨雌雄，就是把蟋蟀放在他面前，恐怕也是迎面不相识了。

“深怕数秋更，况复秋声彻夜惊。第一雁声听不得，才听，又是秋虫第一声。凄绝梦回程，冷雨愁花伴小庭。遥想故人千里外，关情，一样疏窗一样灯。”中国古代文人大多闻秋音而悲怀。不说仕途坎坷、岁月蹉跎，仅那远离故土、孑然他乡的境况，也难免让其在“秋虫第一声”里凄凄伤感。

而当今物化的社会，生活在车马喧嚣、霓虹闪烁里的都市人，或为生活奔波，或声色犬马，还有多少人在意这呢喃秋音，又有几人在这彻夜的秋声里“遥想故人千里外”呢？

何必千里，出了城就是乡村大地。若漫步在秋天的原野，你听到的秋音，何止是一曲蟋蟀的弹奏。藤草之间的蝈蝈唱着和声，河畔池塘的蛙敲着鼓点，蝉在枝头把生命的绝唱调到高八度，蓝天之上南归的大雁把回家的心情抒发……大自然以秋为题，演奏出一阕天宽地阔的乡情华章。

秋虫仍在低吟。我在想，这呢哝之音，怕是大自然今夜给予我的一份馈赠吧。“人言悲秋难为情，我喜枕上闻秋声。”坐在如水的夜色下，我在那窃窃的私语里，细细领略秋天的况味与岁月之声的美妙。

清朗秋心

一声“天凉好个秋”的余音还在，眼前却已是落叶纷纷，寒意袭人。真个是“未觉池塘春草梦，阶前梧叶已秋声”。捧一杯热茶，临窗站在萧瑟的寒风里，不免陡生时光无情、岁月倏忽之感叹。

窗外，一场雨忽紧忽慢地下着，没有春的温柔劲，更无夏的激情，却分明多了一丝缠绵，让人生出些慵懒，涌起一丝莫名的伤感。心中就想起一些模糊的面孔、一些过往的事来。当从泛黄的情节里回过神来，便哑然失笑。如我这般的须眉皆秋上心头，怪不得李清照之类秋闺寂寞的才女要吟唱“梧桐更兼细雨，到黄昏，点点滴滴。这次第，怎一个愁字了得”了。

孟浩然说“愁因薄暮起，兴是清秋发”，然也。

雨过天晴，温度虽降了许多，但感觉风清气朗。于是出城郭，步入原野。见坡头草黄，河畔荻白，宛如过昭关的伍子胥，一夜间白了头。心想，还真不可小觑这场寒露后的秋雨，几日的洗涤，竟将大地经营了一春一夏的绿色消融如此。

人因畏缩而委琐，而情绪纠集，而消沉低落。放足秋野，虽树树秋声，山山寒色，但天高云淡，雁唳长空，极目远方，四野辽阔，心胸豁然开朗，诗兴盎然而胸怀豪迈。“小楼昨夜又东风，故国不堪回首月明中”的伤感，就让囹圄中的人去吟了。登高望远，恣意胸襟的，是“落霞与孤鹜齐飞，秋水共长天一色”的挥洒。

原来，所谓的“秋风秋雨愁煞人”是缘于我们在寒冷中的裹足，更缘于心的拘囿。把情感寓居小楼，把思念深藏庭院，把欲念托于枕衾，怎敌那，秋风秋雨里的清冷、衰败与肃杀？怎不会“帘卷西风，人比黄花瘦”？又哪里见得着枝头硕果累累，满山枫叶红透？

“自古逢秋悲寂寥，我言秋日胜春朝。”从秋的樊篱中走出，从心的牢笼里出走，把“秋”从“愁”字的心上取下，便是万里霜天尽寥廓的清朗秋心。

秋叶为琴雨作弦

秋日听雨，别有一番韵味。因为，秋天的雨有了它特别的载体——秋叶。

草叶入秋，天干物燥，雨脚落在宽大的叶片上，不似春雨的润物细无声，也很少夏日的雨骤风狂。那秋雨若弦，秋叶似琴，于是，一段或疾或缓或刚或柔的旋律，入善感之耳，润诗意之心。

秋雨的最好载体有三种：芭蕉，梧桐，残荷。这是几千年来中国文人墨客用心挑选下来的。古代文人，多的是多愁善感、怀才不遇，于是，芭蕉、梧桐、残荷这些秋叶与秋雨的结合，弹奏出的多是孤独忧伤，缠绵悱恻。

好，先让大宋的诗人晁补之走上台来，听他吟：“江上秋高风怒号，江声不断雁嗷嗷，别魂迢递为君销。一夜不眠孤客耳，耳边愁听雨萧萧，碧纱窗外有芭蕉。”有人吟唱，最好有曲相伴，最贴切的当是古筝曲《蕉窗听雨》。曲初起，节奏舒缓，渐入夜色。稍后，风乍起，山雨欲来。曲渐快，雨从天边而来，风摇蕉晃。曲调力度速度再加强，雨打芭蕉声声急。忽然，旋律轻跳，雨稀渐止，晶莹的水滴从叶上淅沥滑落，夜色宁静，雨后的气息清新宜人。

“闲愁几许，梦逐芭蕉雨。”秋寒夜深，灵魂坦露。记忆深处，那些曾经像雨滴被蕉叶弹起，成为穿透时空的回响，萦绕耳畔。而雨滴与蕉叶缠绵着、牵扯着，最后决然离去，揪心伤怀。真个是“懊恼伤怀抱，扑簌簌泪点抛。秋蝉儿噪罢寒蛩儿叫，淅零零细雨打芭蕉”。

芭蕉叶枯而不凋，梧桐就不同了，秋风乍起时就开始飘落。这难道是古韵里，芭蕉尚有清新之曲律，而梧桐之词一片冷寂凄苦的缘故吗？你瞧，“可堪疏雨梧桐，空阶络纬，背人处，偷弹珠泪”多悲愁；再看，“梧桐树，三更雨，不道离情正苦。一叶叶，一声声，空阶滴到明”多凄苦。

“春风桃李花开日，秋雨梧桐叶落时。”说到秋雨梧桐，不得不提白朴那取自白居易此句的《梧桐雨》。安禄山反，唐明皇李隆基仓皇出逃，至马嵬驿，大军不前，兵谏请诛贵妃杨玉环兄妹。李隆基无奈，命玉环自缢。后李隆基返长安，在宫内悬贵妃像，朝夕相对。一夕，梦中相见，为梧桐雨声惊醒，追思往事，惆怅倍添。

“斟量来这一宵，雨和人紧厮熬。伴铜壶点点敲，雨更多泪不少。雨湿寒梢，泪染龙袍。不肯相饶。共隔着一树梧桐直滴到晓。”连九五之尊的皇上且如此长恨，何况那些多愁善感的才子佳人，难免“梧桐更兼细雨，到黄昏，点点滴滴”。

“一声梧叶一声秋，一点芭蕉一点愁。”相对于梧桐芭蕉的秋日意象，更喜欢残荷听雨的情境。“秋阴不散霜飞晚，留得枯荷听雨声。”李商隐的此诗写出了人生的一种崇高境界。你看，秋阴不散，暮色苍茫，山雨欲来，叶枯荷残，这样一种景况，多么让人易生凄凉悲伤之情。但诗人却以神来之笔，把灰暗的景色一抹而过，以潇洒平和的心境等待那落在残荷之上的天籁之音。

秋叶为琴雨作弦，从那或轻拢慢捻，或嘈切错杂的音符里，每位聆听者都会读出些人生的况味来。感谢秋天，感谢秋叶，感谢秋雨，在这样凋败却又美丽的季节里，让我们的情感有了一份特别的寄托。

闲散冬日

闹钟在床头无数次地响，才从睡梦中伸出一只手，让它停止吵闹。身子又往热乎乎的被筒里缩了缩，继续捂自己的黄梁。

冬天是个适合做梦的日子。难得一日闲，把冬关在窗外，把身子交给床，把心情留给慵懒。不等太阳在对面的楼顶伸酸了脖子，是绝不会套上厚厚的伪装，发什么时光如梭、人生短暂的感叹的。

把煤气扭到文火，慢慢地煎两枚鸡蛋，直到把日子烤成金黄。泡一杯绿茶，看岁月沉沉浮浮，心情也在一片氤氲中打开它的嫩芽。双手捧住杯子，冬天的暖意便从十指传到心底。

坐到阳台，在阳光下读天下新闻，或是翻开一本杂志，拣一些简短清新的散文，从中感受阳光般的心语。冬天最适合读诗，在长长短短分行的文字间观哲思的火焰，用燃烧的字词取暖。

冬深处，正是岁末年初。打开信箱，如果有信来，必是亲切的问候。只言片语，是冬天的另一种温暖。就想起曾经的日子、曾经的快乐，一些面容就在记忆里清晰、鲜艳，像窗台上的那枝梅，绽放在苍茫中。

天不雪，却有踏雪寻梅的情致。于是铺开纸笔，以文字勾勒梅的风骨、雪的情韵，胸中诗意盎然，不闻窗外寒风凛冽、树晃枝摇。等平仄落韵、推敲成章，舒背展腰、抚手吟咏间，已暮近日斜。

在暖暖的灯光下，温一壶老酒，就着妻儿的说笑，浅酌慢饮，一个闲散的冬日入嗓入腑，醇香浓郁。

咀嚼春天

惊蛰前后，一场雷雨，终于惊醒了蛰伏的春。雨过天晴，走上原野，就会看见满山坡的地衣，在松软的土地上泛着玛瑙般的光泽。如果你是提着篮子有备而来，不消多大时辰，就会有满登登的收获。如果你是偶涉山野释放心情，与这些春天的精灵猝然相遇，也满可以掀起衣襟，将它们兜一点回家。

地衣，因其形状像一只只小小的耳朵，又以雷雨过后的山野居多，在我们乡下又叫“雷耳”。我感慨于乡人的才华，多么富有诗意的名字，它们在大地上聆听着春天，更等待那些捡拾春天的脚步。

小时候，将地衣捡回家，母亲要一点一点地拣去夹杂在里面的草根枯叶以及碎石子，在门前的池塘里一遍遍地淘洗。或炒或蒸，那滑滑绵绵的、带有大地气息的春天的味道，就进入我们的腹中。

野菜，是大自然在春天送给我们的第一份礼物。住在钢筋水泥的城堡，连泥土都越来越少见到，野菜的诱人味道逐渐成为芬芳的记忆。

挑荠菜，挖野葱，打马兰头，采马齿苋……儿时，提着竹篮疯跑在春天的情景，让我的回忆充满快乐。乡村孩子理所当然都是采摘野菜的能手，在田间地头晃悠的一个个小小的身影，采摘着野菜，也采撷着明媚的春光。

记忆中的人间美味，当属母亲包的荠菜饺子。从集镇上买回很少的一点猪肉，加上几块豆腐干，和我们挑回的荠菜一起剁碎包出来的饺子，在锅中还未煮熟，已是满屋飘香，引得我们几个孩子急急地挨着锅台，在雾气中不断地翕着小小的鼻孔。

三月里椿树发芽，四月里槐树开花，这些都是春天的美味。有爬树本领的孩子是很让一帮伢子羡慕的，小猴子一般蹿上树，摘嫩嫩的香椿头，采白白的槐树花，回家后就是盘中的一道美餐。现在，每当我吃到香椿头炒蛋这道菜，胸中总感觉有一股浓浓的乡情。

如今吃到野菜也不是一件难事，但味道似乎总感觉淡了点，有人说是人工种植的缘故，刻意的繁殖总不比自然的生长来得清香。我感觉，自己采摘的野菜总是无比香的，因为无论你在味道上怎样下功夫，都不会有其中蕴含的那份情怀。而精致的碟盘和拼摆，永远都比不上母亲那粗盆大碗的随意陈放。

“春到溪头荠菜花。”春天里的野菜芳香，至少给了我一个借口，让我在品尝春天的味道时，重温一些美好的时光。

泡桐花开

泡桐花开了，像一团紫色的梦，渲染在乡村大地。

在我生活的这个长江北岸的平原地带，那些或依山傍水或静卧平川的村落，随处可见泡桐的身影。而每个村庄里，也总有一两棵粗壮的泡桐高过错落有致的村舍。花开的日子，这些水墨的村庄被泡桐的淡紫点染着，像一幅幅清新秀丽的画卷。

如果你走近一棵泡桐，你会看到那悬挂着的花朵，像一串串玉瓷般的风铃，在风中摇曳，着实玲珑可爱。如果你有一颗敏感的心，似乎可听到它们相互碰击的清音。

在我的故乡，没有人刻意地去栽种泡桐，完全是自生。有的是老树边上的叉生，更多的是风把泡桐果子带到了一个地方，就此生根、发芽、成长。泡桐树长得很快，几年的工夫，小苗儿就变成了参天大树。这多么像我那生活在乡间的小伙伴们，分别几年以后回去相见，竟一个个已是大姑娘和小青年。

刚从乡下搬到县城时，小城里也常能见到泡桐的身影。三三两两地生长在松散的巷陌楼舍间，有点像小城的生活状态，自然、纯朴、随意。

记得我居住的，是一个有着幽深庭院的明清式两层青砖木楼。一个春天，院墙根处突然冒出一棵小树苗儿，起先并不在意。等至春末，小苗儿已迅速长成一棵小树，这才发觉，原是一棵泡桐树。这棵自生的泡桐硬生生地在墙砖的缝隙之间扎住脚，到第二个年头，已是一棵茁壮的树，并开出满枝的花朵。

闭塞在陈旧的楼舍间的庭院，到了夏天湿热难当。自从有了这棵斜生的泡桐，平添了几许阴凉。早早晚晚，母亲会将一张小餐桌搬到树荫下，一家人围坐进餐，其乐融融。而伸到我窗口的宽大泡桐叶片儿，又给了我多少诗意与遐思。记忆里特别深刻的，是泡桐花绽放日子里的那一个个月朗星稀之夜。晚风过处，花儿飘零，一地的紫色花朵卧在月光上，给那怀春的少年增添了几多甜蜜的烦恼与缠绵的忧愁。

随着时代的发展，城市不断改造，我亲眼看着那棵已是花冠如盖的泡桐，在倾倒的砖土瓦砾间被两名工人锯断，訇然倒地。变得越来越高、越来越大的城市，马路宽了、绿地多了，可是，却很难见到泡桐树的影子了。城市里多的是樟树、冬青之类四季常青的植物，营造着单调的绿意。

又是泡桐花开时。在这样的一个日子里想起那抹魂牵的紫色，不是对旧时光的留恋，而是对一种悠然淡静生活的回味。于是决定，趁着泡桐正开，到乡间去走走，看一看那梦绕的身影，探一探那氤氲的乡情。

乡村五月

五月，春将去，夏将临，这时候的乡村最美。

梨花早已消遁无踪，桃花也在绿叶后藏起它的粉靥，虽不再是乱花迷人眼，但梧桐正紫，槐花挂白，乡村别有一番情致。

这时节的乡村，宛如情窦初开的少女，由青涩出落成熟，落落大方地迎接岁月的目光。

花骨朵儿不再是艳，而是淡雅，如梧桐的一抹紫，像一位写意大师在一幅乡村水墨图上，看似随意实则精心的渲染。花香也不再是浓郁，而是清新，如槐花虽满枝，若没有一丝微风，你也嗅不到它若有若无、仿佛远处传来渺茫的笛音似的芬芳。

这时节，乡村的绿是最极致的。它脱了嫩黄，却又未走到墨绿，脱了轻浮，却又未入厚重，是恰到好处的青。如田垄间走过的一位绿衣女子，微风拂动她的裙袂，显出婀娜的身姿，丰满而不丰腴，青春而不持重。

五月，乡村也正处于农忙前的一段闲暇里，油菜结荚，麦儿未黄，都以绿的色彩入眼。村庄似一位寡言的汉子，静静地坐在绿阴深处，安然地抽着一杆旱烟。

梅子还青涩在江南的枝头，如有雨落下，也是细细的柔。当它在一颗樱桃或草莓的脸颊上滑过，是诱人的美。

最美的景致是在清晨。这时节，你若有幸走近一座村庄，最好是选取一处高地，俯视或远观已从酣梦中醒来的村落。一声鸡鸣将太阳从山梁上拽出，五彩云层里射出的光线斜斜地照着灰瓦粉壁，炊烟和雾气在村子里缭绕升腾，营造一个梦幻般的仙境。氤氲中有肩荷农具的乡人走出，一个灿烂的日子就在他的额头闪烁。

五月的乡村之夜也是情趣盎然的。月虽无中秋的明，却也清朗，只是掺入了田间谷禾灌浆的清香，多了一份温馨和希望。初起的蛙鸣，将月色鼓荡起来，激起涟漪，村庄就好似泊在水湄的一叶扁舟，摇摇晃晃起一个丰收的梦。有一两只萤火虫，像刚刚点亮的小灯笼，照着一个孩童跳跳蹦蹦回家的路。

有磨镰声在村庄的深处响起，刃口上跳跃着月光。乡村在梦境中拔节，要将成熟的春，收割在六月的大地上。

探　荷

“出淤泥而不染，濯清涟而不妖，中通外直，不蔓不枝，可远观而不可亵玩焉。”虽没有文人骚客的高雅心境，那一池荷香，却在这个夏日一直诱引着我。

在生活的夹缝里偷得半日闲，决定去探荷。我知道，在那一汪清波里，一定有一株美丽的乡情在为我守候。

出城，远远的，我就望见了那片水域。空气送来清香，正如朱自清所描绘的，仿佛远处高楼上渺茫的歌声。又如一坛窖藏千年的佳酿，被猝然打开泥封，早醉了我的脚步。

迫不及待地奔向水边，一池碧荷就在我的眼前展开。不再是“小荷才露尖尖角”，而是“接天莲叶无穷碧，映日荷花别样红”。在蓝天白云的衬托下，清水润心，绿叶送凉，燥热立消，尘事顿忘。

茕茕的荷花，或羞怯或热烈或在荷荫下向我窥视，像一张张少女粉红的脸。亭亭的荷叶，或舒展或卷曲或平铺在水面，像少女身上婀娜的裙袂。微风过处，花颤叶摇，而整个水面就如一匹抖开的绿色绸缎，柔滑而清凉。

叶下有鱼嬉戏，一有动静，倏然无影。遂想起汉乐府里的句子："江南可采莲，莲叶何田田，鱼戏莲叶间。鱼戏莲叶东，鱼戏莲叶西。鱼戏莲叶南，鱼戏莲叶北。"

正想着不见采莲人，一叶小舟就从荷香的深处划了出来。舟上是两个孩童，头上各顶着一片荷叶，一人悠悠闲闲地划桨，一人漫不经心地折着船边的莲蓬。"荡漾木兰船，船中人少年。荷花娇欲语，笑入鸳鸯浦。"虽不见纤纤玉罗手，也不见佳人彩云里，却也别有一番画意诗情。

想起儿时的乡村夏日，小伙伴们一个个光着身子，像一条条小泥鳅钻在荷塘里，采菱角、打莲蓬，或在荷叶下躲避炎炎骄阳，或在荷叶间捉着迷藏。那份无忧，那份快乐，仿佛就在眼前。

"新着荷衣人未识，年年江海客。"不免感叹当下都市里的生活，如同一只剥去了莲子的蓬，如此的空洞，如此的失落。于是理解李清照的红藕香残、独上兰舟、花自飘零水自流。对隐身在荷香里的那份乡情，何尝不是"一种相思，两处闲愁"，又何尝不是"才下眉头，却上心头"。

"故乡遥，何日去？家住吴门，久作长安旅。五月渔郎相忆否？小楫轻舟，梦入芙蓉浦。"荷花依旧，青盖亭亭，风过荷举，暗香涌动。在那一缕袭人的香韵里，故乡就是眼前这朵盛开的荷啊，如此鲜艳，如此美丽、依然在水一方为我守候。

"美人笑隔盈盈水，落日还生渺渺愁。"踩着一脉荷香归来，今夜，乡情入梦。

月是故乡明

回乡。离村还有一段距离时，因夜深路窄，车难入，只得下车徒步。出车门，抬眼一望，满天星光，一弯新月，不禁心头一震。哦，月儿月儿，该有多长日子未与你亲近了。

居住在越来越高、越来越茂密的水泥森林里，有多少人像我一样，几乎忘记了月亮的模样。我们只顾低头赶路，追赶生活，有多少人会在匆匆的步履间抬头望天，又有几人会坐在灯火阑珊的窗前，把月儿追寻。

月色洒在乡村的大地上，融入了稻谷的醇香、草叶的气息，沁入肺腑。村庄朦胧、田野绰绰，像一首含蓄的小诗。而脚下的路蜿蜒着，像一行明快的诗句，把我带入一份清新美好的意境。

想起童年的乡村夜晚。与小伙伴们头顶繁星，脚踏月光，在无垠的田野上奔跑。捉蟋蟀，罩萤火虫，斩泥鳅，下黄鳝笼子……或是坐在门前的月色里，听牛郎织女的故事、嫦娥奔月的传说……

“床前明月光，疑是地上霜。举头望明月，低头思故乡。”城市里的孩子们，恐只能在这样优美的诗句里背诵月色了，而故乡这个温馨的词，在他们的心中，该是月光背后那片看不清的黑影吧。

城市的夜晚是不缺少光亮的。日未暮，即华灯齐放；天已明，仍霓虹闪烁。但就在这无数光源的交织中，城市的夜色被污染。清纯的月色在灯红酒绿中失落，清新的月光被摩天的高楼屏蔽。

“月色就折叠到大衣里了”，史蒂文斯的这句话突然冒了出来。有多少美好的时光被我们折叠，收藏在生活的衣柜里，被一个个的日子堆压，以致在匆匆的岁月里遗忘，褪去了曾经的香馨与鲜艳。

“月是故乡明。”古人的一句话竟道出了现代都市人的心境。而此刻，月色正明，故乡也正在向我走近。落满衣襟的月光，多像一双乡情的手，轻抚我的双肩，要将我一路的风尘拂去。

芦花千秋白

冬日，喜欢彳亍水湄，看芦花。

“燕子东归，鸿宾南下，满眼芦花雪。”绿消红遁，草黄叶枯的日子，芦花的白，在苍茫的天地间显得特别地耀眼，这一片炫目的色彩，令我陶醉。

芦花的花期很长，从头年的九月要一直开到次年的春天。所以，赏芦花不需像赏其他花儿那般赶时赶节。漫长的秋冬里，尽可随意捡个闲散的时日，悠悠地踱出城去，赏那“千里霜月白”的景致。

“野菊他乡酒，芦花满眼秋。”古人赏芦，多在秋天。虽然“秋风冷萧瑟，芦荻花纷纷”，但自认为，芦花的最美处，当在冬。秋时，芦花是灰暗的，总觉少了些风采。只有经历了风霜，那满岸的芦花忽如一夜雪染，才见其风骨。

“蒹葭苍苍，白露为霜。所谓伊人，在水一方。”《诗经》中的这首《蒹葭》恐怕是对芦花的最早描述。蒹葭者即芦苇也。在芦花开满的河岸，我所爱的佳人在水一方，这样的一幅画面，有一丝淡淡的忧伤，有一份若即若离的期盼，美轮美奂，镌刻心扉。

古诗词里，那瑟瑟的芦花往往被文人骚客浸入浓郁的悲剧色彩。“霜浓竹枝亚，岁晚荻花深。”霜浓岁晚，本身就是传统文学中一个忧伤的意境，而芦花的白分明是在忧伤中抹入的一笔惨淡，与凄凉的人生相关照后，自然令人嗟叹感怀了。

在我的记忆里，芦花却是温暖的。贫瘠的儿时，乡下人家的枕头大都是用稻壳做芯，枕在头下，硬硬的不说，一动，还发出沙沙的声响。记得那年秋天，母亲一连几日在村边那几口水塘的芦丛里出入，采回一篮一篮的芦花。经太阳晒过的芦花被母亲装在枕套里，枕在我的头下，松松软软的，那暖暖的冬梦里，尽是母亲落满芦花的身影。年复一年芦花白，而母亲，已是永远在水一方了。

也知道这样一个有关芦花的传说。说是孔子的学生子骞年幼丧母，继母偏爱己生之子，虐待子骞。一日，长年在外经商的父亲归来，带子骞及后子驾车出门拜客。时值隆冬，北风呼啸，大雪纷飞，子骞棉衣厚重却缩头缩脑，其弟衣衫单薄却昂胸挺背。父怒子骞猥琐，挥鞭抽打，鞭到衣破，芦花飞扬。见此情景，父抱子痛哭，回家愤休后妻。而子骞却长跪父前，求其原谅后母。后母深受感动，自此视子骞如亲生。

“芦花浅淡处，江月奈人何。”不管时光如何流转，那深藏在芦花中的人间真情永远感人而暖心啊。

“明月芦花随处有，扁舟自在不须篙。”久陷快节奏紧张压抑的城市生活，郊外赏芦，当是放松心情的一种好方式。漫步堤岸，看芦花旋风作舞，闻渔笛声声入耳，此何等美意。或是驻足水浒，睹“白鸟一双临水立，见人惊起入芦花”，此何等惬意。若是恰遇停泊在芦丛中的一叶扁舟，渔夫相邀，芦花当柴烹鲈鱼，沽酒浅酌话春秋，又是何等快意。

“风肃肃，露娟娟。家在芦花何处边。”彳亍水湄，有时看那一丛银白的芦花，却好似一位满头白发的母亲，孑然立在岸边。

第五辑 闲情

多少人在春天挨近我们身边时，仔细凝视过草叶的生长、认真关注过花朵的绽放、屏息聆听过大自然的歌唱？

其实，真正的春天是在我们的心里。给生活一次松绑，让思想一次放足，凭心情一次飞翔，心田的阡陌之上便花开四季。

“黄鹤一去不复返，白云千载空悠悠。”斗转星移，沧海桑田，但只要蓝天还在，就有白云飘荡。在这个风清气朗的日子，且让我们暂放下尘世的烦琐，看云去。

莫负春光

“春光太无意，窥窗来见参。”大好的春光来到窗前，便让人蠢蠢欲动，有坐不住的感觉。于是，一得空闲，便放足山野，饱享这季节之盛宴。

人在春天里，心便像青嫩的草叶一般充满生机，胸好似蓝天一般广阔辽远。看一看身边的脸孔，没有一张不堆满惬意的笑容；瞧一瞧前后的步履，没有一个不是轻盈如燕。儿童的身影与蜂蝶相追逐，少女的脸面与桃花相映红，即便是耄耋的老者，那满脸的皱纹也在柔和的春风里打开，如绽放的花朵。

大美春色，不忍一人独享。每知一处绚丽景致，总是想约一些朋友同往。然而，得到的常常是一些敷衍搪塞。不是公务缠身太忙，就是家务繁杂抽不开身；不是远方太远，就是身近之景无新颖。于是，春光如流水，落英缤纷渐逝去。真如黄遵宪《遣闷》诗中言：“花开花落掩关卧，负汝春光奈汝何。”

读过冰心的一篇散文《一日的春光》。在写作此文前约两个月的时间里，冰心或是生病，或是杂事缠身。这样的情绪下，她便十分渴望春天的到来。然而，苦苦等待的春天却迟迟不来。湖上冰软了，柳梢嫩黄了……许多次春天刚一露面，就被寒风冷雨驱散。在漫长的寻找等待中，春天竟不知不觉地远去，这种情形难免让她悼惜与憎嫌。然而，春光好似有意，在作者九十日的等待之后，终于让其一饱眼福。冰心写道：“现在回想起来，那天是九十春光中唯一的春天。”就是这一日春光的烂漫、骄奢、光艳与迷人，让冰心饱尝了它所带来的快乐、活泼、力量和生命。

俗话说“春宵一刻值千金”。春天的美好与珍贵，怕是金子也换不来的。李渔在《意中缘·拒妁》中写道：“只怕这有限的春光，顺风儿吹得过去，逆风儿吹不转来，那时节休懊悔也。”可是，有多少人会真的珍惜春光？因为，四季轮回，年年春天，我们往往在岁岁年年花相似中匆匆走过，只是很少意识到，每个春天的到来，已是年年岁岁人不同了。

年轻时，我也曾恣意挥洒过大把的春光，即便一遍遍地背诵着“明日复明日，明日何其多。我生待明日，万事成蹉跎”，也没把稍纵即逝的春光当回事。等到年过半百，才恍然发现，留给自己的春天只剩下了三分之一。与妻相对，相叹沧桑，哪里再有“燕国有佳丽，蛾眉富春光”的青春炫丽。“绣幕奇葩，春光正当十八”的曼妙时光，只能是在回忆中出现了。

“有花堪折直须折，莫待无花空折枝。”前人之训，今人常常忘记。有惊醒者如歌手汪峰这样的，苍凉唱道：“凝视着此刻烂漫的春天，依然像那时温暖的模样，我剪去长发留起了胡须，曾经的苦痛都随风而去。可我感觉却是那么悲伤，岁月留给我更深的迷惘，在这阳光明媚的春天里，我的眼泪忍不住地流淌。”

行驶在大美的春光里，我的耳边一直循环回响着这首歌的副歌：“也许有一天，我老无所依，请把我留在，在那时光里。如果有一天，我悄然离去，请把我埋在，在这春天里。”心中在想：即便风雨沧桑，再不负春光。

春耕

“布谷飞飞劝早耕，春锄扑扑趁春晴。千层石树通行路，一带山田放水声。”这是清人姚鼐的《山行》，诗人给我们描述的，正是一幅热闹而美丽的春耕图。

“三月田沟走水浑，机耕机播绿村村。溪垟日暮鸡声远，白鹭新留埂上痕。”这是今人写的春耕诗，与古诗不同的，是诗中反映了现代农村机械耕种的情景。虽然机耕已是比较普遍，但扶犁呵牛的原始耕作方式仍时见田间地头，也成为田园风光中一道美丽的风景线。

油菜花开的日子，正是我生活的长江中下游平原春耕时节。这时漫步乡野，风景秀丽宜人。油菜花把大地铺成了一张金黄的地毯，粉红的桃花、雪白的梨花好似地毯上耀目的点缀或是镶在毯沿的花边。放目四野，总会看到田间耕作的身影。或是握锄在青青的麦垄间锄草松土，或是在新翻的土地上撒籽播种。最是那扬鞭牛耕的情景，让人感觉到古朴而浓郁的乡村风味。

“到了惊蛰节，锄头不停歇。”我国大部分地区在惊蛰前后即进入春耕。春耕、夏耘、秋获、冬藏。春耕是一年农事的开始，所谓“春播一粒种，秋收万颗籽”。没有春天的耕耘，哪有秋天的收获。北方也有农谚称：“春天多锄一遍，秋天多打一面。”以此提醒人们重视春耕。

在古代，连贵为至尊的皇帝在春日里也亲力耕犁，以示劭农劝稼、祈求年丰之意，谓之“亲耕”。

至清代，皇帝亲耕已成礼节，一般选在二三月一个吉利的日子举行。皇帝亲耕前，先要到西苑（今中南海）丰泽园前的演耕地里练习一番，以免亲耕时生疏。正式亲耕之日，一清早，皇帝就乘舆前往城南的先农坛，先祭拜先农，然后到观耕台前的瘠田里执鞭驾牛，扶犁耕播。在一片鼓乐赞歌声中，一般往返来回三趟，便完成了“三推三返”的亲耕礼。

皇帝亲耕，不过是个礼仪，但也有皇帝当真耕田的。据记载，康熙四十一年，康熙帝在京南的乡间视察春耕情况，曾亲持犁器，一气儿耕了一亩地。当时共有万人观看此景，大学士李光地特为文勒石，以志其事。

一年之计在于春。自古至今，上至九五之尊，下至黎民百姓，无不知晓春耕之重要。所以世世时时有人“欲乘长日劝春耕”。

“微雨众卉新，一雷惊蛰始。田家几日闲，耕种从此起。”春雷阵阵，雨后花艳，农家田间耕作，播下种子，也播下了一年的希望。

其实，人生又何尝不是一亩田。若不抓紧“春耕”劳作，哪有未来丰硕的收获。

春种一棵树

已经记不清什么时候种过树了。隐约记得，大概是十几年前吧，单位组织一批人在山脚下的一条泄洪沟边植树，那应是我至今种下的唯一一棵树。几天前，正好路过那条沟，见沟边的一排树木粗壮高大，用手抚摸着树干，心头生出一丝自豪，也生出一份感慨。当年植树的人虽已是青春不再，但这些树却正是风华正茂呢。

《山海经》里有“夸父逐日”的传说，说夸父临死前“弃其杖，化为邓林”，反映了我们祖先植树造林遗福后人的美好理想。《礼记》上也有“孟春之月，盛德在木”之句，告诉人们在春天植树，是最大的德行。

前段日子，有在北方大城市工作的亲友回乡探亲，相聚时，说家乡的白菜都比那个城市的好吃，特别的清爽。原因在于他工作的那个城市不但空气污染严重，且经常遭遇沙尘暴的袭击，蔬菜自然比不得山清水秀的家乡的清新爽口。

有一段日子，许多城市遭遇雾霾天气的报道不时见诸报端，这是以前没有过的情况。可见这些年来社会的发展在生态环境上付出了多重的代价。

据记载，夏禹时，我国即出现了保护林木的行政法规。《逸周书·大聚解》上说："禹之禁，春三月，山林不登斧，以成草木之长。"古人尚且知道在春天里不动刀斧以利草木生长，可现代社会的发展却以山川植被的破坏来营造经济的繁荣，这样的后果必然要遭受自然的惩罚。

小时候，曾看到有人被挂着"破坏绿化罪"的牌子游街示众，可见在当时对绿化的重视和对破坏绿化的打击程度。但这几十年来，再未见过"破坏绿化"这项罪名。滥伐乱砍的报道虽时见媒体，但欲加之罪却患无辞。因为滥伐乱砍的背后往往都是堂而皇之的发展理由。

每年的植树节前后，从中央到地方都在轰轰烈烈地开展植树活动。但这样一个"功在当代，利在千秋"的活动也渐渐地流于形式。往往是单位组织一帮人，找一处荒地，草草地栽上几棵树就了事，谁还再管它春夏与秋冬。而许许多多的单位则把经济发展作为头等大事，哪还管什么植树的小事。比如我工作的单位，十几年都没有开展植树活动了，绿化嘛，自然由专职的部门去做。

史记，南北朝时，北魏孝文帝取消山泽之禁，给百姓分田植树，且对种树做了具体规定和指标："男夫一人给田二十亩，课莳余，种桑五十树，枣五株，榆三根"。隋炀帝虽然是个穷奢极欲的皇帝，却对植树极为重视。据《开河记》载，他亲自种柳，赐柳为杨（皇姓），下令在开挖大运河的同时，要在河旁植柳，并给予奖励："柳一株，赏一缣"。后来，千里运河出现了岸边绿柳成荫的景观，可谓杨广的一大功绩。

20世纪50年代中期，毛泽东就曾号召"绿化祖国""实行大地园林化"。但几十年过去了，我们的沙漠化越来越严重，我们的水土流失越来越严重，缘于我们种植的速度赶不上垦伐，缘于我们的绿化的步履赶不上污染。

前人栽树，后人乘凉。植树的意义，不仅仅是种棵树，它是一种绿色低碳的生活理念，更是留一份财富给后人的“盛德”。十年树木，百年树人。当绿色的理念能够植入每一个人的心里，这世界才能真正的山清水秀，日朗气清。

陌上花开

“春天在哪里呀，春天在哪里，春天在那青翠的山林里……”走过幼儿园的门口，听到小朋友们正在唱着这首《春天在哪里》，心有所动。

正是阳春三月，知道春天早已跨过长江，来到了我所居住的这座江北城市。日日行走在钢筋水泥的城堡中，虽不见春风杨柳万千条，却已是拂面不寒杨柳风；虽难历睹春江水暖鸭先知，却在过手不寒的自来水里，感觉到了远方的那面湖泊该是一片氤氲生机了。

城市的道边树一般都是四季常绿的樟树、万年青之类，步履匆匆，是很难发现枝叶间季节的变化的。城里的人更多的是凭气温的升降来感知时令的更改。比方春天来到我身边的这个城市，人们最直觉的感知，是爱美的姑娘小伙们早早地脱去了臃肿厚重的冬装，花枝招展地在人生的T台上展示着青春与靓丽。

“春天在哪里，春天在那青翠的山林里……春天在哪里，春天在那湖水的倒影里……”然而，越来越加快马力的生活很难停下迈动的频率，人们偶在紧张的工作学习间挤出一点缝隙，在城市内的公园、绿地里欣赏一下人工雕琢痕迹太浓的春天，像一只只风筝一般，被一条无形的绳子牵着，在一方蓝天稍稍释放一下负重的心情。至于青翠的山林、湖水的倒影，只能时常出现在记忆和文字的描述里了。

好在我工作的当地最大的一家企业，地处城郊的山麓下。每天上下班，专线班车要经过一片城市里的乡村。于是，从那农家小院探头的红杏，从那金黄地毯般的油菜花地，从那山坡上如水彩般点染的一两抹桃红……一部春天的大片过电影般地从车窗口一帧帧地播放，让我奢侈地欣赏，尽情地挥霍享受。有时转眼车内或一脸倦容地打盹、或张长李短闲唠嗑的同事，不免打心里为他们惋惜。

宋时，吴越王钱镠思念回临安探亲的王妃，但时值春暖花开，于是身居杭州城的钱镠在给爱妃的信中写道：“陌上花开，可缓缓归也。”是啊，刻骨之爱也难抵消受春天之宝贵啊。

“春天在哪里，春天在那小朋友的眼睛里。看见红的花呀，看见绿的草，还有那会唱歌的小黄鹂……”春天在我们的眼里，是红的花绿的草，是鸟声婉转山翠湖青。但有多少人在春天挨近我们身边时，仔细凝视过草叶的生长、认真关注过花朵的绽放、屏息聆听过大自然的歌唱。

其实，真正的春天在我们的心里。给生活一次松绑，让思想一次放足，凭心情一次飞翔，心田的阡陌之上便花开四季。

婆婆丁

春天的山野，随处可见一朵朵菊花样的小黄花，那是一种在乡下被称作婆婆丁的小野花儿。

说婆婆丁，许多城里人是不知道的，说它的另一个名字——蒲公英，大家就都知道了。

蒲公英长着翠绿锯齿状的扁长叶片，花开过后，顶端结出一个松散的白绒球。风一吹，绒球就分离开来，在空中飘浮飞舞，神似一个个小小的降落伞。我一厢情愿地认为，结了绒球的才叫蒲公英，而结球之前，应叫婆婆丁。婆婆丁，婆婆丁，叫着多么亲切，有一种浓浓的乡情味。

婆婆丁花开前后，正是青黄不接的日子。在我童年时，乡下拮据人家，会在田野里挖回一篮篮的婆婆丁作为辅食，以缓米屯之虚。

曾和小伙伴一起在故乡的山野挖过婆婆丁。母亲会将挖回的婆婆丁洗净，用开水烫一下，在锅灶上略一翻炒，用作佐餐的菜肴。记忆中，那只加了一点盐的婆婆丁，十分的苦涩，难以下咽。

现代生活，富裕起来的人们吃腻了圈养的荤腥，便想起那些野生的菜蔬，于是，婆婆丁这些被遗忘的野菜，开始成为餐桌上的宠爱。也曾在酒店饭馆里吃过一些婆婆丁菜肴，比如婆婆丁炒肉丝、婆婆丁饺子等，味道真是鲜美，哪里还有记忆里的苦涩。即便是最简单的凉拌婆婆丁，入口也是那么的鲜嫩清香。我想，这不单单是烹饪手艺精湛、调料充足的问题，怕是这份小小的野菜里，饱含了值得咀嚼的浓浓生活味吧。

粗粮菜的日子，经常有孩子便秘，乡下人便采回一些婆婆丁茎叶烧水让孩子喝，很起效果。怪不得一些地方还叫婆婆丁为尿床草。记得一次得腮腺炎，母亲也采回一些婆婆丁叶，捣碎后加鸡蛋搅成糊状，敷在我的腮帮，很快就止痛消肿。后来知道，婆婆丁真是可以食药并举，药效主要就是清热解毒，利尿散结。这在中国古代的许多医药典籍上皆有记述。

“一风消逝一风刮，半似愁茸半似花。千里迷茫千里路，也无伴侣也无家。”每每看见婆婆丁，便想起乡下的童年，想起童年时的小伙伴，只不知几十年后，他们身在何方，生活怎样。

蒲公英的绒球随风飘浮后，落到哪，就在哪生根发芽，无视土地的丰腴贫瘠。这多像那些散落乡野的芸芸众生。

童年时，和小伙伴们手持绒球，用力将一柄柄小降落伞吹向天空的情景，记忆犹新。因为，那是我童年里的一个十分美好快乐的记忆。

蒲公英的花语是——无法停留的爱。在那满山遍野绽放的小黄花上，我模糊看到了亲情、乡情的模样，那一株株不起眼的婆婆丁，让我记得起乡愁。

香椿情浓

去菜市场买菜，见一农人面前的竹筐里摆放着许多嫩青的叶儿，散发着诱人的香馨——这不是香椿头吗，原来乡下的椿树又已发芽了。

买下一把香椿头，心里却在感慨，久居城市，岂止是对季节的变幻麻木，就是那浓浓的乡情，也在喧嚣的生活里淡远了。

对香椿有着一份特殊的情感。

即便是在乡下，香椿树也是不多见的。记得小时，村前屋后，多的是一种不能吃的椿树，俗称“臭椿”，树上爬着一些扁扁的小虫，身上散发着一股骚臭味。能吃的“香椿”，村中只有两棵，一棵在一远房堂叔的院子里，一棵就在我家的屋前。

香椿树难成料，那时又不兴做买卖，乡下便没人去栽，完全是自生。因堂叔院子里的那棵看得紧，每当杏花凋谢，香椿发芽，嫩黄的芽叶生满枝头的时候，就有村人到我家的屋前采摘，尝个新鲜。与和善的母亲打声招呼，或攀爬、或勾拽，就将一把青嫩嫩的椿芽儿采了去。有客气的，来时还会带上两三个鸡蛋什么的。

香椿头可以凉拌着吃，也可以腌了晒干后存放。最常见的吃法是炒鸡蛋。那时候乡下都烧柴草，灶台上的锅很大，每当母亲用香椿头炒鸡蛋时，一屋子都飘荡着沁人的芳香。直到现在，每当吃到香椿头炒蛋这道菜，眼前总浮现母亲在灶台前的那片氤氲里，挥动锅铲的身影。

远离故乡，在城里生活了几十年。椿树发芽的日子，偶遇乡邻进城带来几把香香的叶儿，总感觉比菜市场、超市里买的香郁，是那叶芽儿里饱含着浓浓的乡情吧!

一个春日去乡下，亲戚家的院子里有一棵高大的香椿树，下面的叶芽采光了，上面却是一片嫩绿。问怎么不摘了，说是太高了，再说现在吃得东西太多，也不稀罕了。我立即脱了外套，用小时候锻炼出来还没忘却的爬树本领攀了上去。不一会儿，小院子里便落满了香椿芽儿。回家后，我依照母亲的做法，用盐腌了，却不晒，用大玻璃瓶装了放在冰箱里。那个春天的芳香，陪我浅酌慢饮了漫长的时光。

记忆最深的是在北京流浪的那个春天。在身经了打拼的艰难及生活的困苦，心历了人世的冷暖和友情的淡漠后，一个中午，我疲惫地落脚在路边的一家小饭馆。香椿头炒蛋——贴在墙上的菜谱一下子就勾住了我的眼睛。等一盘热气腾腾的香椿头炒蛋摆在我的面前时，我再也控制不住自己的眼泪。我想起了灶台前那片氤氲里母亲的身影，想到了故乡……

年年春天，年年香椿发芽，让我把亲情与乡情的芳香和温馨一直品尝。

栀子花开

唐代诗人王建有首《雨过山村》："雨里鸡鸣一两家，竹溪村路板桥斜。妇姑相唤浴蚕去，闲看中庭栀子花。"那天去乡下，未进农家院，便已嗅到一缕绵浓的芳香——是熟悉的栀子花的香味。果然，院中正有一棵栀子花蓬勃开放，满枝头的白花炫目耀人。

朋友见我久在栀子前盘桓，便摘了十几朵洁白的花儿送我。满心欢喜地带回家，养在水中，满屋飘散着栀子花的香气，令人神清气爽。

在乡下，有两种花，人们喜欢佩戴在身上。一种是木兰，一种即是栀子。因为这两种花的香气十分浓郁。很久以来，我一直认为木兰花的香气有点娇贵的成分，而栀子的香味才是平民的味道。

初夏，栀子花开的季节，若你正行走在南方的乡村山野，村陌巷舍间，可时常遇见那些佩戴栀子的女子。上年龄的，喜欢将栀子别在对襟褂的前胸，小媳妇大姑娘喜欢将栀子斜插鬓角乌发，而小女孩则爱将栀子扎在麻花辫梢。

小时候在乡下，未见过哪户人家养花草。是觉得矫情，还是在解决温饱之外难以顾及逸致闲情，但大多数人家还是喜欢在房前院后养一两株栀子。

过去，农家屋前都有一个垒砌的土台，用来晒酱晾菜。记得我家的栀子就栽在土台边，郁葱茁壮的一棵。春末夏初，栀子花开，母亲每日摘下一些，或是夹在床头的蚊帐上，或是放置案头，三间简陋的农舍便盈满香气。

妹妹的辫梢上，往往是含苞欲放的两朵。一跑动起来，两条辫子摆动跳跃，仿佛两只小蝴蝶在脑后飞舞。母亲也喜欢将一两朵硕大的栀子别在发间或胸口，她忙忙碌碌地走过我们的身边时，总是拂过那缕特别的香味。这缕香味是栀子又有别于栀子，几十年来一直存储在我的记忆里。

现在想来，为什么这么喜欢栀子的香味，怕是这香气对我来说，就是乡情的味道，亲情的味道，母亲的味道吧。

杜甫的《栀子》诗云："栀子比众木，人间诚未多。于身色有用，与道气伤和。红取风霜实，青看雨露柯。无情移得汝，贵在映江波。"对于我来说，是没有什么花朵能替代栀子在我童年里的记忆了。

乡间普通的栀子，其实也有过显贵的岁月。因为栀子可以提取黄色的颜料，在古代，皇家衣着的富贵黄，就是用它浸染。只是后来有了替代，才回到民间。所以杜甫诗中言"于身色有用"。

岂止是香有味、色有用，栀子花还可入肴。幼时，就吃过母亲用栀子花炒韭菜、凉拌栀子花、栀子蛋花汤。只是现在已回味不出当初的味道，就像离我愈来愈远的故乡的模样。

十年前，何炅曾演唱过一首《栀子花开》，虽然歌是唱给即将分手离开校园的同学们，但其中的歌词令我难以忘怀："栀子花开，如此可爱，挥挥手告别欢乐和无奈。光阴好像流水飞快，日日夜夜将我们的青春灌溉。栀子花开啊开，像晶莹的浪花盛开在我的心海；栀子花开呀开，是淡淡的青春纯纯的爱……"

开在童年的红花草

春天，去郊外的一家农庄踏青，赏春之余，尝农家土菜。餐间，服务员端上一盘绿油油的青菜，一箸入口，鲜嫩无比，满口淡淡的清香。问主人这是何菜，答是红花草。

哦，原来是红花草？久违了。品着香嫩的红花草，眼前便浮幻出那满野红花盛开的景象。

红花草目前在乡下也已是很难见到。在我儿时，春天的田野间，是到处可见整片盛开的红花草的。那时的乡下物资匮乏，化肥很难买到，村里的生产队也买不起，就在每年秋末冬初收割后，将红花草的种子撒在土地，等春暖花开，再将满地盛开的红花草翻耕入土，作为肥料。

红花草是乡下的称呼，它还有一个美丽的名字，叫紫云英。这是我后来上学后，读到周作人的文章《故乡的野菜》才知道的。文章中写道："扫墓时候所常吃的还有一种野菜，俗称草紫，通称紫云英。农人在收获后，播种田内，用作肥料，是一种很被贱视的植物，但采取嫩茎瀹食，味颇鲜美，似豌豆苗。花紫红色，数十亩接连不断，一片锦绣，如铺着华美的地毯，非常好看，而且花朵状若蝴蝶，又如鸡雏，尤为小孩所喜，间有白色的花，相传可以治痢。"

用作肥田的红花草，乡亲们也用它来做饲料。花未开时，曾跟随母亲到田间，割上一些嫩茎，回家喂给圈内养的猪。红花草的茎、叶柔嫩多汁，叶多，富含多种营养，为猪、马、牛、羊等喜食，是优质的草饲料。据说，现在有些地方还专门种植来牧养牲畜。

母亲有时也将割回的红花草拣出一些极嫩的茎，洗净，拍两个蒜子，在灶上的大锅里爆炒，作为佐餐之菜。偶尔，也见母亲打上一两个鸡蛋，将红花草的嫩茎叶下锅做汤。菜和汤虽然都香嫩鲜美，但在我小小的心里，感觉与家中的猪同吃一样的东西，有着难言的抵触情绪。在那难得见油荤的日子，哪里有什么绿色食品、天然野味的想法。母亲不过是在捉襟见肘的日子中，用红花草这类野菜来调剂生活罢了。

当然，红花草在母亲的手中还有其他的用处。记得一次风热咳嗽，母亲便将红花草的籽加水烧给我喝，治好了我的咽喉疼痛。

红花草留给我最快乐的记忆，是在满田野红花盛开的时候。随母亲去地里干活，会在紫红色的花海里捉蜜蜂追蝴蝶，或是躺在柔软如地毯的红花草上，看蓝天上白云飘荡，鸟儿飞翔。上学的路上，会摘下几朵小花插在柳条编就的花环上，戴在头顶。放学时，一帮小伙伴们会在花丛中打滚翻跟头，尽情撒欢。而我的妹妹则喜欢将一枝枝紫红的小花朵整齐地夹在书页中，用它的香气来熏染课本。

漫田野花开的时候，紫红的花海里总会突然间冒出一两个帐篷房，那是南方来的养蜂人寻着花开的足迹来放蜂采蜜的。那些褐色的蜂箱在垄上摆开，传入耳鼓的是嗡嗡的声音，仿佛阳光之弦被成千上万只蜜蜂的翅膀拨动，让小小少年们新奇而兴奋。

虽然年年看养蜂人在家乡的田野放蜂采蜜，却从未吃过红花草酿的蜜。后来进了城，才在商场里买到标注为紫云英的蜜。一匙琥珀色的蜂蜜入口，清甜芳香，仿佛嗅到那漫山野风吹花摇的清新草香。只是母亲去世的早，没能赶上好日子，不知道母亲一生中有没有尝过这般清甜的蜜。

红花草的花很小，花色是明艳的紫，在我眼里宛如袖珍版的莲花。它也如同莲花一般安静与落寞，在风中轻轻地摇曳，仿佛人世间的喧嚣都在身外，无声地开，无声地落，最后化作泥土，融入乡野。

枇杷缘

初夏之日，去乡下走亲戚。远远就见那熟悉的院落有一抹耀眼的金黄。及至走近，看清原是一树枇杷正在黄熟，真是赶上了好口福。

亲眷从树上现摘下一盘枇杷，洗净，端上来。那带着水珠的黄灿灿光洁如蜡的果子，未及入口，就已诱人口水了。

与亲友品着酸甜的枇杷，拉家常，话桑麻。闲适之余，想起苏轼的诗句："客来茶罢空无有，卢橘杨梅尚带酸。"曾经有人问苏轼，卢橘是什么。苏轼答：枇杷是也。一些典籍里也注解：枇杷，一名卢橘。其实，这都是文人的误解误传。本草专家李时珍即予更正："注《文选》者，以枇杷为卢橘，误矣。"

只是，为何将此果子称为枇杷，我不得其解，于是向乡人请教。

亲戚拿起一把水果刀，将盘中的一枚果子一切两半，说，你看，这切开的半个枇杷像不像乐器琵琶。一眼看去，那一半枇杷还真是十分类似一把超微型的琵琶。原来，枇杷就是谐琵琶之音而来啊。

亲友还与我说起一个小笑话。说过去有一个读书不多的人，差人送枇杷与一秀才朋友，并附函：送上琵琶一篮云云。秀才收到枇杷和字条，一笑，提笔回书一封差人带回。打开一看，是一首打油诗，诗曰："枇杷不是这琵琶，只为当年识字差。若使琵琶能结果，满城箫管尽开花。"诗虽俏皮，但若不是很好的朋友，如此一面吃着人家送来的美果，一面调笑，还真让人觉得不是滋味呢。或许这位秀才也不知道，此枇杷就是借彼琵琶之形之音呢。

“大叶耸长耳，一梢堪满盘。”站在院里的枇杷树下，抬眼望去，发现杨万里的描述真是准确。枇杷树的叶子长如兔耳，而每一枝头累累相叠的果子确是“一梢堪满盘”。

医典《本草新编》记述：“枇杷叶，味苦，气平，无毒。入肺经，止咳嗽，下气，除呕哕不已，亦解口渴。”住在城中，偶遇伤风咳嗽，也经常到药店去买一些川贝液、枇杷止咳露之类。我知道这些药剂也就是以枇杷叶为主要成分熬制而成。于是，亲戚让我多多地采一些叶片回去，放在家中备用。笑说“这是纯天然的民间药品，真正的绿色无污染无副作用，省钱又治病。”

“树繁碧玉叶，柯叠黄金丸。”一树绿叶，满枝头金黄，硕果累累的枇杷树，给人以富裕满足之感，也映衬出农家小院的幸福平和之景。曾经看过某国画大师的枇杷泼墨，题为《黄金满树》，真是大俗大雅。

亲戚告知，院里的这棵枇杷树是十几年前一次吃枇杷，吐核于院角自生而来。平时从不维护，却茁壮生长，结果丰硕。不像它身旁的几棵桃树，修枝施肥，精心养护，却枝头青果稀疏。真是“有心栽花花不发，无心插柳柳成荫”。

明代沈周有枇杷诗云：“谁铸黄金三百丸，弹胎微湿露渍渍。从今抵鹊何消玉，更有锡浆沁齿寒。”黄金天铸，美味天生。然世间万事万物自有其机理机缘，就像我偶遇的口福，就像这棵偶生的枇杷树。

蔷薇蔷薇处处开

这是五月的一场雨后，俯瞰窗外，见楼下绿地一隅有粉白的花朵密密绽放。知道是那蔷薇开了，心中不免一声轻叹，又是一年春去也。

下楼，踱到那丛蔷薇前，见那淡粉的花瓣上挂着几颗清亮的水珠，仿佛知我心事般，对那将逝的春光留恋。那风中摇曳或含苞或绽放的花骨朵儿，又分明是对一个灿烂日子的向往。

这是几年前自生的一株蔷薇，无人料理，却越来越繁茂旺盛，年年花开花落，并蔓延成丛。春夏交替的日子，它的一抹靓丽，点缀在这片灰白的高楼间。

蔷薇与玫瑰、月季并称为蔷薇科的“三姐妹”。在我眼里，玫瑰雍容华贵，像一位满身珠光宝气出入宫殿的贵妇人，高不可攀。月季则似那曲径通幽里的大家闺秀，虽可时于街头巷尾一睹芳颜，也非轻易地可望可及。而蔷薇却似散落在乡村大地的贫民女子，不娇贵，不矫情，随遇而安，葱郁生存。

城市逐渐被钢筋水泥覆盖。闪烁的霓虹灯下，我们会在情人的手中看到玫瑰的娇艳；栏栅后面那些画地为牢般的花坛里，也常见到月季搔首弄姿却有点无精打采的身影；而蔷薇，已是踪迹难觅。

我现在居住的这片小区，多年前是城中一块林木茂密的山坡地。我的家在拆迁之前就在山坡下。每年五月，山坡上丛丛蔷薇绽放，把春天开到浓烈而艳情。那时，家里有一个很大的院子，也有一棵自生的蔷薇，被父亲精心地养起，浇水、施肥、剪枝，成蓬勃的一丛，依着院中的几块太湖石灿烂地开，让满院生辉。

有时看着楼下的这丛蔷薇，我心生疑惑，是山坡推平后那些野蔷薇留下的根须，还是父亲尽心养护的那一株，把极强的生命深蕴在土层之下？如此相似的花瓣，如此相似的粉白，与我情感里的花影相呼应。

“蔷薇蔷薇处处开，青春青春处处在……”依稀记得是陈蝶衣写的老歌吧。然而，城市越来越大、越来越高后，春天也是越来越短了。当你还未从一缕风的温柔、一棵草的青嫩、一片阳光的灿烂里认真地领略一下春天，春天就随着飘落的花瓣凋零了。就像楼下的这丛蔷薇，在短暂的时光里，泼辣辣地开，又呼啦啦地谢，成为这个春天的缩影。

抬眼朝楼上看，有几家阳台上花盆里的月季孤单单地红着。心中在想，那溪畔垄旁园边地角，密密丛丛的蔷薇应是红湿满枝，把最后却是最美的春天尽情而无拘地展示吧！

紫藤花开烟雨中

阴雨绵绵的春日，闲居室中。

偶瞭窗外，一团淡紫突然映入眼帘，仿佛谁在宣纸上随意抹上的一笔，融融地渲染开来……凝眸观望，原是楼外绿地上的紫藤开在蒙蒙烟雨中。

心中陡然生起一种莫名的情绪，像一缕雾气，在眼前缭绕，却又不可捉摸。

是一缕淡淡的忧伤？是一丝浅浅的牵挂？是一点空空的失落？分明又是暖暖的，有一丝丝的甜蜜，一丝丝的缠绵，像杯口袅绕的氤氲。

首先想起的，是一个叫紫藤的网友。就像窗外的那抹紫色，模糊的只剩下一个身影，像一张被时光侵蚀的老照片，虽极力分辨，却已看不清容颜。

那是一个我开博不久，喜欢到我博内读我诗歌的女子，依然模糊地记得，她一个人生活，有一个女儿，却很阳光，像盛开的紫藤一般烂漫。一段时间内，我也常在她的博中留足。来来往往，就似乎有了超越陌生的友情。那时，我应约为一些渐熟的博友写诗，其中就有写给她的一首："在芊芊草地之上/我看见这些紫色的心情/如此浓烈地盛开/占尽/春天的风光//以花朵的语言赞美春天/却又被一位诗人赞美/这都是因为春天/这都是因为/垂挂在春天之上的/这片紫色……"

后来，由于技术及服务上的原因，我离开了那个博客网站，她虽也随我之后在另一家网站开博，可不知什么原因，竟渐渐地断了联系，一如窗外的那架紫藤，在烟雨中遥远而模糊着。

雨飘荡，紫藤朦胧，思绪有点湿漉漉的了。这时候，许多走远了的身影在我的脑海里一一送迭，像一张张刚被曝光的照片，放到我人生的显影液中，越来越清晰地显现。

呵，那逝往的日子，那流失的青春，那曾经的情感，那逝去的亲情……突然地涌入这个绵绵阴雨的春日，紫藤一般地缠绕着我，用一团紫色浸染着心室。

想起 S. H. E 的那首《紫藤花》，于是在电脑上点开歌曲，歌声邈邈慢慢入我的思绪里：

“我缠绕的深情，寻觅你像蒸发的背影；我垂坠的心情，摇曳不出声音。精彩没结局的戏，我们像不像电影？当看着我的人都散去，我才看见我自己……最折磨的不是别离，而是感动的回忆，让人很容易站在原地，以为还回得去……”

时光如落雨，覆水难收。可那一个个“蒸发的身影”，或有意或无意地连缀着我的人生，这些烟雨中紫藤花般的身影，让我的生命多了一份回味，多了一份精彩。

雨突然停了，阳光下的紫藤花那么清晰、清新，挂着泪滴。

莲 池

池者，自然不大。一汪水，一洼塘，寻寻常常。但只需几片莲，一两朵静静地绽放，这随处可见的一汪水泊就立显不凡，有着特别的气场。

“莲之出淤泥而不染，濯清涟而不妖，中通外直，不蔓不枝，香远益清，亭亭净植，可远观而不可亵玩焉”，而被喻之“花之君子”。

离我们九百多年前的某日，一个叫周敦颐的儒者，伫立赣州的一个莲池边，凭栏放目，触景生情，爱莲花之洁白，感宦海之混沌，写下了著名的《爱莲说》。抒写出莲之高洁风雅，也成就那方水池为天下第一莲池。

住在钢筋水泥的城堡中，那一方小小的莲池，对于脚步匆匆的现代人来说，几是一种奢望。莲的沉静与纯洁，莲池的自然与率性，莲池边的闲适与沉思，离现代生活越来越遥远。

单位曾在办公楼前的绿化带里砌起一个水池，中有喷泉，周围用大缸养了几蓬莲沉在水中。夏日，莲叶浮水，莲花盛开，在刻板的生活中营造出一方诗意。

可没两年，池中的莲即香消玉殒，只剩下一汪死水。莲毕竟不是浮萍蓝藻，无根无系，失了那一方“接地气”的淤泥，终不得“亭亭净植”。

“接天莲叶无穷碧，映日荷花别样红。”家住大湖边，这样的美景自然常见。但私下里却将荷与莲区别开来，不能认同植物学中莲即荷这样的等称。

莲叶墨绿或红褐，形如蒲扇，浮水而生。而荷叶则如被风吹翻的绿伞，有清晰的“伞骨”，出水而立。莲花的花束相对于荷花也显得娇小，花瓣如玉，玲珑剔透。

莲出淤泥而不染，又非常香洁，与菩萨在生死烦恼中出生，又从生死烦恼中开脱暗合，因而成为佛教的一个象征，有“莲花藏世界”之义。

按佛教的解释，莲花是“报身佛所居之净土”，故菩萨皆以莲花为座。“又以诸华皆小，无如此华香净大者。”除了莲花在众花中最大最盛、代表庄严妙法，莲花柔软素净，坐其上花却不坏，更可以展现神力。莲花就此升华为天上之花，与人中之花有别。

而佛教中的莲花，也包括荷和莲不同种类，但只有大乘佛教的佛像座用荷花。

莲花的圣洁，象征佛的红尘超脱，四大皆空；莲花花死根不死，来年又发生，象征着生死轮回。故许多寺庙前皆有一座莲池。

在“九峰如莲华”的佛教圣地九华山，在祇园寺前的那片莲花池边，我听到了这样一段禅语：释迦佛好比拥有一座花园的人，园中开满莲花。我们羡慕他园中的莲花，甚至梦想到那里享受花香。释迦佛告诉我们，如果从此时此地开始，我们一棵一棵地种植莲花，等莲花开放时，我们就不必到他的花园里，也已生活在花香之中。

对于芸芸众生，那一方莲池又是怎样的象征？莲池是景，更是一种喧嚣生活里的向往，是我们心里的一片幽香，是生命里的一池禅悟。

“清水出芙蓉，天然去雕饰。”只要心如一朵莲，生活就是那一方清池。

楮树丛生

住宅楼光秃秃的拐角处生出一丛绿来，仔细凝视那心形的带粗齿的叶片，认出是楮树。正暗自欢喜了没几天，却被环卫工连根铲除了。

炎热时节，也正是楮树果熟的日子，想那原野之上红艳艳的楮果应是挂满枝头了。

在我的记忆中，楮树躯干不挺拔，即便偶见一人合抱的老树，也是枝干扭曲、盘根错节。因此，很少有人用楮树作木料，也基本无人去种植，它的生长也就完全是自然的繁衍。

但楮树的生命力极强，山野田间，坡头沟畔，常可见他们茂密的身影。只要有一棵楮树，不经几年，往往就会生出一小片楮树林来。

孩提时与楮树结识，是喜欢在夏日里攀到它的树干上，捉一种背壳分金银两色的甲壳虫，只知道金色的被称作“金妈妈”，银色的叫“银妈妈”，具体什么缘由，至今也不清楚。捉到的甲壳虫，用一根薄薄的篾棍插在它的颈壳下，轻轻一摇，甲壳虫就会展开翅膀不停地飞舞。将飞舞的甲虫凑近汗津津的小脸，会有微风拂面，似乎感觉特别的舒心和快乐。

初夏时，楮树会结出一个个青杏般的果子。进入盛夏，果子成熟，外形极似杨梅，但不是杨梅的紫，而是鲜艳的红，诱人无比，令人垂涎。有孩子忍不住想摘了吃，立即就有其他小伙伴大声阻止，有毒啊，不能吃！于是，我周围没有一个孩子品尝过楮树果的滋味。

后来读《本草纲目》，见上面记载：“雄者皮斑，而叶无丫杈，三月开花长成，穗如柳花状，不结实。歉年人采花食之。雌者皮白而叶有丫杈，亦开碎花，结实如杨梅，半熟时水澡去子，蜜煎作果食。”原来，楮果真的可以吃的。

只是，后来再见楮果，也没有伸手采摘品尝，一是年龄的矜持，一是感觉楮果上时见虫蝇飞爬，实是不卫生。回想起来，少年时楮果有毒的恐吓，该是大人们怕孩子们吃了生病，故意歪曲吧。

城市未大规模拆建前，家里住的是几间平房，围了一个大院子。院子外，沿墙自生了一片楮树。被楮树掩隐的那一间屋是夏日里最凉快的。入夏以后，父亲便住进这间窗前楮叶婆娑的屋子，读书写字。楮枝太密的时候，会挡了风，父亲和我就越过墙，将茂密的楮树砍去一些。

被砍断的楮枝，会流出浓浓的像奶汁一般的浆水，弄到手上很黏。后来听人介绍，楮树汁可以治脚气、皮癣之类，有奇效。正好那一个夏天我染上脚癣，便按照民间的方子，每天用楮汁涂擦两三次，一个多星期后，果真是痒消癣退。

楮树叶子两边毛茸茸的，柔软而有韧性。母亲经常用它擦洗杯碟，特别是杯子里结下的陈年茶垢，经楮叶一擦，光洁如新。

据说，楮树的叶皮不但是生产优质纸张的上佳原料，还是饲养牲畜的好饲料。现代研究又显示，楮树极能抗二氧化硫、氟化氢和氯气等有毒气体，是大气污染严重的工矿区极佳绿化树种。

树无名如人无名，文字记述也很少。网络文史，有两则诗文可记。

苏东坡晚年被贬儋耳，准备在居所后面建个小花园，见院角即有一老楮树，长得甚是茂密，想砍之，后听说其用甚广："肤为蔡侯纸，子入《桐君录》。黄缯练成素，黝面頮作玉。灌洒烝生菌，腐余光吐烛。虽无傲霜节，幸免狂酲毒。"于是"投斧为赋诗，德怨聊相赎"，写下一首颇有同病相怜之意的《宥老楮》。

明代的袁中道在《楮亭记》中记述：其"有莲池二十余亩，临水有园，楮树丛生。"于是就想在园中建一凉亭，有人劝他，"此不材木也，宜伐之，而种松柏。"他回道，松柏长得极慢，我哪能等它？人又说，那就种桃李。他回答，桃李长大也要四五年，我想要目前就有一片树荫。于是就用毛竹在楮丛中搭了个亭子。"酷暑，前堂如炙，至此地则水风泠泠袭人，而楮叶皆如掌大，其阴甚浓，遮樾一台。"

楮树因其不能成大材，只能野生于荒地、田园及沟壑旁，而它又耐旱、耐瘠，适应性强，落地生根，葳蕤一片。只是，在钢筋水泥浇铸的现代城市，那整齐划一的绿化带里，是根本不可能见到它的身影的。这种环卫工人眼中的杂木，只有被铲除的命运，令我叹息。

窗外（三章）

珠 链

从文字堆里抬起头，将疲劳的目光投向窗外，那十几根粗粗细细的黑线扑入眼帘。这十几根从窗口穿过的电缆线，如此的障眼，令人生厌。

窗外是一个花园，花红叶绿，生机盎然；远方是一黛青山，草木葱茏，云遮雾锁。兴致好的话，感觉窗外的风光好似一幅生动的水墨画，而窗口就像是一个天然的画框。只是，那十几条黑线好比是谁恶意地在画面上的涂抹。

那天，依然从一堆材料里将昏花的眼光抬起，投向窗外，那十几根电缆线首先进入视野。突然感觉眼中一亮。原来，不知何时外面已经下起毛毛细雨，烟雨朦胧中，那些电缆上密密地挂起一排排水珠，像一条条水晶的珠链，晶莹剔透地悬在我的窗前，让我惊喜。

有风吹过，链子上的水珠串串跌落，我的心中似乎听到“大珠小珠落玉盘”的美妙之音。也就在这份美好清新的感觉里，心有所触：原来，生活中那些看似寻常甚至丑陋的事物，在某一时刻、某一特定的环境下，也会给我们带来愉悦和美的享受。

再看窗外的那十几根黑黑的电缆，不再有厌烦之心。原来事物的美与丑，在于我们的发现，在于我们的心情。

广玉兰

沉闷而无聊的会议，坐在会场内百无聊赖，有点昏昏欲睡。偶抬起沉重的眼皮，瞭了一眼窗外。

猛然看见，会场外的一棵大树上，有一只白鸟翩翩栖落在茂密的枝叶间。

凝神细看，哑然一笑。原是那棵高大的广玉兰上开着一朵白花。风动花曳，真宛如一只白鸽在枝头敛翅梳羽。

精神为之一爽，倦意立消，有淡淡的诗意心头涌动，竟觉生活如此之曼妙，之美好。

已是七月下旬，窗外的这棵广玉兰曾经繁花满枝，现在，仅剩下这一朵。这夏日里最后的一朵广玉兰，最后洁白的绽放，最后的坚持，让我如此心动。

生活往往就是这样，在你深觉无聊乏味的时候，或许就有一朵纯情与美丽，在为你坚守，为你绽放。

生活中的美，或许就在你的窗外。

秋　萤

夜了，关上窗，但似乎仍挡不住生活的喧嚣。

熄灯以后，突然发现窗户玻璃上有豆粒大的一点亮光闪动，起身走到窗前仔细一看，原来是只萤火虫，感觉很惊讶。

已是仲秋的天气，即便是在乡下，萤火虫也是很稀少了。何况这个小精灵喜欢生活在潮湿的水畔草丛，它又如何飞越这重重高楼，来到我的窗前的呢?

萤火虫在窗外的几盆花草上起起落落，在黑暗的背景中划出一道道轻盈而亮丽的弧线，当它停落在叶尖或是窗玻璃上时，那一闪一闪的荧光似乎在昭示着什么，让久居都市的我想起童年，想起乡村，想起夜色中安谧而宽广的大自然。

萤火虫的生命据说只有十几天的时间。这只小精灵在如此短暂而宝贵的生命历程里，却穿越阑珊的灯火，在秋凉如水的深夜飞临我的窗前，难道不是生命中的一种缘，不是大自然施予我的一份特殊的馈赠吗?

人生有时就在那么一点荧光的闪烁下，突然把心空照亮。

看云去

腰酸背痛地离开桌案，走到窗前。一抬头，见林立的高楼间，一方天空瓦蓝瓦蓝，朵朵白云飘荡。心中忽然想到，这天空明澄、秋高气爽的日子，是看云的好时节啊。

“片片飞来静又闲，楼头江上复山前。飘零尽日不归去，点破清光万里天。”这样的美景，蜗居在钢筋水泥的城堡里是欣赏不到的。看云，还是要走出紧缩的空间，走出拥挤的日子，放足山野。

收割后的秋野，会把一种空旷留给你；繁华落尽的山川，会把一种辽阔展现在你的眼前。或抬头，或放眼，天地浩荡，白云悠悠，心胸便豁然开朗，心襟便宽阔无比。

闲云野鹤，是古代文人雅士追求的一种生活方式。云卷云舒里，多少块垒消融，多少往事如云烟消散。而现代都市里的人，在奔涌的时代大潮里沉浮，在拥挤的生活里步履匆匆，虽心有看云梦，却难有看云闲。为生活累，为稻粱谋，我们往往只顾低头看路，少有抬头看天。

“舒卷意何穷，萦流复带空。有形不累物，无迹去随风。莫怪长相逐，飘然与我同。”看云，实际上是给忙碌的日子一份闲散，给生活一次放纵，古今心同，情之所往啊。

《旧唐书·狄仁杰传》中，有这样一段文字：“仁杰赴并州登太行山，南望见白云孤飞，谓左右曰：‘吾亲所居，在此云下。’瞻望伫立久之，云移乃行。”吾亲在云下，多么煽情感人的话语，一言撩起多少游子白云般飘浮的乡愁。

观云思亲，幽幽蓝天多了一份温馨。抬头眺望城市上空的朵朵白云，不免使我想起故乡。我分明看见，那小小的童年仍仰躺在落满秋叶的山坡，嘴里含着一根狗尾巴草，一边看着天空云彩的变幻，鸡狗牛羊地想象；一边梦想着，能像孙悟空一般驾起白云，或去那遥远的山外，或去那云天之上，看看那神秘不可知的大千世界。

耳边响起费翔的那首《故乡的云》：“天边飘过故乡的云，它不停地向我召唤，当身边的微风轻轻吹起，有个声音在对我呼唤。归来吧归来哟，浪迹天涯的游子；归来吧归来哟，别再四处漂泊……”“英英白云，露彼菅茅。”那飘荡在故乡上空的云，在每一位游子的心中是多么的美；“乘彼白云，至于帝乡。”蓝天之上的朵朵白云，从古至今又缠绕了多少客居他乡者的心。

云的变幻，映照着心境。“白云升远岫，摇曳入晴空”是一种散淡之情、逍遥之怀。而“大风起兮云飞扬”，则是一种豪放之美、英雄气概。即便是“黑云压城城欲摧”，也是一种壮观。就如我们的人生，多的是平淡，却不失风起云涌，起伏跌宕。

“黄鹤一去不复返，白云千载空悠悠。”斗转星移，沧海桑田，但只要蓝天还在，就有白云飘荡。在这个风清气朗的日子，且让我们暂放下尘世的烦琐，看云去。

月落日升

晚清李恩绶诗云“巢湖夜月天下无”。泱泱大湖，一轮明月，该是怎样一种诗意画面。

那个中秋夜，决定去巢湖岸边拍摄皓月临湖的盛世美景。在我的想象中，一轮玉盘高挂澄明的水天，湖水微风拂浪，银光跳跃，一叶小舟静泊在如墨的岸边，应是仙境一般，让人陶醉。

带上摄影器材，驱车出城，沿滨湖大道骑行。左边便是浩渺的巢湖湖面，白茫茫一片，夜风送来它潮湿而清新的气息。右边的头顶，便是那轮千年的圆月，高挂苍穹。淡淡的云层飘浮，皎洁的月亮似是在天空穿行，仿佛一直追随我转动的车轮。想起“月亮走，我也走”的歌曲，心中莞尔。

沿巢湖大堤骑骑停停，一直想找一个圆月临湖的位置。可是，那轮明月就是在湖岸后面的天空高悬，不肯轻挪玉步成为我希望中的凌波仙子。及至月上中天，也未见“长烟一空，皓月千里，浮光跃金，静影沉璧”之愿景。

车到炯炀河入湖口处的月亮湾，决定在此静候月上大湖的时刻。将露营帐篷在临湖的一块空地撑好，支好三脚架，架上相机，在拍了几幅“月上柳梢头”的照片后，钻进帐篷。

斜躺在帐篷内，可怜巴巴地望着那轮明月，希望它快快移步到那苍茫的湖面上。在透过帐篷敞开门帘的月辉里，我一会儿迷糊地进入梦乡，一会儿又猝然惊醒。在不断的梦沉梦醒之间，那轮圆月一步步落下树梢、林丛，在渐渐明亮起来的天色里，消失了它的身影。

那种湖上升明月的梦境真的成了一场梦。

失望地从帐篷内走出，背上相机，决定沿湖散散步，活动活动筋骨，也排泄一下胸中的失望。

站在凌晨的湖边，耳听湖水拍击堤岸，在拂面的湖风里感觉到秋天的寒意。这时，东面湖天连接处已泛出鱼肚白，天已将明。

正茫然发呆之际，鱼肚白渐渐变成橙色，又迅速变红，将天边的湖水染成金色，而水平线上空的云朵立即被镶上了一道金边。

日出，大湖日出。这是我第一次见到巢湖日出的景象。心中郁闷立扫，赶紧架好相机，等待那一轮喷薄而出的辉煌。

洒上金光的水域最先出现的是一列航船，这幅“金色航道”的画面立即摄入我的镜头。接着，是一只小舟从湖湾的芦丛中划出，船上的渔夫一边划桨，一边将渔网撒入金色的水面。

这时，水天之际的云彩已经是霞光万道。瞬间，水天连接处一轮旭日露出它的殷红。在我手中快门咔嚓咔嚓的按动声里，这清晨的太阳仿佛带着轰鸣从水中跃起，东方的水天立即呈现一片绚丽的光彩。

在金光灿烂红霞满天的背景里，旭日，大湖，航船、小舟，构成我镜头里无与伦比的画面，让临湖而立的我心潮澎湃，激动万分。

日月转换，形成浩繁世界的万千美景，当你为一轮守望的空落而叹息时，也许，另一轮辉煌，正为你升起。

又到菊黄蟹肥时

“和露摘黄花，带霜烹紫蟹。”秋风劲，菊花开的时节，若约三两好友，煮几只螃蟹，就一杯老酒，道古今佳话，话岁月短长，真乃人生之惬事一桩也。

家住五大淡水湖之一的巢湖边，吃蟹实不足为奇。但在金秋时节，人还是争相一品蟹鲜的。所谓菊黄蟹肥，正是说此时节乃螃蟹最鲜美肥嫩的时候啊。

大部分人认为，吃蟹要吃母的，其实非也。吃蟹讲究的不在于雌雄，而讲究吃在它们各自成熟的季节里。古诗有云：“九月团脐十月尖，持蟹赏菊菊花天”。就是说，在农历九月，吃蟹要吃母的，因此季蟹黄最多。而到了农历十月，就要吃公蟹了，这时节公蟹膏腴鲜肥，乃最佳品尝时机。

说到吃蟹，自然会想到《红楼梦》三十八回里的场景，一群才子佳人赏菊品蟹赋诗，读之令人称羡与向往。以蟹佐酒，吟诗作赋，是古代文人骚客的一种风雅。螃蟹，不仅满足了人们的口食之欲，还成了诗情画意中一个特别的元素。

与食蟹有关的文字不少，据说《周礼》中即有“蟹胥”（一种蟹酱）之载。最著名的当属《世说新语》中记述的晋代人毕卓，说他“右手持酒杯，左手持蟹螯，拍浮酒船中，便足了一生矣”。实令我辈这些“浮光掠影”般品蟹者折服。

恐怕已无从考证谁是第一个食蟹者。鲁迅先生曾说：“第一个吃螃蟹的人是很可佩服的，不是勇士谁敢去吃它呢?”在此，我不但佩服第一个食蟹者的勇气，更为之为后人开一味佳肴美味而赞叹。

常人吃蟹，无非手抓嘴啃，顶多也就是用一根牙签剔剔骨缝里的蟹肉，蘸蘸碗里调好姜末、芫荽的香醋而已。旧时讲究的人家，却有一整套吃蟹的工具，有“蟹六件”“蟹八件”之说。查找资料得知，“蟹八件”即锤、镦、钳、铲、匙、叉、刮、针，一般为铜或银质。据说，用这些工具吃完螃蟹，将掏空的蟹爪蟹壳重拼一起，俨然一只整蟹也。

虽住大湖边，在物资匮乏的年代，食蟹也是一件稀罕事。家中偶得一两只蟹，基本是蒸熟了后左剔右刮，将那可怜的一点蟹肉“打”（熬制）成半锅蟹糊，一家人尝那特别的鲜味。

记得小时候，在塘边沟畔稍翻翻石块，即可见到许多小石蟹。一次，拣了不少石蟹回家，硬缠着外婆给烧着吃。外婆无奈，只得将小蟹刷干净，裹上面糊，放到油锅里炸，一边炸一边说：“还不抵我这个油钱呢。”可那炸过的螃蟹又脆又香，现在想起都馋啊。

去年菊花黄时，一在外打拼多年的老友回乡，于是邀其品蟹饮酒。进酒店时，朋友在大厅的水族箱前迟疑不前，指着八爪二螯的家伙问：“这是螃蟹吧？”我大惊，疑其故乡的螃蟹都不认识了。朋友笑曰：“长期生活在大都市，偶吃蟹，上桌的都是红艳艳的家伙，猛一见这青黑色的，一时竟不敢确定了。”旋即，为乡情的远离而唏嘘感叹。

秋风响，蟹脚痒。菊花开，闻蟹来。在对一只蟹的品尝中，又岂是一个“鲜”字能了。

又见牵牛

车子穿过田野，透过车窗，一眼就看见了它们。像一群小顽童，伸着个脑袋，或在埂上、或在枝梢、或在墙头，张着个小嘴喊：“秋来啦，秋来啦。”

正是阳光斜射的早晨，几茎藤蔓、一朵朵喇叭状的花儿，以活泼快乐的方式进入视线，把我带入一个清新而轻松的秋天。

喜爱牵牛花有一定的原因。

幼童时，脸上雀斑多，懂点医的外婆就把牵牛花的种子研成粉，用鸡蛋搅成糊，抹在我鼻间额头的斑斑点点上。现在我的脸光光洁洁白白净净的，是不是有牵牛花的功劳，不得而知。

年少时，还曾以《牵牛花》为题写过一首小诗：“总爱踏着/别人的身体往上爬/并一路扯起/炫耀的喇叭”。此诗是我第一次被编辑留用的文字，记忆自然就像清晨里的牵牛花一般鲜艳。

是踩着别人的身体往上爬也好，是不畏藩篱执着攀登向上也罢，都是人们的借景寓情、借物抒怀，与一茎牵牛无关。然而，据此说草木本是无情物，那也是极端。

年轻时，一个人住在一栋明清式建筑的木楼上，七八个平方米的小屋内，有一方长二尺、宽一尺的小窗。读书累了，就站到窗洞前，看外面鱼鳞般的瓦脊和一方灰白的天空。一个深秋，从野外归来，顺手采回一些牵牛花黑色的种子，找一个瓦盆盛了土，将种子随意地撒在里面，放在了窗台上。

冬去春来，那天立在窗口追逐天空飞翔的羽痕时，发现盆里生出几茎绿芽来。知道是牵牛，于是倍加呵护，做一些浇水松土之事。到了夏天，几条绿藤顺着窗沿已将整个窗口爬满，立秋时，即零星地开出一朵两朵三朵或淡紫、或深蓝、或粉红的花朵来。白露过后，百褶裙似的花儿赛着开，像一裙小舞女，把一方小小的窗口变成了她们表演的舞台。风起时，心形的叶片与喇叭状的花轻摇慢曳，给单调而枯燥的寒窗生活带来一些生机与乐趣。

记得郁达夫说过：静对着像喇叭似的牵牛花的蓝朵，自然而然地能够感觉到十分的秋意。我不知道他眼中那蓝朵的秋意是否与我的感觉相近，那就是一种清新又清心的宁静与闲适。

但牵牛花又是多姿与婀娜的。其藤之柔婉，其叶之曼妙，其花之鲜纯，着实令人爱。

京剧表演艺术大师梅兰芳就爱种牵牛，据说，他在名剧《贵妃醉酒》中许多令人叫绝的身段与动作，就是从对牵牛的观摩中得来的。著名教育家叶圣陶先生生前也好牵牛，他还专为自己的种牵牛写过一篇文章，文中写道："手种牵牛花，接连有三四年了……今年从墙脚爬起，沿墙多了三尺光景的路程，或者会好一点儿；而且，这就将有一垛完全是叶和花的墙。"可见其种牵牛的规模。

住在不见泥土的楼层里，不说牵牛，连蒿草都很难见到。至于"秋来啦"的讯息，只能从播音员那没有季节变化的音调里得知。于是决定，从田野回去时，一定要寻上一些牵牛的种子。

脑子里想象，等明年，家中那方朝阳的露台，一定是绿藤满棚，又见牵牛花儿开。

曾经的菖蒲

入秋后的菖蒲，生长得繁茂葱茏，在湖塘河沟边竖起一道绿色的屏障，是水边一道美丽的风景。

“莫指襄阳道，绿浦归帆少。今日菖蒲花，明朝枫树老。”这是唐代诗人李贺的《大堤曲》。时光易逝，但菖蒲青青。人到中年的我，每在郁郁的菖蒲丛边彳亍，总会想起那遥远的童年。

夏末秋初，菖蒲抽薹，会结出一个个圆柱状的棕色的蒲棒，乍一看，极似串在一根木签上被烤过的火腿肠。在我孩童时，还没有火腿肠这种食品，只知道这蒲棒采回家，母亲可以用它做枕头芯，又软又轻，枕在头颈下很舒服。

面包一般松软的蒲棒会在风中爆开，白色的绒花撒落蒲叶和水面。蒲棒成熟的时候，若和母亲一起从菖蒲丛边走过，母亲会折下一两枝给我，我鼓起小嘴使劲地吹，快乐的笑声就和着绒花在田埂上、蓝天下，随风飘散。

一日闲暇，在郊外的湖边漫步，看见蒲丛边有拍婚纱照的，摄影助理的手里即拿着几只蒲棒，在相机咔嚓咔嚓的快门按动里，洁白的蒲花被吹散，漫天飞舞，营造出非常浪漫的氛围，让我感到意外惊喜。

幼时，母亲可能怕我们玩水失足，经常恐吓：不要到水边去，那里有蛇、水獭猫。可这样的警告实在敌不过菖蒲丛中那些诱惑。

菖蒲丛中的水域，会有野生的菱角，是物资匮乏时代孩子们喜爱的美食。也有一些零落高举的莲蓬，成为孩子们的惦念。运气好的话，还会在那些或与芦荻杂生、或被黄色的浮萍花围绕的蒲丛中，捡到水禽生下的蛋。

捡到硕大的大雁或鹭鸟留下的鸟蛋，会喜滋滋地用衣角兜回家，虽然会得到母亲的一番呵斥警告，但也会在随后的饭碗中品尝到一顿难得的美味。

母亲也会破例亲自带我们到水边去。在烈日下，母亲用镰刀割下一人多高细长的蒲叶，顺便收摘一些孩子们够不着的菱角、莲蓬，丢给站在埂上的我和妹妹。割下的蒲草，母亲会在门前的场地上晒干，一连几日编织蒲垫、蒲扇。

夜晚，摇着小小的蒲扇扑打飞舞的萤火，或是坐在散发着香气的蒲垫上，看满天的星光，听母亲讲牛郎织女、嫦娥奔月的故事。现在想来，真有杜牧的“银烛秋光冷画屏，轻罗小扇扑流萤。天街夜色凉如水，卧看牵牛织女星”的美好意境。

《本草·菖蒲》上载：“《典术》云：尧时天降精于庭为韭，感百阴之气为菖蒲，故曰：尧韭。方士隐为水剑，因叶形也。”菖蒲叶形似剑，香味浓郁，有解毒祛邪之效，故中国人有在端午时，在门窗上悬蒲叶以避疫护佑的习俗。这种习俗在江南尤为兴盛，是江南水域密集、菖蒲丛生的缘故吧。

在我幼时，每逢端午，母亲也将蒲叶与艾草同插在门楣上，以保佑家事安康。只是，我现在蜗居城市多年，一被所谓除旧革新的现代文明浸染，二是难得有与菖蒲亲近之机，而母亲也早已与我天各一方，端午门前悬蒲叶的习俗也渐渐淡忘失却。

某日，在一朋友家，见一硕大的陶瓷盆中养着一丛极似菖蒲的植物，只是没有水湄边的蒲叶挺拔野性，叶色是一种嫩青，不是墨绿。问朋友，竟真是菖蒲。原来，菖蒲在中国文化里还与兰花、水仙、菊花并称为“花草四雅”，真是孤陋寡闻了。

于是得知，因菖蒲碧叶葱茏、根似白玉，凭水临石、清静高雅，又有驱蚊灭虫、香味清新的功效，自古即有人莳养。据说，古人夜读，就常置一盆菖蒲于案，以免灯烟熏眼之苦。

友人告知我自古传下的侍养菖蒲的方法：“以砂栽之，至春剪洗，愈剪愈细，甚者根长二三分，叶长寸许。”怪不得我见了朋友家中的菖蒲不敢相认呢。

“别后相思隔烟水，菖蒲花发五云高。”我还是喜欢那一片水域边自然生长的菖蒲，这种思念，正犹如元稹这一行诗句所表达的，思念犹如菖蒲，疯狂地滋长，满天飞舞，穿越漫漫时空。

席慕蓉有一首《菖蒲花》写道：“我曾经多么希望能够遇见你/但是不可以/在那样荒凉寂静的沙洲上/当天色转暗风转冷/当我们所有的思维与动作都逐渐迟钝/那将是怎样的一种黄昏……”

在这样一个秋天，这样一个菖蒲葳蕤的日子，想起菖蒲，想起以菖蒲做背景的那些身影，思念也如秋日蒲草一般葳蕤，只是，菖蒲岁岁重生，而我们，却再不能与往事相拥。

侠客豪情暖严冬

川河冰封，天地苍茫。日子，也如一面无风的江湖，波澜不惊，甚至涟漪不起。独坐深冬，岁月如一张白纸，让我在无措中不知如何化笔为剑，斩断时光。

起身，走到书架前，手指在一排排书脊上滑动。一位位先人的衣袂飘过，一张张大师的脸孔晃动。吟诵者、悲怆者、哲思飞扬者、忧伤浪漫者……无聊的手指，游离的目光，终在茫然中停下游走。

这是一本金庸的《天龙八部》。

从书架上取下，轻拂页头微尘，仿佛猝然打开一扇紧闭之门，刀剑之音激越，龙吟虎啸聩耳。心中感觉，这个冬天不再单调，不再空寂。

于是将《水浒》《三国》《三侠五义》《隋唐演义》等，一并从架上搜出，码放案头。我要将这个冬天的主题，命名为英雄情怀。

太过熟悉的情节，重温依然新鲜；太过了解的人物，面孔依然鲜艳。

一杯茶水在案头暖意袅绕，一根烟在指头忽明忽暗。英雄侠客们在烟气中出没，呼啸江湖，快意人生。

其实，每个男人的心中都有一个侠客梦，渴望在狼烟四起的江湖，腰悬三尺龙泉，怀抱济世之才，行侠仗义，除奸惩恶，把英雄的美名传颂。

且把这个冷酷的冬日，在成人的童话里想象成危机四伏的山野——

与乔峰一起昂首长啸，降龙掌间问人间正邪；与展昭一同飞檐走壁，巨阙剑下断尘世善恶；与子龙一起征袍血染，当阳横枪谁与争锋；与元霸一同放马长安，一骑腾空锤震天下……叹秦琼卖马，惊关公刮骨，愤林冲充军，悲公明招安……在文字里历数隋唐十八英雄，在纸页间阅点梁山一百单八好汉，侠义豪情盈胸，问尽天下英雄。

日暮血残，月光如箫，谁的身影在转瞬间掠过苍茫。

掩卷凭窗，该是一片春光。

第六辑 尘事

人生真是一件华美的外衣，那些细碎的日子攀附着，总是在寂寞的时光里爬动咬啮，虽无切肤之痛，却让人心痒难耐。

生活更多是被这些平淡的日子联结起来的。因为平淡和琐碎，我们往往忽视了它们的存在。就像一片片树叶，在秋日里飘零，在满地的忧伤中，我们已认不出它们的模样，最终，它们融入了岁月之土。

一片又一片相似的叶子，被岁月重叠，或者删节，将生命显得如此短暂，而时间，却被这一个个的日子拉长。

鱼的报答

很小的时候看过一出戏剧，剧目已想不起，但剧情还是记得一些的。大意是，一位进京赶考的书生，途中在一位渔夫的手里救下一条向他流露出哀求眼神的红鲤鱼。这条红鲤鱼为了报答书生的相知相救之恩，在书生路遇盗贼，身无分文，又忧患成疾，困足破庙的窘境下，化身小姐相见，为书生寻医问药，并赠以明珠，资助书生终得功名，成就一段佳话良缘。

在中国的传统文化里，这类相似的故事与传说很多，透视了古人一种人与自然和谐相处及对美好新生活的向往。即便是在国外，同类型的故事也比比皆是，比如普希金的《渔夫和金鱼的故事》等。

当然，当我在巢湖龟山下的一片碧波里游泳时，我是不会想到这些故事与传说的。

我带着一只充气的汽车内胎，游得累了，便趴在胎上看湖光山影。

西斜的阳光洒在水面上，微风过处，漾起一波波金浪。贴近水面看，似有袅袅的水汽升腾。一位渔民划着小舟，悠闲地收着下在水中的渔网，收上来的网上偶见几条小鱼蹦跳着夏日的快乐。

日暮的巢湖，向我的心中传递着一种美丽、安详与神秘。

看着渔民驾舟离去，我也游向岸边。就在接近岸边时，水面忽地泛起很大的浪花，一道白光在水中一闪，溅起的水珠直扑我面。大鱼！就在我还未叫出声时，这条鱼竟从水里跃起，落在了我面前的滩地上。

未经任何犹豫，我就扑了上去。鱼在岸边众人的惊呼声中，在我的身下挣扎、扑打，其巨大的力量，让我一时无法掌控。终于，我扣住了鱼鳃，将它拎了起来。“哦——”在一片惊叫声中，我终于看清了手中的这条鱼，原来是一条足有三尺多长的白鱼，这么大的白鱼简直就是一个奇迹。

立即就有人上来讨求：“开个价，卖给我。”

这时，我发现，我的身上，除了泥沙，还沾满了一粒粒的鱼子。再一看手中的鱼，鼓胀胀的肚子下面，鱼子正不断地向外涌出。我的心中忽地一软，似乎？不，我当时是肯定地看到了那条鱼从眼中向我流露出的哀求。

“不!”在我向讨购者说出这个字的同时，手一用劲，“扑通”一声，大白鱼回到了水中。

鱼似乎还未回过劲来，浮在水面上。

讨求者要下水，我立即拦在他的面前：“我不许你逮这条鱼!”在拉扯时，我看见那条鱼在水里摆了摆头，打起一个水花，往水里一沉。

“没见过你这么个孬子。”讨求者抱怨。

我随口安慰：“要是再逮到一条就送给你。”

在一片叹息声中洗了洗身上的泥沙、鱼子。一转身，“啪嗒”一声，一件物体从水中跃起，落在我的脚边。

又是一条白鱼，一尺多长。我有点目瞪口呆了。

“嗨，你刚说了要送我的。”那位讨求者急急地跑了过来。我愣愣地将鱼递给他时，心中忽生无限感慨与感动。

是偶然？是为了一份我随口而出的承诺？我相信，天地万物，冥冥之中都是有一定的感应的。这时，我想起了小时看过的那出戏剧，那条红鲤鱼，那位书生。

再放眼巢湖，青山绿水，白鹭红日，大自然，如此和谐，天地间，如此祥和。

消逝的琴声

当胸中的一些郁闷同黑暗一起渲染开来时，便一个人走进夜色里。

沿着护城河踽踽而行，在沿河绿地的一个石凳上落座。月光惨淡，而对面山坡上那一排排住房里的灯光也透出些迷茫。

就在百无聊赖之时，耳边似乎传来一缕渺茫的琴声。起先不在意，渐渐的，听出是二胡曲，拉的是刘天华的《病中吟》。儿子当时也在练习二胡，但不似儿子习练时的急躁与浮华，是一种淡定与从容，幽婉的旋律中似乎有着月光的清亮、河水的宁静，缓缓地流走我的烦躁，抚平着心中的波涟。

沿着缭绕的音律，在夜色里辨认出对面一扇敞开的窗户，那舒缓的音符和着灯光流淌出来，将我覆盖。

后来，有意无意地，又在夜色里去听了几次。也不是特别喜欢二胡曲，或是在寻找琴弦上的那种淡定和从容，或是在感念那种抚平心中块垒的音乐的力量。

儿子的二胡演奏技巧也在不断进步，渐渐少了一些浮躁，多了几分稳重。这时，儿子的二胡入门老师给他推荐了一位新老师，说是到了那儿，会有大的提升。

拿着介绍信，陪同儿子去拜访这位新老师。敲开门，屋里是一个坐在轮椅上、面容苍白的女人。原来，这位新推荐的老师是个残疾人。通过交谈，她以自己重疾缠身的理由拒绝了儿子的求学。遗憾中，我无意中朝窗外一瞭，吃了一惊。对面正是护城河，河边的绿地上，那张我坐在上面听琴的石凳洒满寂寞的阳光。

在夜色里，带着儿子又到那河边去了几次，那扇亮着灯光的窗户总是琴声悠扬。或是《二泉映月》的如泣如诉，或是《空山鸟语》的清越空旷，或是《听松》的幽然禅意，或是《闲居吟》的如歌流畅……坐在石凳上，儿子在琴声中欣赏和领悟那高超的演奏技巧与曲律变化处理，而我在空明澄净的音乐里陶醉着，感受着浸透在每一个音符里的旷达人生。

遇儿子的二胡入门老师，告诉我，他没想到她已得了骨癌，她不愿再带学生，是怕将人之将死的哀叹通过音律传给了学生。我想到了河边那月光般清明的旋律，心生感慨。

后来，儿子因学业遗憾地放弃了二胡学习，我也在日复一日的忙碌中淡忘了河边的琴声。

那天夜晚，终于从书本中透过气来的儿子，在房中操起二胡，呕哑嘲哳地演奏起来。我忽然想到了那琴声，于是匆匆披衣出门，赶往河边。

月色如旧，河水欸乃，绿地依然，石凳空落。只是对面的一排排住房已全被拆除，满山坡草深叶密，树茂影疏。

一个人静静地站在草地之上，风中似乎又听到那琴声，那渺茫如花香般的旋律，仿佛来自月光，传自天堂。

那棵树

那棵树就在外婆的屋前，粗壮的枝干上满是纹裂，像外婆那张沧桑的脸。

树在春夏之交开花，满树淡紫色细碎的花瓣散发着淡淡的清香。花开过后，结出青色的小果，樱桃般大小，只是非常苦涩，不能食。到了秋冬，果子变黄，一串串挂在树叶落尽的枝头，特别的显眼。

青黄的小果子成为我和小伙伴们手中的玩物。攀爬到树上，一个个装满了衣袋，然后在村舍和乡野间发动一场场“子弹”飞舞的战斗。

小时候尿床，每每在床垫上“画了地图”，外婆就将被絮晾晒在拴在那棵树干和窗档上的一根麻绳上。这时候，我会苦守在树边，想着法子引走小伙伴，不让他们走近，怕那“绝密地图”被发现。

守在树下最多的时光，是在夏夜。一张凉床，一把竹椅，在树隙中筛下的星光月色里，听外婆说西游，讲今古传奇。

记得某个夏日，身上生了癣，奇痒难耐。外婆就从那棵树上剥了几片树皮，又摘了一把树叶，在锅中熬汤给我涂抹，没几日，便癣消痒失。剩下的药水，外婆将它洒在屋角，说是可以驱虫杀虫。

外婆是一位民间医生，懂得许多草木的奇效。比如我的表妹冬天手上生冻疮，外婆就是将那棵树上的小黄果子捣烂，包敷在那红肿的小手上。

父母终于调到一个城市工作，结束两地分居，我也从乡村转到城里上学。母亲接我离开外婆家那天，外婆就站在那棵树下向我挥手。那时，正是满树花开的日子，一树的紫色映衬着外婆瘦削的身影。谁知，这竟是外婆留在我心中最后的形象。

生活在都市，很难见到外婆屋前那棵开着淡紫色小碎花、结满小果的树。偶尔遇到一棵，赶紧询问附近人家，却一直没有得知这种树的名称。就像我现在一直无法得知外婆的名字。或许，外婆那样年代的人根本就没有什么大名，她嫁到了我母亲的王家，或许就是一个“王氏”之名。

那天，看到一位网友拍摄的图片，那熟悉的细碎的花朵满画面地紫着。画面的下方有几个字：苦楝花。原来，那棵树就是苦楝树啊。

记得夏夜的苦楝树下，外婆给我说的西游里，唐僧师徒过通天河，答应负他们渡水的神龟，让唐僧到了西天问一下如来它能活多少岁。可是唐僧取经归来，却忘了此事。神龟一气之下，把四人甩进河里，经文全湿。唐僧师徒捞起经书，晾晒于树上。这棵晾经的树就是苦楝。真是曾经相识不相知，只是我幼时晾晒的是尿湿的被絮。

也记得古籍《花镜》上有句：“江南有二十四番花信风，梅花为首，楝花为终。”意思是说，到苦楝花盛开的时候，春天也就结束了。又找到一首宋诗人温庭筠以《苦楝花》为题的诗：“院里莺歌歇，墙头蝶舞孤。天香薰羽葆，宫紫晕流苏。晻暧迷青琐，氤氲向画图。只应春惜别，留与博山炉。”

原来，苦楝花开就是一场人生的惜别，就是一份留在生命中的美好怀念。

苦楝——苦念，如此的谐音，那棵苦楝就是为了我心中的那一份情感而来吗？“楝花飘砌，蔌蔌清香细。”原这缕缕细香，把我这份苦涩的思念渲染浸透。

只需倾听

深夜，放在床头的手机突然响了。接电话，是朋友赵的声音：“开门，在你家门口。”很诧异，从热乎乎的被子里爬起来，套上睡衣。

打开门，朋友带着一股寒气跨了进来，一眼就看出他满脸的疲态。没等我开口，他就问：“家里有酒吗？”赶紧拿出一瓶白酒，将晚餐的一点剩菜和一些方便食品放到桌上。

朋友一边往杯子里倒酒，一边说：“我在你家的楼下已站了很长时间，犹豫着这么深的夜，到底要不要打扰你。在头脑中将朋友滤了一遍，觉得还是要敲你家的门，在你这喝一杯酒，说几句话儿。”

我捧了一杯茶，坐到桌边，边陪着他饮酒，边听他说话。

从他的话中，我知道了他最近在事业和家庭方面都遇到了麻烦，且得不到家里及周边人的理解。当胸中的郁闷实在难解时，他便想到朋友处倾诉一下，排解心中的苦闷。

我静静地听着他的叙述，只偶然答上两句，或是说一下自己的看法。

当烟缸里的烟头堆满，杯中的酒喝干，朋友站起身，对我说：“行啦，我的心里舒服多了，我该走了。”看着他微红的脸，我确信他胸中的块垒得到了一些消解。

过了一段时日，看鲁豫的一期访谈节目《说出你心中的故事》，嘉宾郑明明说，在翁美玲死前的那个夜晚，约零点多，翁美玲曾给她打过一个电话，说："我好难受，想和你谈谈。"郑明明有一个习惯，晚上休息以后就不再见任何人，于是她在电话里安慰翁美玲："睡吧，明天醒来就会好的。"没想到，早上六点多，郑明明就在媒体上看到翁美玲自杀的消息。

时隔二十几年，郑明明仍在为没能在那晚陪翁美玲说说话而内疚，她说："要是当晚我陪她说说话，或许就不会出现那么大的遗憾。"

因为此事，考虑到艺人往往身负比普通人更重的压力，做化妆品的郑明明开办了一个香港艺人之家，让艺人们在一起娱乐、交流，放松心情。

漫漫人生里，每个人都会遇到或多或少或大或小的挫折与压力，我们往往会寻找亲朋好友去倾诉自己的伤心、郁闷和烦恼，在倾吐中或排解或发泄来减轻或消除心中的郁结。而我们每个人又都是一位倾听者，面对亲人或朋友那一时心灵的空虚思想的纠结，我们有时要做的，只是一次静静的聆听。

阳台上的仙人掌

阳台上的仙人掌又开花了。金黄的花瓣，流苏似的花穗，玉盏般的花盘，鲜艳，美丽，耀人眼目。

住在钢筋水泥的城市里，也附庸风雅，在阳台上种些花花草草。开始是在花市里买些较娇贵一点的，比如蝴蝶梅、金叶含笑、君子兰之类，原想在花草上亲近自然的同时，也点缀抬高一点陋室品位。还到书店里买了几本养花知识类的书籍，以求经验速成。

遗憾的是，养花并非自己想象的那么简单，也非照书上的步骤来做就可以博得枝繁叶茂。一盆又一盆抱回时娇艳欲滴的花仙子，就在我一声声的叹息中萎靡枯死。

听朋友劝导，便在阳台上换种一些大众化的草本，比如吊兰、紫罗兰、三叶草、石竹之类。可这些大都只需浇浇水的"懒人花"，在我觉得还算精心的打理下，竟然也一个个是"死去活来"的憔悴模样。

仙人掌是从楼上某家的阳台掉落下来的，青青的一片，像被折断的一只手掌，十分疼痛般地遗落在几盆焉奄奄的花草一边。阳台上的草木已被我养得无精打采，也就更懒得去理会它。

一段日子后，想起已是好长时间没给花草施肥。拿着肥料、拎着水壶到阳台，猛然发现，那片仙人掌不但在顶部生出嫩绿的一片，那曾经被折断的伤口处，竟也在没有一点泥土的瓷砖上生出几缕细白的根须来。

或许是感动，或许是动了恻隐之心，也或者是兴味使然，便找出一只空盆，将它随便地往土里一插，放在了阳台的最边角。

暑来寒往，四季更替。阳台上的草叶也被我更替了几回，只是不见兴旺葱茏。而那盆从不待见的满身尖刺的仙人掌，却是横七竖八地生了一盆。

那是某个夏天的早晨，我无意中朝阳台的那些花花草草一瞥，感觉眼前一亮。是阳光在玻璃窗上的折光耀眼，还是我的眼睛一时发花？定睛细瞧，终于看清是两朵盛开的黄艳艳的花朵——竟然是仙人掌开出的花朵，竟然是这丑陋的仙人掌开出的花朵，竟然是从不打理、自生自长的仙人掌开出的花朵。花朵还竟然这般艳、这般靓、这般丰硕。真是意外的惊喜。

其后是一个大热的夏天。虽然格外上心，但阳台上的花草却相继香消玉殒。那盆仙人掌也在炎炎骄阳下一节节晒得焉巴巴的，像一张张满是皱纹的老妇人的脸。随后的冬天，又遇罕见暴雪，半尺厚的雪堆积在仙人掌上冻结，这泼皮的植物也该是寿终正寝了。

开春，阳台大大小小的花盆又被栽上新的花草，那盆经历了暑寒交替的仙人掌像一块块软橡胶皮萎倒软奄在盆沿。看着满盆的毛刺，也懒得去处理它。

然而，随着春天的一步步走向深入，这盆我以为已然死去的仙人掌竟在盎然的节气里活了过来，重又站直身子，焕发绿意，饱满激情。到了夏天，竟然开出满盆的花朵。

自己弥合伤口，逆境中顽强生长，不抱怨环境，不悲天悯人，倒下了再站起，绝地里求重生。阳台上这盆不起眼的仙人掌，让我从此对它另眼相看。

岁岁花开今又见。从仙人掌那一朵朵灿烂的绽放上，我读出一种精神。

阳台上种草

只是，我不是那善于养花之人，原本想悦目养眼的风流花事，皆在漫不经心的打理下雨打风吹自飘零，成了一簇簇残枝败叶。

花运既无，阳台上就只剩下一些大大小小盛满泥土的陶瓷花盆，空洞地栉风沐雨。

放眼阳台之外，一片高楼林立，满眼单调。除了道边整齐划一的绿化带，越来越大的城市里越来越难见到自由生长的花草。

一个连绵的雨季后，天空终于放晴。踱到阳台，忽然发现那些盆盆罐罐里的泥土里，竟生出许多青嫩的草叶来。这些自生的杂草，让我心中顿生欢喜与怜爱。

汉代王充在《论衡·量知》中写道："地性生草，山性生木。"原来，即便那些娇贵的花儿侍养不成了，盆里的土性却孕育着生命的草芥。

隔三岔五地给盆里的小草浇浇水，偶尔也将养花时留下的肥料给土里添撒。侍弄这些杂草倒好似比养花还要精心一些呢。

看着阳台上一盆盆越长越盛的绿草，心里诗意充塞。想起陶渊明《归园田居》中的句子："种豆南山下，草盛豆苗稀。晨兴理荒秽，带月荷锄归。道狭草木长，夕露沾我衣。衣沾不足惜，但使愿无违。"在阳台上这片葱葱的绿意里，竟美美地幻想起那遥远的田园生活。

人类对草是充满喜爱和亲近的。因为，人类的祖先就是择水草而居，伴草而生活。草在人类的幼年给了人类生存与繁衍以物质基础和精神滋养，更给了人类永远的家园。

《说文解字》上有这样的解释："药，治病草。""菜，草之可食者。"仅从"药"和"菜"与人体生命之关系，我们不难体会，人的生命本质与“草”之连接。

辛弃疾“茅檐低小，溪上青青草”的清平村居之乐，在现代都市里是享受不到了。但阳台上这一蓬蓬的草色，却让我的心灵在青青的草叶间，嗅到了原野的气息。

阳台上的草旺盛时，认出了里面有狗尾巴草、稗子、三叶草等。初夏时节，三叶草小小的淡紫色花朵点缀在草叶间，也是别有情致。

王安石《初夏即事》有句：“晴日暖风生麦气，绿阴幽草胜花时。”阳台上养草，在我真有“胜花时”之感呢。

在阳台上一片葱郁的草色里，还随意栽了几株木本。没想到，这几盆花木却异常茁壮，花事妍然。心中在想，该是这一片葱茏的草色营造出了一个良好的小生态吧。

苏轼吟唱：“天涯何处无芳草”。草，这样低贱的植物当是随处可见的。但钢筋水泥铸起的一个个现代都市里，往往是“大草不生，又无螟蜮。”我且在阳台上这一小片的草色里，营造“苔痕上阶绿，草色入帘青”的陋室心境，与自然亲近。

最后一片树叶

现在想来，那片树叶对于我来说，真如同欧·亨利的小说中，老画家贝尔曼画在墙上的那最后一片藤叶。

曾经在一个部门里做业务主管，因为工作特别出色，连年先进，并被记大功两次。一方面自己滋生了一丝骄狂，更多的是给我的直接上司产生了“功大压主”的感觉，庸庸碌碌的他害怕我有一天会占了他的位子，开始处处找我的麻烦。终于，他瞅准一次公司机构及人员整合之时，借机将我“调整”到公司一个偏远的门岗去看门，并假惺惺地安慰我说，现在人手紧缺，让我到那先干着，先进要起带头模范作用。

那是一个深秋，我的心情恐怕比那个衰败的秋天还要糟。一种被人愚弄，被人伤害，被人从高处踹落的失望、伤感与愤懑，填满了我狭小的心胸。偶遇人问我怎么突然去看门了，我觉得那话语后面都隐藏着讥笑与嘲讽。一个人坐在冷清的门岗内，寂寞和痛苦无法排解，忧愤的心境下，每一分一秒都是那么的难熬。

那天，依然百无聊赖地坐在门岗内，漠然地看着窗外。这时，窗户对面一棵光秃的树进入我的视线。说它光秃是不完全正确的，因为，那树梢上还有零星的一些树叶。有风吹过，稀零的叶子在枝头摇晃，过不了一会儿，就有一两片叶子落下。我知道，不会多久，树上的叶子会落个精光的。

过了几日，当我再次注视到那棵树时，树梢上只剩下最后的一片叶子。那片孤独的没有一点光彩的叶子，在风中抖动、翻卷。我伤感地想，它要落了、落了。

可是，一连几天，那片叶子就是没有在我的预想里凋落，它似乎是被粘在了树梢上，任寒风料峭，任冷雨瑟瑟。这片寂寞的好像与我同病相怜的叶片儿，似乎触动了我胸中某些坚硬的部分，让我心底涌起一些支撑的力量。我知道这是一种偶然，但我敏感的心那一刻分明把它看成了命运的昭示。

我开始给自己订计划，利用在那个偏僻门岗清静的机会，系统地读书，并且重拾搁下多年的笔开始写作。每当我从书本中抬起头，看见那片树叶，仿佛听见它握着拳头在对我喊：坚持。这时，我也开始担心它的飘落，也在心里默默地喊着：坚持。

那时，我想到了欧·亨利的《最后一片藤叶》，但这一片叶子绝不是画上去的，它分明是自然、是命运给予我的一份馈赠。

那片叶子之所以给我留下那么深的印象，不仅仅是那特别时期对我心灵的一次观照，还因为它奇迹般地在树梢坚守了几个月，直到我被公司调往机关处工作，它还在枝头向我挥手。

隔一段日子，在办公室里忽然想起那片叶子，急急赶往那偏远的门岗。那棵树真的是光秃秃的了，树下或腐烂或被泥土沾染的叶子，我不知哪一片就是曾经的相伴与坚守。恰如同那些过往的日子，我们已不能分清它们的模样，只留下记忆的履痕。

放　归

家里养了两只龟，两年不到的时间，从婴儿小手般大小，长得快有姚明的手掌大。原先的小水箱换成了大的玻璃水缸，在里面仍然显得局促，转不开身。

龟入冬后不吃不喝，偶尔在缸内爬动，懒懒的。有时和儿子开玩笑说，就像你厌倦学习时的样子，捧着一本书，看着看着就进入梦乡。

一般在惊蛰前后，两只龟开食，一天比一天吃得厉害，有点不懂得节制。这又有点类似碰到对口味道时，暴饮暴食的儿子。

吃得多，排得多，水缸一天要换两次水，不然就有点发臭。给龟喂食、洗澡、换水，基本就是我和儿子的事，老婆大人就像平时在家中一样，指手画脚。有时怨言：如此麻烦，不如送人或放了。就像我和老婆有时抱怨惹麻烦、不听话的儿子：早知道你这样，不如当初不养你了。

动了送人或放的念头，便左右权衡。送人，怕养不好，甚至是养死了，或是被人宰吃了。认定还是放了的好。决定放了，可又开始担心，这从小喂养到大的，捕食的能力肯定很差，在野外，它俩要找不到吃的咋办？就像我们担心偶尔出门几天的儿子，饿着咋办、凉着咋办、迷了路咋办。

最后帮我拿决定的，是儿子顺利拿到了大学录取通知书。像龟一样喂养着的儿子，不再是偶尔的短时离家，而要长久地离开父母的怀抱，到另外一个城市去学习去生活。我想，在儿子到高校报到之前，带他去放龟，也是一次生活的启示。

考虑到放生后万一被别人捕去，给两只龟在壳尾各上了一个小铁环，以便捕者认出这是放生龟而得以放手。又想，这铁环在水中几年以后就会锈蚀。于是又到首饰店买了两只银环，各在壳尾钻眼上了一只，这才心定。就像爱人为儿子准备上学前的行装，左考虑右盘算，直到心里再想不出什么遗漏为止。

家住五大淡水湖之一的巢湖边，湖畔又有一座龟山，自然是放龟的最佳处。那天，一家三口来到湖滨，在龟山那座巨大的石雕龟前，儿子依依不舍地将两只龟放入浩渺的湖水，在龟没入湖面的一刹那，爱人的泪水奔涌而出。

就在我们沉浸在离别的伤感和对两只龟未来的担忧时，前方十多米外的水面上突然冒出了龟的脑袋。龟入水，再出水，如是三次，似是和我们告别，最后，竟久久地浮在水面。直到我们转身走出很远，才见那湖面上的黑点没入苍茫。

儿子自言自语："不知道它们能不能找到吃的，这么大的湖。"

我说："就像你要离开我们去远方学习一样，生活就像这面大湖，要靠自己去适应，去闯荡，去生存。"

留得绿水青山在

从一处正在建设的小区走过，突然心痛起来——建筑工人们正忙着将一条小河浇筑封盖。感叹这个城市的地图上，将再失去一条蓝色的曲线；一个河流的名字将在钢筋水泥的城堡里走失；五彩缤纷的春夏秋冬，也只能在分不清日月的下水道里幽咽。

这个小区的名称和广告语里含有"徽商"的字样，一个多么富含文化而美丽的名字，这让我想起行走在江南的日子。那青山绿水，那粉墙黛瓦，那小桥流水……那些真正被称作徽商的人们，没有因为自己的富足而去毁灭青山、践踏绿水；没有因为皇封爵进门第光耀而去占地划水、拢景罩色，他们依山就水、顺势造宅，屋添风光三分景，景助村庄七分色。

若就是皇家建御花园，恐怕没有河流，皇帝老子也要人工挖出一条流动的韵致来。

这个小区过去曾是一片菜地、鱼塘和村庄，河流穿插其间。在这条小河的两岸，我和爱人曾在柳下谈情、堤上漫步；我曾牵着儿子小小的手，指给他看白云蓝天和飞翔的羽毛，教他认识紫色的蚕豆花、恣意蔓缠的牵牛、绒绒的蒲公英……当这条河流从这个城市消失，这一切都将在我的记忆里，渐行渐远。

想起一两年前，北京在城市建设中，将一条掩盖了几十年的河流挖开，清污拓展美化，成了市民健身锻炼、漫步休闲的好去处。一盖一挖，何等鲜明的对比，又是何等的心理感受。

又想起多年前的广东中山市，城市在开建一条道路时，迎面挖出一块巨大的石头，不把它立即炸掉，既影响道路的取直，更影响施工进度。市长在得知消息后，立即下令：留下巨石，道路绕行！现在，这块巨石成为这条路的标志，也让这个城市增添了魅力。

隔日去周瑜的出生地——巢湖边的庐江，正是春光明媚，心情开朗。车到散兵，天突然黑了下来，不是天气变化，是风和车辆扬起的尘土。睁不开眼的迷蒙中，见连绵的山峦体无完肤，连伸向巢湖水中的几座岛山也不能幸免。到处都在开山放炮，到处都是破碎机的轰鸣声，到处都是拉石子飞驰的车辆……我仿佛听见青山的呜咽、湖水的哭泣，再次心痛起来。

散兵，因项羽在此军溃兵散而得名。想当年，龙王山下四面楚歌，西楚霸王在万军丛中跃马扬戟，左冲右突，率二十八骑血战突围，在青山绿水间留下何等壮烈的诗篇让后人抒写。面对满目疮痍，我心黯然，凭古吊今，不禁愤问：韩信吹箫的楚歌岭何在？若霸王有灵，在乌江勒马回望，是否眦目怒吼：还我大好山河！

靠山吃山，靠水吃水。水消山失，我们的子孙吃什么。在强大的经济利益驱使下，我们是否也要让疾驰的车辆减减速，想一想环境的保护，想一想生存状态。“青山依旧在，几度夕阳红。”留一片青山，存一脉绿水，好让我们的未来，挥写生命的诗意。

美好城市

我生活的这座城市，同当今中国所有的城市一般，越来越大，越来越高。城市建设的速度与变化简直让人眼花缭乱。那不断建起的高楼，不断开发出的小区，总是有人购买、有人入住。据说，最大的购买力来自城市周边的乡镇农村。

现今的农村人，已不再满足日出而作、日落而息的乡村生活，他们挺起面朝黄土背朝天的脊梁，像打开闸门的鱼一般，一拨一拨地涌向城市。这些农村富余的劳力，在城市里蜗居，或打工、或做生意，以他们的向往与勤劳，融入街头巷尾涌动的人流。

城市相对于农村来说，不但是物质供给的充裕与富足，更具吸引力的，是精神与文化生活的丰富多彩。比如当夜幕降临，乡下最大的娱乐，恐怕就是守着一台信号或许还不太好的电视，或是搂着老婆孩子早早进入梦乡。而城市的夜晚，生活却正进入精彩。灯红酒绿、歌舞升平。人们以自己的品位和格调，尽情地释放一天工作的压力与生活的疲惫；或者以自己的行为方式，放纵着自己的心情、情感，甚至欲望。

像我这样久居城市的人，却有时向往着乡村的悠然闲散。那田园风光，那农家风情，那山野村居，常常勾引居住在钢筋水泥城堡里的人前往一游。也仅是一游，若让城里人真正去过农家人的生活，恐难寻到几位。

“城外的人想进去，城里的人想出来。”钱钟书的这句人生哲理在现今的中国大地是行不通的。这正如上海世博会的主题所说：“城市，让生活更美好。”

城市确实是越来越美好。你看，城市是越来越干净了，越来越绿色了，越来越花枝招展了，越来越秩序井然了。

那天，我走出园林般的小区，忽然发现街头的三角绿地一片粉红，宛如一方艳丽的纱巾系在城市的胸口。走近看，原是绿地被密密地植上了紫云英。紫云英又称红花草，在我儿时的记忆里，那是乡下种植在保墒的田地，当作绿肥用的。灿烂的紫云英，把遥远的乡情如此绚丽地带入了城市。

城市的美化绿化，也让我这样很少涉足原野的人认识了许多诗意的植物。开着一个个小绢扇般花朵的合欢，缠缠绵绵花开浓烈的紫藤，羞怯而惊艳的虞美人，蝴蝶般翩翩起舞的鸢尾……

城市越来越像一只巨大的蝴蝶，它斑斓的翅膀沾附着太多的希冀；城市更像一块强大的磁铁，吸附着那么多对美好新生活的憧憬。

据说，西方诸多文字中的“文明”一词，都源自拉丁文的“Civitas”(城市)。而当代哲学家路易斯·芒福德说：“城市是一种特殊的构造，这种构造致密而紧凑，专门用来流传人类文明的成果”。可以说，城市是人类文明的结晶。

站在窗口，鸟瞰我身处的这个越来越繁华、越来越充满活力的城市，想起联合国人居组织《伊斯坦布尔宣言》中的一句话：“我们的城市必须成为人类能够过上有尊严、健康、安全、幸福和充满希望的美满生活的地方”。我们的城市正提速向着这个方向奔跑。

美女如云

在网上，只要遇见个女的，体内稍有一点荷尔蒙的，逮着就叫“美女”。给人的感觉是，这个世界东施都被杀毒软件屏蔽了，满网页都是西施。

不过，这个时代美女确实是越来越多。你看，这天气刚开始热，扑入眼帘的尽是蝉翼般的裙袂，曲线婀娜的身姿，五彩缤纷，如乱花迷眼。

女人没几个是不好打扮的。染发文眉，比比皆是。至于抹脂涂红，不过是“小菜一碟”。要想在身边找个素面朝天的女子，还真是难。

前几天看一则新闻，说一位女子整容四十余次，虽然近五十岁的人，看起来只有二十多岁，美艳无比。可她的丈夫说，我都不敢碰她的脸，害怕一不小心让她脸皮下的硅胶错了位。又看过一则笑话，说一位美女结婚后，生下一奇丑的小孩，周围人说这孩子怎么这样，一点不像男的，更不似女的，怕是有问题。男人在家就吵，到了不可开交时，女人拿出几张自己以前的照片朝男人面前一扔，说你看看，他到底是不是我们的孩子。原来，女人原很丑陋，是整过容的。

古人曰："女为悦己者容。"这话在当今社会可真有点不适用。比如我的爱人，在家总是睡衣宽松、鬓乱如云，一副黄脸婆相。可出门时，总要在镜子前左顾右盼。最起码，要在我看来已经很红润的小嘴上，抹上两笔实际上根本看不出颜色的口红。有时等得不耐烦了，说："给谁看呢?"答："悦己悦人，你管呢。"无言。

在街头看美女，确实是一种享受。或艳丽，或清秀，或丰腴，或苗条，让人心动之余，而感觉生活之多彩、之灿烂、之美好。

最喜欢瞩目的，是一种富含气质的女子。不一定闭花羞月、沉鱼落雁，却有一种由内而外的韵味散发。或是五月里栀子花的香馨，或是雨后的荷在晨风里含苞欲放的摇曳。这样的女子从面前走过，不但是男子，就是女性，也往往侧目。

有两句话：一是说，女人的衣柜里总少一件最合身的衣裙；一是说，没有一个女人不认为自己是美女。前一句好理解，哪有女人不爱打扮的，再比如我的爱人，家里几个衣柜都放满了她或贵或贱的衣裙，我和儿子的衣物只好可怜巴巴地蜷缩在一角，可她还在不断地"拓疆扩土"。而后一句就让人难以想通了，明明是东施，干吗认为自己的皱眉可比西施的病痛呢。可你想想身边的女子，还真是这样。即使是长相及气质都不咋样的，也都拿腔作势、搔首弄姿，好像自己不是大家闺秀，最起码也是小家碧玉，虽不见万人求，心想着恐怕也有几个蠢蠢欲动的。

其实，女人真正的丑不在于外表，女人真正的美也不在于容颜。我有一位女友，皮黑眼小脸宽体胖，其貌实不敢恭维，但却博得一位有品位的帅哥钟情，在于她有知识、高雅而大方、善良而善解人意。

最看不惯女人的庸俗及对流行的盲目追逐。比如在穿着打扮上，最近几年流行低腰裤、低胸衣，那穿在小甜甜布兰妮的身上叫性感、叫动人，可套在一些肥女的体上，那就叫恐怖、叫粗俗。有时，我真担心那衣物的紧要处缝扎不牢，会裂开来。

一次，见一女子蹲在路边买水果，低腰裤拉了下来，整整露出了半个"苹果"，路人老幼侧目，实为不雅。又见过一幅图片，梦露紧紧地捂住被大风卷起的裙袂，那种羞怯，那种慌乱中的妩媚，让我记忆犹新，心动至今。

说前道后，你我都不得不承认，当今社会，美女真的是越来越多，好似一夜春风，吹开了满地的鲜花。美容也罢，打扮也好，不都说明生活富足、河晏海清、国泰民安吗，在温饱都成问题的年代，谁还有心事去描眉涂红。

美女如云的时代，真好。

都会之春

读过丰子恺的一幅漫画，漫画描绘的是都会一角，一楼宇的阳台上一人倚栏袖手闲眺。栏外屋宇毗连，似觉满目尘嚣。而天空中露出一只一线相牵的纸鸢。画题《都会之春》。

丰子恺记述："这是我往年住在上海时，春日所见的景象。日历已经撕到'明日清明'，身上已经穿上白夹轻衫，而眼前都是钢筋、水泥、玻璃与电线，毫无半点绿色与生趣。大地上无限的春意，全部通过这一线而在那纸鸢上发泄。这个景象，令人看了心不得不感动，手不得不描写。"

随着时代的发展，城市建设日新月异，许多城市早已大过丰子恺当年居住的上海。住在这些钢筋水泥的森林里，想在一线纸鸢上来体验春天的到来，怕都是奢望。那无限的春意大都在拂面的暖风中感知吧。

寸土寸金的都市，满目是拥挤和匆忙，好似忘了季节的轮换。即便是道边的树以灰尘蒙面的绿意报道着春天，郊外怕已是万紫千红了。都会之春是迟暮的，又是整齐划一的，就像绿化带上修剪整齐的草木，穿着色彩统一的服装，失了自然的生长和春情荡漾的恣意。

城市越来越大，而土地和空间却越来越小。比如我居住的地方，楼宇间本有一块绿地，渐渐地成了住户的停车场，那如毡的草皮早被橡胶的车轮磨得精光。那天，见墙角下水管的破裂处生出一丛新绿，心里竟立感轻盈起来：呵，春天已经来了。

都会之春在一线纸鸢上，在一丛墙角的小草上，这真的让人感慨伤怀。于是，旅游踏青成了各媒体和人们口头的主题与时尚，为的是一睹真正的春天是什么模样，为的是一释都市里匆忙紧张的生活和沉闷的胸襟。

上海世博会的主题是："城市，让生活更美好。"体现了全人类对于未来城市环境中美好生活的共同向往，反映了国际社会对于城市化浪潮、未来城市战略和可持续发展的高度重视。但城市的美好生活不应该只是速度、高度和物质的极大丰富，城市在霓虹闪烁、灯火辉煌之外，还应有花红柳绿、蝶舞鸟翔、四季分明的生态和谐。

"青门欲曙天，车马已喧阗。禁柳疏风雨，墙花拆露鲜。向谁夸丽景，只是叹流年。不得高飞便，回头望纸鸢。"当我们从城市越来越逼仄的缝隙里回头张望，但愿还有"纸鸢竹马看儿嬉"的春日杂兴，还有"春风柳上归"的春天感知。

长发飘起来

长发又触肩。每当此时，总要斟酌犹豫一番，是将头发再留一段时间，还是去理发店将它剪短。

"昨日一滴相思泪，今日方流到腮边。"虽没有苏小妹形容其兄苏东坡的脸那么长，却也是一副"马脸"，于是总爱留长一点的发，掩一掩丑陋。

很小的时候特不喜欢上理发店，头发就比一般的孩子留得长。青葱年龄，哪懂臭美，发长而乱。等上学时，为头上的"乱稻草"，不知给老师说过多少回也顽冥不化。一次老师就当着一班同学面，板着脸说，××同学的头上可以做鸟窝了！

随着年龄的增长，进入逆反心理严重的豆蔻年华，养长发就成了有意而为。开始使用梳子，也买了把当时流行的电梳子为三千烦恼丝定型。日日顾镜自盼，一半为漂亮，一半也为一个扎两条羊角辫的女孩。

离了校园，或将头发烫成爆炸式，或在脑袋瓜上翻起千层浪，头发跟着我，受够了我的折腾。

刚到工厂工作，因小脑袋还算灵光，被单位选送到外地学习生产调度。亲戚给一位同去学习年岁大一点的老哥打招呼，要他在外照顾照顾我。谁知他一见我一头长发，一件当时流行的大尖领花衬衣，悄悄咬亲戚的耳朵：我照顾他？不敢。

以貌取人，这种人类的恶习，误了多少人生与前程。比如像我这样的看似放浪的家伙，骨子里其实写满了仁义道德。三两次接触后，无不看出我的忠厚与善良。上面那位老哥，就与我成了莫逆之友。

年岁稍长，心境趋和。试着剪过几次平头之类的短发，家人、朋友、同事无不说“惨不忍睹”。真正发现，长发是适合我的脸型与气质的，基本不再剪短发。

当小工人时，无人管你留在头上的发是长是短，乐得逍遥自在。一段时间被调到保卫部门，要穿制服，戴大檐儿帽，这长发按说是不能留了。可我一直用寻三推四的理由不戴帽子，也就上班时套一下警服，把头发依然留得较长。后来又调我到党委部门工作，调动前，领导找我谈话，第一句就是，你的头发要剪。

把头发剪成还能过得去的样子，到了党委部门。等头发稍长，虽心有不舍，还是自觉地去理发店，留恋地听剪刀在头顶咔嚓咔嚓地响。时间久了，领导的视觉也有点麻痹，就将头发“偷偷”养长了一点，但总感觉心中不安，像我现在，就在为顶上的毛发烦恼。

不理解我们的前辈在民国初期被强行剪发时，为什么要那么的哭爹喊娘，甚至以命相搏。也不知道中国人是何时养成这样的一个观念：留长发的只有两种人，一种是搞艺术的，另一种就是痞子。

在中国的政府机关，你是找不到长发披肩的男士的。一个出格的、标新立异的人，恐难在思想高度统一的团体里混下去。若你还有向上爬的欲望，那你的头发就更要向领导看齐。但你要是把头发剃得太短，比如“和尚头”之类，那也是不行的。这就是中国人的中庸之道。唯唯诺诺、从众如流，才是为人、为官、为事之本。

顶上发，本是毫毛之事。但细微见大。一个服装统一、色彩单调的年代，一定是一个压抑专制的时代。那么，发型呢？

好在大街上，已经常可以看见各类奇异的发型，我是带着欣赏的目光的。

我也希望着，我的长发能迎风飘起来。

忧伤入怀

我时常怀疑自己是否有点矫情。譬如此刻我一个人静坐在案前，竟毫无来由的，心头涌起一缕忧伤。这种感觉，既不是伤心，也没有痛苦，它好似一杯冲泡的咖啡，那袅绕的氤氲里，有一丝苦，却分明有一丝甜。

这缕忧伤仿佛是飘浮在空中的一缕雾气，似乎找不到来处，也没有落脚。它在心里无声地飘荡着，如春雨霏霏，若秋雾迷蒙，感觉竟是一丝惬意的享受。

《诗经》有句："我心忧伤，惄焉如捣。"忧伤到好似有东西在撞击，是痛苦难忍的。人生不经历大挫折，是不会有这样的情绪和感受的。这样的忧伤太重，心理脆弱的人难以承受，经历太多，会降低生活的幸福感。

"小人但咨怨，君子惟忧伤。"像我这等寻常之人，自然也没有韩愈那样大家的情怀。韩愈诗句里的忧伤，分明潜蕴着一份高尚和一份积极的人生态度。

但这都不是我心头的这缕淡淡的忧伤。这缕忧伤，既不消沉萎靡，也不激励奋发。它平淡如茗，细细品啜却滋味悠长。

将音响打开，一段轻柔舒缓的音乐流淌出来。倚在椅背，仰望窗外苍茫的天空，我极力要抓住这缕状若游丝的忧伤，捋出它的来路和去向。

有一些影像显露出来，虽然模糊，但已能辨出他们的模样。有一些往事浮出脑海，虽然零碎，但已能看见它们的履痕。原来，这淡淡的忧伤，就是一丝思念，一丝怀想，一丝失落，一丝惆怅，一丝缠绵，一丝留恋……这些极轻极淡的仿佛又说不清道不明的情绪，交融着，纠缠着，调拌出这缕淡淡的忧伤，在心灵毫无准备之时，沿时光的缝隙潜入了情感的天空。

人生有多少大喜大悲，生活不总是平淡苍白。这猝然而至可遇而不可求的淡淡忧伤，让人生在跌宕起伏间有了舒缓的流淌，让生活在单调乏味中有了一丝特别的滋味。

这淡淡的忧伤，是失去后的一丝珍惜，是失落后的一丝振作，是凌乱之后的一次梳理，是沉淀之后的一次品味。它似一缕轻烟，给情感一次升华；它像一泓清泉，给心灵一次洗涤。

忧伤散尽，我听见窗外生活的喧哗，耳畔的音乐，也正从轻柔的铺垫走向高潮。

忽然半百

住进了医院，并且动了手术。住院期间，又恰遇我的五十岁生日。躺在病床上，不免唏嘘感叹，浮想联翩。

想起曾经读过的陆云的《与杨彦明书》，文中言：“年时可喜，何速之甚！昔年少时，见五十公去此甚远，今日冉冉已近之矣。”心中感慨，真是时光如驹啊，恍惚间，我也已是半百之人了。

人生七十古来稀。即便现在国人平均寿命已达七十五岁左右，据此掐指，我的人生也已走过了三分之二。好比是围桌面对一盘美食，在不经意的谈笑间入了口腹，还未品出什么滋味来，就只剩下残羹冷炙。

回味自己的人生，从懵懂未知到求学开化，基本花去了一半的时光。还有一半，不过沦陷在一个个的日子里，为生活计，与稻粱谋。人生平淡也就罢了，没想到的是，年届五十，还以一个腰椎手术来给半百的人生画一个句号。

捡拾走过的足迹，腰椎虽然有恙，但人生的脊梁还是挺得很直。自己信奉的“无欲则刚”之念，虽让自己在物欲横流的社会中不媚俗趋势而无所建树，但人生的“清白”，还是让自己在半百之年略感欣慰。

最大的欣慰，当是爱上文字。那天几个文友来探望，我感慨：回想走过的五十年，最大的收获还是爱上了文学创作，因为文学，让我感觉这几十年没有白过，它的相伴，让我平淡的生活不寂寞，并且充满了乐趣。

一位有点小名气的朋友，五十岁后，不断在微信上上传自己年轻时的照片，回忆曾经的时光和所谓的辉煌。我笑称，他是真的老了，是心态老了。

韩愈诗云：“我齿落且尽，君鬓白几何。年皆过半百，来日苦无多。少年乐新知，衰暮思故友。”看来，人届五十而怀旧，是自古有之的通病。

虽有对韶光流逝的叹息，但我还是不服“老”的。人生半百真的是老吗？杜甫的“年过半百不称意，明日看云还杖藜”之言，我从身体和心理上是不接受的。记得住院登记时，医生和护士得知我五十岁，都不相信地看着我，说我的面相身材看上去不过四十左右。我想这一定是乐观平和的生活态度为我抹去了十年的生命履痕。俗语“笑一笑十年少，愁一愁白了头”是也。

孔子曰：“三十而立，四十而不惑，五十而知天命。”虽届半百，但我仍未知“天命”。“知天命”当是一种悟境，我当好好把握剩下的三分之一人生，“修持百法过半百，日往月来心更坚。”

“朱门长不闭，亲友恣相过。年今将半百，不乐复如何。”唐朝李适之的《朝退》诗，倒是符合我的半百之心。半百之岁，在当今社会正是年富力强，何必嗟叹“乡邦万里，北来年少，几个如今在得。扶头一任且留连，叹人世、光阴半百”。当似白乐天之豪情：“百千万劫障，四十九年非。会拟抽身去，当风斗擞衣。”

忽然半百，我心依然。岁月正好，天高云淡。

人生之秋

这个秋天，对于我来说是深刻的。因为，随着一场秋风秋雨，我也跨入人生之秋。

“桐庭多落叶，慨然知已秋。”恍惚之间，已是半百之年，虽然现今已将五十岁划入中年之列，但身体的变化还是明显地感觉到。比如视力下降，体力渐不如前，伤风感冒之类的小毛病多了起来。因为长期伏案工作，还得了严重的腰椎病。想到年少时练拳脚的生龙活虎，现在恐怕是打个简单的旋风腿都困难了。

“常恐秋节至，焜黄华叶衰。”《汉乐府·长歌行》中描述的秋景，与人到半百的心境真是十分的贴切。也更加深刻理解“少壮不努力，老大徒伤悲”的警示。

那天翻阅吉田兼好的《徒然草》，读到这样一段话：

“某人说：‘年过五十仍不能精通一门技艺，就可以放弃了’。说的也是，到了这个时候，再怎么勤奋努力，成就也不会太大。虽然老人做事不会被嘲笑，但以老迈之身，杂处于众人之中，看着确有不太体面之感。”

掩书思之，觉得到了这般年龄，除了会用一支秃笔写两篇小文，还真未有什么精通之艺。不免生出一丝伤感失落。可转念一想，又心有不甘。心中愤愤地想，吉田这家伙说得什么混账话，人生还有三分之一或许更久，怎么就说“再怎么勤奋努力，成就也不会太大”，即便霜寒秋深，也还有菊花灼灼、红叶烂漫呢。

至于“以老迈之身，杂处于众人之中，看着确有不太体面之感”，则更不苟同。比如我身边熟识的一位老作家，知天命之后，文如泉涌，写作出版了大量厚重的作品，让我等后辈羡叹。即便现在年近八十，仍与文坛后辈打成一片，观其文笔，激情如春，哪里寻到丝毫老迈之态，真是“老夫聊发少年狂”也。

还有我部门的领导，临近退休的年龄，却依然精神头十足地扑在我看来十分枯燥烦人的工作上，一心只想为单位燃出最后一点光热，其境界令人肃然起敬。

四季入秋，日光渐老。于是，临境凭怀，人便多伤感失落，实是对时光、生命的留恋与珍惜。孟浩然诗言：“愁因薄暮起，兴是清秋发。”所谓愁肠，实是将“秋”放在“心”上之故啊。

人入秋境，便喜欢寻些秋天的诗词来读，以关照人生之秋。一片秋风秋雨中，刘禹锡的《秋词》宛如一曲清风吹开万里秋空：“自古逢秋悲寂寥，我言秋日胜春朝。晴空一鹤排云上，便引诗情到碧霄。”

秋天虽没有春天的浪漫、夏日的激情，但拨开寂寥，是万木霜天尽自由的诗意天空。而那草木葳蕤的原野上，正是稻谷成熟、硕果满枝的收获日子。

五十生日，收到家人赠送的一块翡翠。手中把玩，感觉这临近的人生之秋真好比是一块美玉，温润剔透，平和佑身，当倍感珍贵。

山 芋

朋友给我送来一袋紫薯，用它熬稀饭。粥好薯融，盛到青瓷碗中，黏稠紫莹，宛如一碗玉液，让人未食先爱。

在我的家乡，即便到现在，紫薯种植也不普遍。多的是黄心的、白心的，统称山芋。记得我幼年时，乡下栽植最多的是白心的山芋，偶遇红心的、黄心的，基本成为孩子们手中稀罕的零食。

白心的山芋煮熟了，板硬硬的，很噎人。一次，一位朋友来家里玩，请他吃糖炒板栗，他连连摆手，说这熟板栗的味道，就像蒸熟的白心山芋，因为小时家里穷，经常以山芋代饭，吃怕了。

对于我来说，最怕吃的是山芋干煮粥。山芋收获的季节，母亲会将一把镰刀绑在长条凳的一头，手攥一只只洗净的山芋，顺着凳面向镰刀口推去，一片一片的山芋便落在镰刀口下的箩筐里。削好的山芋片，铺开在门前的空地上晾晒，晒干了就成山芋片，以便储存。山芋片煮粥，是冬日早晚最常见的主食，吃多了，我一见到它胃口就冒酸水。即便在粥里煮烂了的山芋片，嚼在嘴里，也是粗糙无味，实在是难以下咽。

在那个缺粮少食的年代，保存好山芋是家家必做的事情。除了做山芋干留存，记得家里的灶后还挖了一个口小肚大的地窖，来储存山芋。地窖很深，两三米，常常成为我和小伙伴们躲猫猫的极佳藏身处。为此，经常踩坏了一些山芋，引来大人们的责骂。

即便保存在地窖里的山芋，时间长了，也是会烂的。烂了的山芋要拣出，不然会传染。于是，过不了多久，母亲都要举着煤油灯下到地窖里检查一番。烂了的山芋，扔给家里养的猪，都不会吃的。

很多年后，一次乡下亲戚进城，带来许多山芋，因为没几个喜欢吃，堆在厨房一角开始霉烂。父亲将烂山芋拣出，一边说着现在吃得太精，掺点粗粮吃好，一边对我们说，许多人不知道，其实山芋烂透了人是可以吃的。于是说起“三年自然灾害”期间，无炊无食，他和母亲吃过烂透了的山芋，当时觉得味道还真是不错呢。

小时候，如果家里黄心山芋收得多一点，母亲会选出一些蒸熟，切成条，铺开在簸箕里晾晒。晒干的薯条香甜且有嚼头，是我们几个孩子的零食。现在在超市里可以买到袋装的成品薯条，吃到嘴里，缺少了那一份香甜。我想，这不仅仅是采取烘干工艺缺少阳光照晒的缘故，更是里面缺少了一份回忆和亲情的味道。

儿子有时买一点紫薯饼之类的食品，或者在街头买个烤山芋尝尝。在这样一个食品极大丰富的年代，山芋这类曾经的乡村主食，对于年轻人来说，只是个极普通的五谷杂粮，不会有温馨的回忆，也不会有一丝留恋，因为，他们不会品出其中岁月的蕴涵。

诗意的约请

天寒，满目衰败萧条。闭门索居的日子，听窗外风高怒号，甚觉生活的枯淡。天色昏暗时，隐隐听见有人说快要下雪了。忽然想起白居易的小诗《问刘十九》：“绿蚁新醅酒，红泥小火炉。晚来天欲雪，能饮一杯无?”无聊的心境顿时诗意盈漫。

一千几百年前，那位自号乐天的诗人，或许正和我一般枯坐屋内，或许也正是北风呼啸，暮色苍茫，可乐观的诗人与我的心境却是截然不同。他遣人送给好友刘十九一张便条，说：我已备好了新酿的米酒，红泥做的小火炉下也架起了木炭，天晚快要下雪了，你能来和我同饮一杯吗，如此的情趣人生，那位刘兄能不如约而至?

两相对比，顿觉自己生活的寡淡无趣。多年来，也喜欢涂鸦一些分行的文字，与白乐天之流当是天壤之别，但也自诩“诗意人生”。在这样一个“晚来天欲雪”的时刻，一首小诗就令我自惭形秽。原来，生活中的诗意，在于心境啊。

想起一位笔名叫“夏雪”的诗友。

年轻时，同城一些做着文学梦的朋友喜欢在一起聚聚，谈诗论文，切磋交流。那日，天将雪，说到“夏雪”与“下雪”谐音，夏雪便慨然相约：“为了这场雪，我来做个东。而且，每年第一场飘扬的雪花就是我发的请柬！”自此，每年的第一场雪，我和同城几个“臭名昭著”的骚人都不约而至，踏雪奔向夏雪的蜗居，围炉谈诗、对酒当歌，一时成为圈内的一段佳话。

时光流转间，也不知这样一场诗意的约会是何时解散的。反思自己的爽约，无外乎是在忙忙碌碌的奔波中，渐渐淡忘了还有一场诗意的约定。不知在这将雪的时刻，还有几位当年的文友能忆起屋外雪花飞扬、屋内诗意飞扬的情景。那做东的主人还在吟咏“晚来天欲雪，能饮一杯无”吗？

不是生活中缺少诗意，而是喧嚣的日子渐渐磨砺了我们曾经敏感的心。在日复一日的打拼与竞争中，多少人生中的诗意萎缩在心隅，落满尘埃。

天欲雪，这雪会下下来吗？忽然如此的渴盼一场雪，渴盼一场诗意的飘舞。

阳台前面有棵树

那段时间闲在家，每日清晨，见妻子上班、儿子上学出门后，母亲就走到阳台，在那晃动身子。心里想，母亲年岁大了，不用我们讲，也开始注意锻炼、保养身体了。

母亲就那么轻微地扭晃着身子，毕竟是古稀之人，扭扭脖子晃晃腰活动活动筋骨也就够了。有时见母亲停下来，站在那不动，或侧着身子或扭着头专注地看着外面。因为阳台下面就是喧嚣的大街，每天都上演着一幕幕活生生的情景剧，怕是什么新鲜的东西吸引了母亲的目光吧。

冬去春来、夏往秋至，发现母亲一直坚持在阳台上晃动身子。偶尔与妻子提起，笑道：“这人上了岁数，也怕身体不好呢。”

那天，见母亲在阳台上身子倾斜的幅度越来越大，头也老是歪着伸向一边。如是几天，忍不住，就过去问母亲：你在干什么呢？母亲皱着眉头，说：真想砍了这棵树！

我吃了一惊，认真地瞧了一眼阳台前的那棵大樟树，枝繁叶茂的。就疑惑地问母亲：这满眼的绿色多好，夏天遮荫，冬天挡风，干吗要砍它呢？母亲说：它越长越大，挡了我的视线，看不清对面的公交站台了。

站台？对面的马路边确有一个公交站台。我朝那望过去，视线是被树冠挡住了。我朝左边扭扭身子，又朝右边斜过头儿，也无法在枝叶间将对面看得真切。在扭动倾斜身子的时候，我心里一愣，突然反应过来。原来，母亲站在阳台上不是锻炼身体，而是扭过来转过去地想看清对面站台上的车来人往呢。心里叹息，这人老了，寓居家中，甚是无聊啊。

于是对母亲说：你看那公交站台做什么，不如看看电视什么的。

没想到母亲回答：你们上班上学都在那儿坐公交车，我是看你们等车上车呢。

胸中突然暖暖的，而眼里酸酸的。那天夜里，趁着没人的时候，我削去了树冠上的几根大枝丫。

再到对面站台下等公交车，总是抬头朝那个熟悉的阳台看几眼，每一次，都见到母亲那孤独寂寞的身影，那满头的白发特别的显眼。

终有一天，阳台上再也不见了那亲切的身影，只有那棵树站在风中，发出沙沙的声响。

有时，送妻子儿子出门后，我也站到阳台上，透过树隙，看着对面的公交站台。

光阴的故事

沙哑沧桑的歌喉，悠扬的吉他，抒情的苏格兰风迪，略带忧伤的旋律，将我深深地陷在时光里。经年以后，当我重听罗大佑，真是别有一番感触在心头。

“池塘边的榕树上，知了在声声叫着夏天；操场边的秋千上，只有蝴蝶停在上面……”优美的歌声里，回忆像那只蝴蝶，又翩翩飞回了童年。教室、课桌、黑板，以及那一张张稚嫩的脸，在我的眼前一一闪现。而那两条麻花辫就在我的眼前不停地跳跃，带回久失的甜蜜的初恋。那无忧无虑的童年已是不再，那一天又一天一年又一年迷迷糊糊的童年，真的像一场梦，已是刻在我沧桑的记忆里。哦，那一天又一天一年又一年盼望长大的童年啊，多想再和你一起面对着天边的那一道彩虹发呆。

“春天的花开秋天的风以及冬天的落阳，忧郁的青春年少的我，曾经无知地这么想，风车在四季轮回的歌里，它天天地流转，风花雪月的诗句里，我在年年地成长。”我们总是在爱与誓言中长大，我们总是在泪水与离别中成长。当我们蓦然回首，已是青春不再。多少欢乐在我们的指缝间流走，多少无忧的日子随风飘逝。但正如歌中所唱：“什么都可以抛弃，什么也不能忘记”“今天的欢乐将是明天永恒的回忆。”

“轻飘飘的旧时光就这么溜走，转头回去看看时已匆匆数年。”不管经历过多少困难与挫折，我们总是带着希望上路，因为“生命终究难舍蓝蓝的白云天”。“苍茫茫的天涯路是你的漂泊，寻寻觅觅长相守是我的脚步；黑漆漆的孤枕边是你的温柔，醒来时的清晨里是我的哀愁。”时光是我们永远的爱人，即便我们一再地转身而去将她丢弃，她乌溜溜的黑眼珠和笑脸，依然坚贞地守望在我们前行的路口。

“流水它带走光阴的故事改变了一个人”，流水它带走光阴的故事也改变了我们的世界。在《鹿港小镇》中，罗大佑用哀伤的歌喉唱道：“台北不是我的家，我的家乡没有霓虹灯。鹿港的清晨鹿港的黄昏，徘徊在文明里的人们。”是啊，繁华的都市，时尚的生活，是多少年轻人的梦想。它闪烁的霓虹、阑珊的夜色，不也是我曾经的渴望。每当我在高速运转的现代文明里停不下生活的脚步，每当我那些美好的愿望被林立拥挤的高楼压扁，我多么想回到那鹿港小镇一样的故乡。然而“他们挖走了家乡的红砖，砌上了水泥墙”，那梦中的鹿港小镇已是我们归不到的家园。

“每一首苍老的诗，写在雨后的玻璃窗前；每一首孤独的歌，为你唱着无心的诺言；每一次牵你的手，总是不敢看你的双眼；转开我眩晕的头，是张不能不潇洒的脸。”在抒情而苍凉的歌声里，我看见走在时光里的一个孤独却倔强的身影，那渐行渐远的背影肩背吉他，带着光阴的故事重新上路。那“守着沧海桑田变幻的诺言”的背影，是他？是我？还是你？

平淡的日子

生活是多彩的，但生活不可能天天精彩。日子大多是寻常而平淡的，就像我此刻寂寞地枯坐桌前，有点百无聊赖。

翻了几页的书丢在案头，一杯茶水已失去氤氲。心情也如杯中水，有些许的凉意。思绪茫然中，就想起张爱玲的一句话来：“生命是一袭华美的袍，爬满了蚤子。”

可不是，短暂的人生真是一件华美的外衣，那些细碎的日子攀附着，总是在寂寞的时光里爬动咬啮，虽无切肤之痛，却让人心痒难耐。

生活更多是被这些平淡的日子连接起来的。因为平淡和琐碎，我们往往忽视了它们的存在。就像一片片树叶，在秋日里飘零，在满地的忧伤中，我们已认不出它们的模样。最终，它们融入了岁月之土。

“落红不是无情物，化作春泥更护花。”一片又一片相似的叶子，被岁月重叠，或者删节，将生命显得如此短暂，而时间，却被这一个个的日子拉长。我们是不能忽视这些寻常而简单的叶子的，正是有了它们的簇拥，才有了生命之树的生机与壮美。

这些平淡的日子又似一只只飞过苍茫的小鸟，天空并没有留下它们的痕迹。这些好似并不存在的日子，让我们忘记从前，就像时光，终将抹去我们的履痕。但谁又能在岁月之门将掩时，可以坚定而自豪地喊上一句：我来过！

又想起奥斯特洛夫斯基书中那句熟悉的名言：“人最宝贵的是生命。生命对于每个人只有一次。人的一生应当这样度过：当他回首往事的时候，不因虚度年华而悔恨，也不因碌碌无为而羞愧……”这句名言，在几十年前曾响彻云霄，激励着亿万年轻人为追求美好的理想而不懈地努力奋斗。相比于张爱玲的那句，虽失言辞之华美，却无伤感颓废之情，积极的人生观如旭日光芒。

生活如一部叙事长篇，日子是里面的段子。把日子写成精彩的段子，才有生命的波澜起伏，乃至荡气回肠。平淡的日子也如细小纤弱的草叶，虽然微贱，却在一岁一枯荣间，呈奉四季万象。

即便叹息生活如梦，那些寻常得似乎并不存在的日子，也确在我们的梦中经过，只是，它取走了什么，我们已无从知晓，也无须在意。重要的，是我们从梦中醒来，要继续上路，不能停歇岁月的步履。

从思绪里走出来，给凉了的茶续上热水，杯口又开始氤氲缭绕。啜一口，这寻常的茶水里也品出些味道来，清香入腑。

时光不老

人生易老天难老。岁月更替之际，人便易发一些感慨。特别是人到中年以后，每临新旧交替，都或多或少地产生一点紧迫感。不知道那些日暮沧桑的老人们在这样的日子，是不是有去日无多的伤怀。

年少时是难得感慨时光飞逝的，小小的心胸里塞满了梦想，渴盼时光飞度，多的是长大的欲望。因为懵懂，因为年轻，感觉未来好似很长，好像那些接踵而至的日子就是给浪费或者浪漫用的。小时候，老师和家长总是不断地教育和提醒我们："明日复明日，明日何其多；我生待明日，万事成蹉跎。"但又有多少人真的去珍惜青春韶华，比如从学校回来的学生，把几天假日当作了彻底的放松，每天不是睡到日上三竿是不会起床的。问其新年打算，不置可否。

像我这样的年龄，在家是顶梁柱，在单位是年富力强的骨干。但对照中国人的平均年龄，却已是走过了一半的人生。整天忙里忙外的，总感觉时间不够用。即便是假日，也带回一摞单位的材料，无外乎是一些过去一年的总结，新的一年的打算与措施之类。在键盘上手指敲打酸了，便停下来，坐在桌前呆呆发愣。心想，这样特殊的日子，又有多少人会为自己过去的一年做个总结。就是我自己，不也从未认真地检视走过的路吗。

有句俗话，叫人生不如意事十之八九。捡拾来日路上的零碎脚印，发现年少时的梦想大都没有实现。或是梦想太过虚无缥缈，或是已经遗忘丢失，或是没有持之以恒地去努力。生活好似在一眨眼间就把自己带入了中年。就像某一日，突然发现爱人眼角的鱼尾、鬓角的一缕白发，才恍然感觉时光的飞速。原来，青春的韶华、光灿的爱情都已在不知不觉中转为生命的搀扶、融化成血浓的亲情。

或许是生活的变化，未来的不可把握，环境的左右，种种原因，让我们在匆匆的步履间不断调整着自己的步伐和方向。但我们总是太过轻视和匆忙，正如一首歌所唱："轻飘飘的旧时光就这么溜走，转头回去看看时已匆匆数年。"

经常对孺子说，等你到了我这个年龄，你就会后悔自己在年轻时怎么没有好好地珍惜时光，没有多学一点东西，没有多一点磨砺。但一代又一代人就这么在青春时放纵嘉年华，直等阅历写上额头，才有所警悟。

但生活总是越来越好的。新的时光的到来，总是带给我们新的希望。因为希望，我们才会一直走下去，哪怕走过的人生再平淡无奇、再艰辛困难。就像我从桌前站起推开窗户，虽然已是日上中天，但阳光正好，天地辽阔。